Martin Brütt

# Wes Geld Du erbst, des Tod nicht bring

AF175554

Birkenbrückkrimi

*Buch*

In der beschaulichen Heidestadt Birkenbrück geht Angst unter den Bewohnern um. Eine Einbrecherbande hat mehrere Häuser ausgeraubt und eine alte Frau umgebracht. Kurz darauf wird die Fabrikantin Gabriele Adalberg tot in ihrer Villa aufgefunden. Die Polizei glaubt an einen Raubmord. Doch der Witwer hegt einen anderen Verdacht. Er beauftragt die Detektive Elvira und Max Roth, die Wahrheit herauszufinden. Bei einer Zusammenkunft mit den zerstrittenen Erben bringen sie die sprichwörtlichen Leichen im Keller ans Licht. Und auf einmal fürchten alle um ihr Leben. Wirklich alle?

*Autor*

Martin Brütt, 1965 bei Hamburg geboren, ist in der Lüneburger Heide aufgewachsen. Er lebte über zwanzig Jahre in Frankfurt am Main, dann ist er in seine Heimat zurückgekehrt und hat ihr seinen ersten Kriminalroman gewidmet. Als Wirtschaftsforscher publiziert er zu aktuellen wirtschaftspolitischen Fragen. Zudem betreibt er auf seiner Website einen Blog zum Thema Arbeitszufriedenheit. Am kalifornischen Berkely-College hat er einen Abschluss in Science of Happiness erworben.

Autorenwebsite: www.mbruett.de

*Von Martin Brütt außerdem als Buch erschienen:*

Durchs Wilde Australien – von Aussis, Kängurus und Krokodilen – Online-Ratgeber zum Buch: www.australienlust.de

Martin Brütt

# Wes Geld du erbst, des Tod nicht bring

Kriminalroman

**Impressum**

Bibliografische Information der Deutschen Nationalbibliothek:
Die Deutsche Nationalbibliothek verzeichnet diese Publikation in der Deutschen Nationalbibliografie; detaillierte bibliografische Daten sind im Internet über http://dnb.dnb.de abrufbar.

© 2022 Martin Brütt

Lektorat: Volker Maria Neumann, Dr. Anke Brenken
Umschlaggestaltung: Torsten Müller
Für Fehler und Mängel im Text ist der Autor verantwortlich.

Herstellung und Verlag: BoD – Books on Demand, Norderstedt

ISBN: 978-3-7557-5703-0

## Raubmord in Birkenbrück

Einbrecher ermorden 78-jährige im Wohnzimmer.

VON RIEKE REIMANN

Die Serie von Einbrüchen, die seit vergangenem Jahr die Bewohner des Heidekreises in Sorge versetzt, forderte Sonntagnacht in Birkenbrück ein Menschenleben. Die Einbrecher drangen in eine Wohnung in der Cordinger Straße ein und erwürgten die 78-jährige Marta P. Eine Nachbarin bemerkte gegen neun Uhr morgens, dass ein Fenster zum Garten offenstand. Sie fand die alte Frau, nur mit einem Nachthemd bekleidet, auf dem Wohnzimmerteppich. „Es war ein schrecklicher Anblick", sagte sie. „Um sie herum herrschte ein einziges Chaos. Die Einbrecher hatten alle Schränke und Schubladen aufgerissen und den Inhalt auf dem Boden verstreut."

Die Obduktion ergab Spuren massiver Gewalteinwirkung am Hals, die zum Tod der 78-jährigen führten. „Das Vorgehen der Einbrecher deutet darauf hin, dass wir es mit den gleichen Tätern zu tun haben, die für die Einbrüche der vergangenen Monate verantwortlich sind", sagte der leitende Ermittler, Kriminalhauptkommissar Kristoff Strack. „Die Einbrüche sind nun ein Fall für das Mordkommissariat. Wir werden alles in unserer Macht Stehende tun, um der Bande so schnell wie möglich das Handwerk zu legen."

Mit dem Mord lastet ein erheblicher Erfolgsdruck auf dem Hauptkommissar. Seit drei Jahren führt das friedlich anmutende Birkenbrück die niedersächsische Kriminalstatistik an. Die hohe Zahl an Gewaltverbrechen macht Birkenbrück zur gefährlichsten Stadt der Lüneburger Heide. Zwar werden fast alle Morde aufgeklärt. Allerdings ist das weniger Hauptkommissar Strack als vielmehr unserer beliebten Kriminalautorin und Detektivin Elvira Roth und ihrem Verein gegen das Böse zu verdanken.

Als sie die Schritte auf der Treppe hörte, wusste sie, dass die Männer gleich ins Schlafzimmer kommen würden. Wimmernd kauerte sie sich unter der Bettdecke zusammen und hielt den keuchenden Atem an. Wie ein verängstigtes Kind presste sie die Knie an die Brust und kämpfte gegen das leise Zittern an, das ihren Körper verräterisch schüttelte. Im nächsten Moment öffneten die Männer die Schlafzimmertür. Sie konnte ihre suchenden Blicke durch die Bettdecke hindurch auf ihrer bloßen Haut spüren. Ihr regloser Körper kribbelte, als betasteten ihn die Fühler eines riesigen Insekts. Nur wenige Sekunden verharrten die Eindringlinge an der Tür, nur den kurzen Augenblick, den sie benötigten, um ihre Augen an das Dämmerlicht zu gewöhnen. Dann stürzten sie zum Bett und rissen die schützende Decke weg.

Die Männer waren zu dritt. Sie sah ihre Umrisse im Lichtschein, der durch die offene Tür in das Schlafzimmer fiel. Ihre Gesichter waren von schwarzen Masken verhüllt. Ein Hüne, der seine Komplizen um einen Kopf überragte, zwang sie auf den Rücken, setzte sich auf ihr Becken und presste es mit seinen Schenkeln auf das Bett. Seine Hände schnellten vor und drückten ihr die Kehle zu. Seine Komplizen hielten ihre Arme fest. Sie wollte schreien, doch nur ein ersticktes Gurgeln drang aus ihrem Mund. Verzweifelt versuchte sie, ihre Kehle den würgenden Händen zu entwinden. Die Qualen des Erstickens ließen ihren Körper aufbegehren gegen die rohe Kraft. Doch sie konnte gegen die Angreifer nichts ausrichten. Ihr Unterleib kämpfte vergeblich gegen den harten Druck der Schenkel an, die ihn fest in die Zange genommen hatten. Ihre Hoffnung schwand mit ihren Sinnen. Niemand konnte ihre stummen Schreie hören. Niemand bemerkte ihren Todeskampf. Niemand würde ihr zu Hilfe eilen. Ihre Kräfte wurden schwächer;

die von Masken verhüllten Gesichter begannen, sich im Kreis zu drehen; sie sah ein grelles Licht und hörte einen durchdringenden Knall.

Gabriele riss die Augen auf und schreckte schweißgebadet hoch. Sie brauchte eine geraume Weile, bis ihr bewusstwurde, dass sie nur geträumt hatte. Nie zuvor hatte sie einen derart furchtbaren Albtraum durchlebt. Sie hatte das Gefühl, als wäre sie wirklich erstickt, hätte der Knall sie nicht von ihren Qualen erlöst. Sie war sich nicht sicher, ob er Teil des Traums oder Wirklichkeit gewesen war, bis sie den Blitz durch den Spalt im Vorhang zucken sah und lauten Donner rollen hörte. Das Gewitter musste ganz in ihrer Nähe sein. Der Donner war dem Blitz nur eine Sekunde später wie ein Paukenschlag gefolgt.

Sie schaltete die Nachttischlampe ein und trank den Rest des Wassers, mit dem sie ihre Schlaftabletten eingenommen hatte. Am liebsten hätte sie ihre Tochter angerufen. Aber das Klingeln hätte auch ihren Schwiegersohn und die Kinder wach gemacht, und sie konnte unmöglich alle wecken mitten in der Nacht. Nicht wegen eines Traums, auch wenn er noch so schrecklich gewesen war. Seit dem Bericht über den Mord an der alten Frau schlief sie sehr unruhig – allein in dem großen Haus. Die Vorstellung, wie die arme Frau mit schreckerfüllten Augen um ihr Leben rang, ließ Gabriele frösteln unter der Decke.

Aber es waren nicht nur die Einbrecher, die sie schlecht schlafen ließen. Sie war einfach überspannt. In letzter Zeit war alles zusammengekommen. Die Schwierigkeiten in der Firma, die ständigen Streitereien mit Hendrik. Seine Untreue hatte sie ebenso bestürzt wie verletzt. Sie hätte längst die Scheidung eingereicht, hätte sie nicht befürchtet, es könnte Adalberg ruinieren. Auch die Sorge um Patrick zehrte an ihren Nerven. Warum gab ihr Sohn sich mit Kriminellen ab? Warum konnte er nicht einen anständigen Beruf erlernen? Sie hätte sich sehr gefreut, wenn er wie Alexandra und Philipp in die Firma eingestiegen wäre. Philipp war immer der Vernünftigere gewesen. Obwohl er eigentlich noch größere Probleme hatte. War sie auch daran schuld? Hatte sie als Mutter so versagt?

Sie verbot sich, diese Gedanken fortzuführen. „Es ist nicht schlimm, Fehler zu machen", hatte ihr Vater immer gesagt. „Man muss nur daraus lernen und darf sich den Mut nicht nehmen lassen." Nach der Scheidung würde sie Gelegenheit haben, ihre schwersten Fehler wieder gut zu machen. Dann würde sie den Kopf frei haben, um sich auf die Firma zu konzentrieren. Sie hatte mit der Unternehmensberatung alles durchkalkuliert. Sie würde die Firmenanteile, die Hendrik eingebracht hatte, verkaufen und ihn davon auszahlen. Dann würde sie Alexandra in die Geschäftsleitung holen, und zusammen würden sie Adalberg wieder zu dem erfolgreichen Pralinenhersteller machen, der er früher einmal war.

Hendrik war außer sich gewesen, als sie ihn mit ihren Scheidungsplänen überraschte. Er hatte sie angeschrien und ihr prophezeit, dass sie Adalberg in den Konkurs führen werde. Seitdem schliefen sie in getrennten Schlafzimmern. Vielleicht hätte sie ihn gleich aus dem Haus werfen sollen. Schließlich gehörte die Villa ihr. Aber trotz allem, was er ihr angetan hatte, empfand sie noch Zuneigung für ihn. Er war der Vater ihrer Kinder, und als sie zur Welt kamen, waren sie glücklich miteinander gewesen.

Sie schaltete die Nachttischlampe wieder aus und versuchte, alle Sorgen aus ihren Gedanken zu vertreiben. Der Donner zog allmählich fort, und sie lauschte dem Prasseln des Regens, den der Wind gegen die Scheiben trieb. Das monotone Trommeln wirkte beruhigend auf ihre Nerven. Doch sie konnte nicht wieder einschlafen. Gegen ihren Vorsatz kehrten ihre Gedanken zu den Einbrüchen zurück. Hatte sie die Alarmanlage eingeschaltet, bevor sie ins Bett gegangen war?

Sie konnte sich nicht erinnern daran. Die Aufregung der letzten Monate hatte sie reizbar und zerstreut gemacht. Sie richtete sich auf und tastete erneut nach dem Lichtschalter. Als ihre Finger ihn halb gedrückt hatten, hielt sie inne und starrte auf den Spalt unter der Tür. Ein neuer Anfall von Panik schnürte ihr die Kehle zu. Jemand hatte im Flur das Licht angemacht! Diesmal befand sie sich nicht in einem Traum. Jemand war mit ihr im Haus. Sie richtete sich auf und lauschte in die Dunkelheit. Vielleicht war es Hendrik, der früher als geplant aus Zürich zurückgekommen war. Aber das konnte kaum sein. Es war mitten in der Nacht, und am kommenden Vormittag wollte er mit ihrem Zürcher Großhändler einen neuen Liefervertrag aushandeln.

Ohne das Licht einzuschalten, glitt sie aus dem Bett. Nur Alexandra und ihre Haushälterin hatten noch Haustürschlüssel. Aber Katarina war mit ihrer Schwester an die Nordsee gefahren. Und warum sollte Alexandra mitten in der Nacht das Haus ihrer Eltern aufsuchen? Selbst wenn etwas passiert sein sollte, hätte sie vorher angerufen.

Sie zog den Vorhang einen Spalt breit auf, und gedämpftes Mondlicht fiel in das Schlafzimmer. Im Halbdunkel glitt sie am Bett entlang und versuchte, jedes Geräusch zu vermeiden. Die Umrisse der Schminkkommode zeichneten sich schwarz gegen das Grau des Teppichs und der Wände ab. Sie tastete sich am Schemel vorbei und gelangte ohne anzustoßen an die Tür. Vorsichtig presste sie ein Ohr an die Tür und verringerte ihren Atem zu einem kaum noch wahrnehmbaren Ein und Aus. „Reiß dich zusammen!", ermahnte sie sich leise. Sicher war es nur Hendrik. Ganz bestimmt war er es.

Sie legte eine Hand auf die Türklinke und verharrte zögerlich. Ihr Herz hämmerte in einem fieberhaften Takt. Wenn sie nur nicht diese erbärmliche Angst hätte! Sie hatte das lähmende Gefühl, einen verhängnisvollen Fehler zu begehen.

Wenn wirklich die Einbrecher durch das Haus schlichen, war es reiner Wahnsinn, auf den Flur zu gehen. Sie hatten die alte Frau erbarmungslos erwürgt.

Ihre Hand tastete nach dem Schlüsselloch. „Wo ist der Schlüssel?", fuhr es ihr durch den Kopf. Sonst steckte doch ein Schlüssel in dem Schloss. Sie überlegte, ob etwas im Schlafzimmer war, das sie als Waffe benutzen konnte. Außer der Nagelschere fiel ihr nichts ein. Wenn sie das Telefon hätte, könnte sie die Polizei zu Hilfe rufen. Sie hatte es vor dem Schlafengehen in der Badewanne benutzt. Es musste auf der Ablage neben der Wanne liegen. Das Badezimmer war gleich nebenan, nur wenige Schritte entfernt.

Mit angehaltenem Atem drückte sie die Türklinke nach unten. Ein leises Quietschen ließ ihre Hand erstarren. Sie lauschte mehrere Sekunden, ob vom Flur etwas zu hören war, dann drückte sie die Klinke ganz hinab und zog sie langsam zu sich heran. Sie öffnete die Tür einen kleinen Spalt, schob ihren Kopf nach vorn und versuchte in den Flur zu spähen. Sie betete, dass ihr kein Einbrecher gegenüberstehen würde. „Wenn das passiert", dachte sie halb ohnmächtig vor Angst, „werde ich den Verstand verlieren". Noch bevor sie etwas sehen konnte, ließ ein Geräusch sie zusammenfahren. Sie hatte deutlich ein Knarren gehört. Jemand stieg aus dem Erdgeschoss die Treppe herauf!

Sie unterdrückte das Verlangen, ihre Verzweiflung laut hinauszuschreien, und drückte hastig die Tür wieder zu. Das schrille Quietschen und der dumpfe Schlag klangen so verräterisch wie das Knarren der Treppe in ihren Ohren. Gabriele presste die Hände an den Kopf und versuchte, nicht in Panik zu verfallen. Was sollte sie jetzt tun? In den Schrank? Das hatte keinen Sinn. Unters Bett? Dort würden sie als Erstes nach ihr suchen.

Durch den Spalt im Vorhang fiel ein Streifen Mondlicht in das Zimmer. Das Fenster – natürlich! Bis zum Erdboden waren es kaum mehr als drei Meter. Sie würde aus dem Fenster springen und nach vorne auf die Straße laufen. Dann konnte sie Frau Papendiek aus dem Bett klingeln und die Polizei zu Hilfe rufen. Sie würde der alten Dame und ihrem gelähmten Mann einen gehörigen Schreck einjagen, wenn sie mitten in der Nacht bei ihnen sturmklingelte. Aber darauf konnte sie keine Rücksicht nehmen.

Sie wirbelte herum und stürzte in die Dunkelheit. Auf halbem Weg geriet ihr der Schemel zwischen die Beine. Sie fiel zu Boden, stieß einen leisen Fluch aus und rappelte sich wieder hoch. Mit einem Satz war sie beim Fenster und riss den Vorhang beiseite. Als ihre Hand sich nach dem Fensterriegel streckte, öffnete sich die Tür. Mit beiden Händen umklammerte sie den Riegel und rüttelte daran. Als sich das Fenster endlich öffnete, ging im Schlafzimmer das Licht an. Gabriele stieg auf das Fensterbrett und – „Mein Gott, ist das hoch!", dachte sie erschrocken. Angstvoll warf sie einen Blick über die Schulter, und seufzte sie erleichtert. „Ach, du bist es. Aber wie … Was machst du hier?"

**Gabriele Adalberg ermordet**

Einbrecher ermorden Eigentümerin des Süßwarenherstellers Adalberg

VON RIEKE REIMANN

Einbrecher ermordeten in der Nacht zum Donnerstag Gabriele Adalberg, Mehrheitseigentümerin der Adalberg GmbH. Sie brachen mit einer Leiter in das erste Stockwerk der Familienvilla in der Hermann-Löns-Straße ein und überwältigten die Unternehmerin in ihrem Schlafzimmer. Nach Angaben der Polizei handelt es sich um einen Raubmord. Ehemann Hendrik Wirt war in der Mordnacht auf Geschäftsreise in Zürich.

Der leitende Ermittler, Kriminalhauptkommissar Kristoff Strack, wollte sich zu der Tat noch nicht äußern. Er habe das Landeskriminalamt in Hannover um Unterstützung gebeten. Die Mordkommission fahndet immer noch vergeblich nach der Einbrecherbande, die den Mord an der 78-jährigen Marta P. begangen haben soll.

Die Adalberg GmbH gab den Tod der Eigentümerin in einer Pressemitteilung bekannt. Die Verstorbene sei eine bewundernswerte Unternehmerin gewesen, die bei ihren Mitarbeitern hohe Wertschätzung genoss. Frau Adalberg leitete das Unternehmen gemeinsam mit ihrem Ehemann.

Sie hatte bei ihrer Heirat den traditionsreichen Familiennamen beibehalten. Außer ihrem Mann hinterlässt sie drei erwachsene Kinder.

Die Adalberg GmbH ist einer der größten Arbeitgeber im Heidekreis und einer der traditionsreichsten Süßwarenhersteller Deutschlands. Wegen Personalkürzungen und hoher Verluste war das Unternehmen in den letzten Jahren in die Schlagzeilen geraten. Der Hauptsitz befindet sich im Gewerbegebiet Birkenbrück. Adalberg verfügt über Zweigstellen in der Schweiz und in Brasilien und beschäftigt fast 500 Mitarbeiter.

Bürgermeister Hinrich Budgereit sprach den Hinterbliebenen sein Beileid aus. Der Tod von Gabriele Adalberg habe ihn zutiefst erschüttert. Es sei für den Heidekreis zu hoffen, dass die Erben das Traditionsunternehmen fortführen. Als Arbeitgeber sei es für die Region unersetzlich. „Ich fordere die Polizei auf, all ihre Kräfte zu mobilisieren, um den Verbrechern das Handwerk zu legen. Die Bewohner des Heidekreises müssen nachts wieder ruhig schlafen können", sagte Budgereit.

### Das Geschacher
#### oder die Sorgen der Reichen

Vier Wochen später, an einem warmen Sonntagnachmittag im Mai, saß Hendrik Wirt mit seiner Familie im Esszimmer der Villa Adalberg. Wie bei Familientreffen üblich hatte die Haushälterin das Fürstenberger Porzellan aus dem Schrank geholt, das sich seit drei Generationen im Familienbesitz befand. Herr Wirt, seine drei erwachsenen Kinder, sein Schwiegersohn und seine Schwiegertochter saßen an einem langen Esstisch. Aus ihren Tassen stieg duftender Kaffeedampf empor.

Der Hausherr hatte seinen Stammplatz in der Mitte des langen Endes eingenommen, von dem er die Küchentür und die Tür zum Flur im Blick hatte. Bevor er das Wort erhob, musterte er aufmerksam seine Kinder und deren Ehepartner, um ihre Stimmung zu ergründen.

Zu seiner Rechten saß seine Tochter Alexandra, die spitze Nase ihres hübschen Gesichts wie üblich ein wenig nach oben gereckt. Ihr rotbraunes Haar verströmte einen Hauch von Lavendel, als sie es mit den Händen über die Schulter kämmte. Sie würde sich mit Sicherheit aufregen, wenn er die schlechte Nachricht verkündete. Er kannte das Temperament seiner Tochter nur zu gut.

Aufbrausende Worte erwartete er auch von ihrem Ehemann Jens Westermann, der ihr soeben ein Stück Buchweizentorte auftat. Sein bärtiges Gesicht erstarrte in ernster Konzentration, während er sich alle Mühe gab, die Torte aufrecht auf den Teller zu befördern. „Wie unnötig", dachte Herr Wirt

14

sarkastisch. „Eine böse Schwiegermutter braucht er doch nicht mehr zu befürchten."

Seine Schwiegertochter Neele saß ihm gegenüber. Sie würde seiner Ankündigung wie üblich mit boshaftem Spott begegnen. In ihrem groben Gesicht zeigte sich grimmige Ungeduld, während sie mit ihrem Teller in der Hand darauf wartete, dass ihr pingeliger Schwager ihr endlich den Tortenheber gab. Sie würde sich mit Sicherheit nicht darum scheren, ob ihr Stück aufrecht stehen blieb. Für sie zählte nur das Geld, und Herr Wirt war sich sicher, dass sie seinen Sohn Philipp nur aus diesem Grund geheiratet hatte. Immerhin ließ das Geschäftssinn erkennen, eine Eigenschaft, die er bei seinem Sohn vermisste.

Philipp sah mit besorgter Miene zu, wie sein Schwager sich nun selbst mit größter Sorgfalt ein Stück Torte auftat. „Vermutlich fürchtet er, dass Neele gleich zu toben anfängt", dachte Herr Wirt mit steinernem Blick. Er schwankte zwischen Mitleid und Wut, wenn er daran dachte, was sein Sohn sich von dem Weibsstück alles gefallen ließ.

Als Letzten musterte er Patrick, das schwarze Schaf der Familie. Ihm hätte er die Familienzugehörigkeit am liebsten aberkannt. Der missratene Sohn trank von seinem Kaffee und starrte abwesend auf den Tisch. Herr Wirt bemerkte, dass seine blau geäderten Hände kaum merklich zitterten. Schon bei der Begrüßung waren ihm seine weiten Pupillen und der fiebrige Blick aufgefallen. Vermutlich stand er wieder unter Drogen oder benötigte dringend Nachschub. Herr Wirt wollte auf jeden Fall verhindern, dass er die Firma ruinierte.

Er trank einen Schluck von seinem Adalberg Cream, eine der Konkurrenz nachempfundene Kaffeespezialität, und sah ohne Appetit auf die vier Trüffelpralinen, die vor ihm auf einem goldumrandeten Teller lagen. Als alle sich Torte aufgefüllt hatten, ergriff er das Wort. „Wie ich euch am Telefon bereits sagte, möchte ich über das Erbe mit euch reden." Er machte eine Pause und wartete, bis alle Blicke auf ihn gerichtet waren. „Leider gibt es ein Problem. Gabrieles Vermögen steckt fast vollständig in der Firma. Außer der Villa verfüge ich kaum über Privatvermögen. Wenn ich euch eure Erbteile auszahle, würde das den Todesstoß für Adalberg bedeuten. Die Firma macht im vierten Jahr Verluste. Ich muss euch daher bitten, auf euer Erbe zu verzichten."

Hätte er verkündet, dass ein Gerichtsvollzieher den Familienbesitz pfänden würde, hätten die Münder nicht offener stehen können. Wie üblich hatte er kein Blatt vor den Mund genommen. Er hatte sich noch nie davor gescheut, unangenehme Wahrheiten offen auszusprechen. Sein Schwiegersohn Jens fing sich als Erstes.

„Das ist nicht dein Ernst! Du erwartest doch nicht, dass wir unser Erbe einfach dir überlassen!"

Hendrik setzte eine Miene des Bedauerns auf und sagte mit Nachdruck: „Doch, mein voller Ernst – leider. Wenn ich das Geld hätte, würde ich euch auszahlen, das könnt ihr mir glauben. Aber es geht nicht. Ich müsste dazu die Firma verkaufen. Das kann auch nicht in eurem Interesse sein. Ich muss euch daher bitten, vorerst zu verzichten. Wenn ich einmal tot bin, erbt ihr ohnehin alles."

„Aber wie stellst du dir das vor?", fragte Alexandra mit einem Anflug von Hysterie in der Stimme. „Wir haben fest mit dem Geld gerechnet. Die Bank wird uns nicht ewig Aufschub gewähren"

„Bitte glaub mir, Alexandra. Wenn ich das Geld hätte, würde ich es euch geben. Aber es ist nichts da, um euch auszuzahlen."

„Aber Mutter hat uns versprochen, dass sie uns etwas geben würde. Sie sagte etwas von Wertpapieren. Es kann doch nicht alles in der Firma stecken." Ihre Stimme hatte zwei Oktaven an Höhe gewonnen.

Herr Wirt seufzte und richtete seinen Oberkörper auf, um seinen Worten die volle Autorität zu verleihen. „Ich sage auch nicht, dass da gar nichts ist. Aber was ich euch geben kann, reicht nicht, um dich, Philipp und vor allem Patrick auszuzahlen. Außerdem kann es sein, dass ich noch etwas in die Firma stecken muss. Ich habe mir gestern noch einmal die Zahlen angesehen. Fruchtgummis, Schokoladen, Pralinen: Der Absatz fast aller Produkte bleibt hinter dem Plan zurück. Und dann das Feuer in unserem Werk in Zürich. Das alles …"

„Den Schaden zahlt doch die Versicherung", fiel Jens ihm ins Wort.

„Den Brandschaden, ja, aber den Produktionsausfall nur zur Hälfte. Außerdem können wir unsere Lieferverträge nicht einhalten."

„Dann nimm doch eine Hypothek auf die Villa auf."

Hendrik sah seinen Schwiegersohn vorwurfsvoll an. „Diese Option wollte ich mir offenhalten. Versteh doch, die Firma …"

„Ach die Firma, die Firma!", brauste Patrick auf. „Ich will, was mir zusteht. Bis auf den letzten Cent. Glaub bloß nicht, dass ich auf irgendwas verzichte!"

„Euch allen steht etwas zu. Aber ihr könnt unmöglich wollen, dass ich Adalberg ruiniere. Eure Mutter hat sich aufgeopfert für die Firma. Hätte sie gewusst, wie es bei ihrem Tod um Adalberg steht, hätte sie niemals dieses Testament aufgesetzt."

Patrick ballte seine Hände zu Fäusten und sagte zornig: „Als wenn es dich je gekümmert hätte, was Mutter gewollt hat! Hol dir doch einen Kompagnon ins Boot. Oder verkauf die scheiß Firma. Ich lass mich nicht von dir verarschen. Wenn du versuchst, mich zu bescheißen, wirst du es bereuen."

Herr Wirt sah ihn herausfordernd an. „Willst du mir etwa Angst einjagen? So wie deiner Mutter?"

„Das wirst du schon merken. An deiner Stelle würde ich mich nicht zu sicher fühlen. Das gilt für euch alle!" Patrick sprang von seinem Stuhl auf und stürmte aus dem Esszimmer.

Der Rest der Familie zuckte zusammen, als er die Tür hinter sich zuschlug. Eine Weile aßen sie schweigend und starrten auf ihre Kuchenstücke.

Schließlich sagte Jens: „Das war ja mal wieder ein denkwürdiger Auftritt. Aber ich finde, Patrick hat recht. Wie es aussieht, braucht Adalberg dringend frisches Kapital. Warum holst du dir nicht einen Kompagnon ins Boot, Hendrik?"

Herr Wirt hatte die möglichen Wendungen dieser Verhandlung sorgsam durchdacht und war auf den Einwand vorbereitet. Um des Familienfriedens willen wollte er einen Interessenausgleich erzielen. Nicht, weil er besonders harmoniebedürftig gewesen wäre, sondern damit alle sich mit dem zufrieden gaben, was er ihnen zugedacht hatte. Er setzte eine geschäftsmäßige Miene auf, die kein Gefühl erkennen ließ, und sagte: „Ich verstehe eure Lage. Bitte, lasst uns sachlich darüber sprechen. Ein Kompagnon würde bedeuten, dass jemand Fremdes im Unternehmen mitbestimmt. Außerdem könnte Alexandra dann nicht mehr Geschäftsführerin werden."

„Aber das wird sie doch sowieso nicht."

„Vorerst nicht. Und die Entscheidung ist mir wirklich schwergefallen, das könnt ihr mir glauben. Sobald die Geschäfte wieder besser laufen, werde ich dich in die Geschäftsleitung holen, Alexandra. Das verspreche ich dir. Aber im Moment können wir uns keine weitere Geschäftsführerin leisten."

Jens wollte etwas erwidern, doch Alexandra legte ihm beschwichtigend eine Hand auf den Arm. „Ich bin wirklich enttäuscht von dir, Vater. Du weißt, wie dringend wir das Geld benötigen. Wie kannst du uns so im Stich lassen? Ich dachte, wir und die Kinder bedeuten dir etwas. Ist die Firma wirklich das Einzige, was für dich zählt?"

„Ach, mir kommen die Tränen", sagte Neele, bevor Herr Wirt etwas erwidern konnte. Sie hatte den Streit mit höhnischer Miene verfolgt und dabei genüsslich ihren Kuchen gegessen. Jetzt beugte sie sich über den Tisch und sah Alexandra giftig an. „Ich dachte immer, ihr hättet es nur für Eure neue Hütte getan. Aber du hast dir offenbar mehr davon versprochen."

„Wovon versprochen?"

„Frag nicht so dumm."

„Pass bloß auf, was du sagst!" Jens richtete drohend einen Zeigefinger auf sie.

„Sonst was?"

„Ich warne dich! Wenn du behauptest, wir hätten mit Gabrieles Tod etwas zu tun …"

„Schluss jetzt!" Herr Wirt hob Ruhe gebieterisch die Hände. „Wir werden das vernünftig miteinander bereden. Wenn ihr wirklich in Schwierigkeiten seid, Alexandra, helfe ich euch selbstverständlich. Aber euren Pflichtteil kann ich euch nicht auszahlen, das sage ich dir gleich. Du weißt, dass das im Sinne deiner Mutter gewesen wäre." Der letzte Satz war seine Trumpfkarte. Seine Tochter hatte die Wünsche ihrer Mutter immer respektiert.

„Wie nobel von dir, dass du dich so für Gabrieles Interessen einsetzt", sagte Neele mit höhnischem Grinsen. „Man möchte meinen, sie kommt gleich zur Tür reinspaziert. Wüsste ich es nicht besser, würde ich sagen, du willst uns übers Ohr hauen. Aber wir wissen alle, dass es mit der Firma nicht so toll aussieht. Deshalb sind ich und Philipp bereit, auf einen Teil des Erbes zu verzichten. Aber wenn du für Alexa was raus tust, musst du auch für uns was locker machen. Nicht wahr, Philipp?"

Ihr Ehemann starrte betreten auf den Tisch und kaute an einem Stück Blaubeerkuchen. Der Streit war ihm sichtbar unangenehm. Erst als seine Frau ihn anstieß, fuhr er hoch und sagte: „Oh, ja, ja. Neele hat völlig recht. Selbstverständlich nehmen wir Rücksicht. Wir wollen nur einen gerechten Anteil."

Der Hausherr sah Zustimmung suchend zu Alexandra und Jens. Auf dem Gesicht seines Schwiegersohns las er Unmut und Trotz. Alexandra sah unglücklich aus; aber beide schienen sich damit abgefunden zu haben, auf einen Teil ihres Erbes zu verzichten. Hendrik empfand darüber wenig Erleichterung. Denn nicht Alexandras und Philipps Erbteile bereiteten ihm Kopfzerbrechen, sondern Patricks. Dem stand eine horrende Summe zu, und er würde auf keinen Cent verzichten, auch wenn er die Firma damit in den Bankrott triebe. Doch Herr Wirt hatte nicht vor, es soweit kommen zu lassen. Er würde dafür sorgen, dass Patrick das bekam, was er verdiente.

Der Streit um das Erbe hatte eine heimliche Zuhörerin gefunden. In der Küche stand die Haushälterin Katarina Kaufmann und hielt ein Ohr an den Spalt der angelehnten Tür. Es war sonst nicht ihre Art, Gespräche zu belauschen. Aber sie wollte wissen, woran sie war. Hendrik sollte sich nicht zu früh freuen, dachte sie. So billig würde er nicht davonkommen.

*Was steckt nur hinter dem Auftrag?*

Stellen Sie sich vor, Sie hätten eine ~~Tünte~~ Tante Lotti, die ein großes Vermögen besitzt, das Sie eines Tages erben werden. Stellen Sie sich außerdem vor, dass Sie des Wartens überdrüssig sind und Ihre Erbschaft ein wenig beschleunigen wollen. Was wäre der perfekte Mord?

Wenn Sie Glück haben, hat Tante Lotti ein

schwaches ~~Hwrz~~ Herz. Dann können Sie sie im wahrsten Sinne des Wortes zu Tode erschrecken. Sollte ihr Naturell eher robuster sein und zu einem hartnäckigen Quell des Ärgerni~~ss~~ses für Sie werden, dann lassen Sie ihren Tod wie einen Unfall aussehen. Stoßen Sie sie einfach die Treppe hinunter. Aber Vorsicht! Passen Sie auf, dass die alte Schachtel nicht überlebt.

Wollen Sie auf Nummer sicher gehen, schmeißen Sie Ihre Tante lieber vom Balkon. Damit sich daraus keine Unannehmlichkeiten für Sie ergeben, empfehle ich wenigstens den fünften Stock. Oder überraschen Sie Ihr Tantchen in der Badewanne, und werfen Sie den ~~Fön~~ Föhn oder das Radio hinein. Falls sie ein Bad verweigern sollte, aber nach einem Besuch bei Ihnen zum Bahnhof muss, seien Sie so nett und begleiten sie und stoßen sie im Gedränge vor den Zug.

Ein beliebter Klassiker ist das gute alte Gift. Welch ein dummes Missgeschick w~~ö~~äre es doch, wenn in den Salat aus frischen Speisemorcheln einige Frühjahrslorcheln gerieten. Tantchens Augen waren leider nicht mehr die besten. Da kann ein solches Malheur schon einmal passieren.

Sollte Ihre Tante eher dem Tr~~z~~unk zusprechen, als Pilze sammeln zu gehen, greifen Sie auf bewährte Hausmittel zurück. Schließlich ist es nicht Ihre Schuld, wenn die senile alte Schnapsdrossel ihren Fussel in alle möglichen Flaschen umfüllt, damit die Familie nichts davon merkt, und sich statt eines Likörgläschens voll Rachenputzer einen doppelten Domestos hinter die Binde kippt.

Nach dieser Ouvertüre erwarten Sie vielleicht, dass ich Ihnen einen Ratgeber zur Bereinigung Ihrer Erbschaftsangelegenheiten an die Hand gebe. Leider muss ich Sie enttäuschen; dazu fehlt es mir an Kompetenz. Vielmehr will ich Ihnen von meinem eigenen Missgeschick berichten, damit es Ihnen als abschreckendes Beispiel diene.

Auch ich hatte eine Erbtante Lotti, die auf ihre alten Tage für ihre Mitmenschen zur Last und höchst entbehrlich geworden war. Sie hatte gerade ihren neunzigsten Geburtstag gefeiert und mit Strömen von Alkohol und jungen Kerlen (so nannte sie alle Männer unter neunzig) das ganze Pflegeheim auf Trab gehalten. Da ich damals selbst nicht mehr der Jüngste war und nicht mit der gleichen Rossnatur gesegnet bin,

Elvira Roth ließ ihre Finger auf die Tastatur ihrer Schreibmaschine sinken und stieß ein unflätiges Schimpfwort aus, das für gewöhnlich nicht zum Wortschatz sittsamer älterer Damen zählt. Das war auch nicht verwunderlich, denn ganz so sittsam war die Dame nicht. Es läutete schon zum elften Mal, und die zunehmende Dauer der Klingeloffensiven ließ darauf schließen, dass der abendliche Besucher entweder ein aufdringlicher Mensch sein musste oder nach seiner unmaßgeblichen Meinung in einer besonders dringenden Angelegenheit kam. Was immer auch der Fall sein mochte, es gab ihm noch lange nicht das Recht, eine weltbekannte Schriftstellerin so hartnäckig bei der Arbeit zu stören.

Schon wieder tönte aufdringlich ein Schwall von Klingeltönen durch das Haus. Diesmal wollte der Störenfried den Finger gar nicht mehr von der Klingel nehmen. Offenbar hatte er sich in den Kopf gesetzt, die bereits reichlich erzürnte Hausherrin vollends zur Weißglut zu bringen. Warum, zum Donnerwetter noch mal, öffnete ihr Herr Sohn nicht die Tür? Er wusste doch, dass sie beim Schreiben nicht gestört werden wollte. Sie arbeitete an ihrem neuen Kriminalroman Erbeslust und Erbesleid und hatte sich gerade in Fahrt geschrieben. Nach ihrer Ansicht war es eine Respektlosigkeit gegenüber ihrem mit Liebe entworfenen Schurken, wenn man ihn mitten im schönsten Morden unterbrach.

„Max?"

„Mahax!"

„Maxxx!"

„Ja Mutter, was ist denn?"

„Wo steckst du? Es klingelt!"

„Das höre ich auch! Kannst du nicht an die Tür gehen? Ich nehme mit Watson ein Bad!"

„Du bist mit dem Hund in der Badewanne?"

„Nein, Mutter! Watson ist in der Wanne! Ich seife ihn ein."

„Dann lass jetzt mal den Hund und geh an die Tür!"

„Aber Mutter …!"

„Hörst du schwer?"

Max stieß ein Schimpfwort aus, das für gewöhnlich nicht zum Wortschatz artiger Söhne zählt, wenn sie von ihrer Mutter einen Auftrag erteilt bekommen. Aber das war auch nicht verwunderlich, denn obwohl Max mit seinen siebenundzwanzig Jahren immer noch bei seiner alten Dame wohnte und mit seinen blonden Haaren und seinem unschuldigen Gesicht wie ein wahrer Engel aussah – ein Muttersöhnchen war er nicht. Jedenfalls versuchte er, keins zu sein, und entzog sich ihrer Herrschaft, so gut er vermochte. Zu seinem Glück gab es in dem großen Haus, in dem er aufgewachsen war, Platz genug, sich aus dem Weg zu gehen. Doch ganz entziehen, konnte er sich ihrem Einfluss nicht. Denn seine Mutter gewährte ihm freie Kost und Logis. Ein Angebot, dass er schlecht ablehnen konnte, da er von seinen Einnahmen als Detektiv seinen Lebensunterhalt nicht bestreiten konnte. Zwar trieben auffallend viele Mörder im beschaulichen Birkenbrück ihr Unwesen, aber davon abgesehen, waren die Heidjer ein rechtschaffener Menschanschlag mit wenig krimineller Energie. Er hob seinen Rauhaardackel aus der Badewanne und setzte ihn behutsam auf den Fliesen ab. „Warte hier, Kumpel. Ich muss nur mal nachsehen, wer an der Tür ist", sagte er zu dem tropfenden Hundeknäuel.

Watson gab ein zustimmendes Bellen von sich und bedachte sein Herrchen mit einem aufmunternden Blick, in dem Klugheit und Mitgefühl zu lesen waren.

Hätte er nicht vier Stummelbeine und zwei Schlappohren gehabt, Max hätte den Spitzbuben mit seinem struppigen Bart für einen kleinwüchsigen Don Quijote gehalten.

An der Tür erwartete ihn ein elegant gekleideter Herr von etwa fünfzig Jahren, auf dessen sonnengebräuntem Gesicht sich mühsam gezügelte Ungeduld zeigte. Der modisch geschnittene Anzug, das purpurrote Einstecktuch und die dezent gemusterte Seidenkrawatte wiesen ihn als einen Mann von Welt aus, der Wert auf teure Kleidung legte. Die herrischen Gesichtszüge und die eindringlichen blauen Augen ließen auf eine energische Persönlichkeit schließen, die es gewohnt war,

Anweisungen zu geben. Genau die Art von Mensch, in deren Gegenwart Max sich unwohl fühlte.

„Entschuldigen sie, dass ich unangemeldet störe", sagte der ungebetene Besucher mit einer tiefen, rauchigen Stimme. Sein Blick hatte den Ausdruck leichten Befremdens angenommen, als er ihn am häuslichen Aufzug seines Gegenübers hinuntergleiten ließ. Der junge Mann, den er von oben bis unten musterte, trug einen roten Bademantel mit hochgekrempelten Ärmeln, und an seinen blassen Armen und in seinem jugendlichen Gesicht klebten Reste von Seifenschaum. In den Mundwinkeln des Besuchers deutete sich ein Lächeln an. Er setzte eine gönnerhafte Miene auf und sagte: „Ich komme gerade von der Arbeit und dachte, ich versuche es einfach. Gestatten sie, dass ich mich vorstelle. Mein Name ist …"

„Hendrik Wirt", sagte Max und von Menschen überlegte, ob er seiner Neugier auf ein neues Abenteuer nachgeben sollte oder dem Impuls, dem ungebetenen Besuch die Tür vor der Nase zuzuschlagen, um sich in die Geborgenheit des Badezimmers zurückzuziehen und Watson abzutrocknen.

„Richtig!", rief Herr Wirt überrascht. „Sind wir uns schon einmal begegnet?"

„Ich habe Ihr Bild in der Zeitung gesehen", sagte Max und schlug einfühlsam die Augen nieder. „Mein aufrichtiges Beileid." Er hoffte, dass er die passenden Worte wählte und hinreichend betroffen aussah, um die Gefühle eines trauernden Witwers nicht zu verletzen.

„Aber kommen Sie doch herein!", rief Elvira von hinten aus dem Flur. „Max, du kannst doch unseren Gast nicht vor der Tür stehen lassen! Und was ist das wieder für ein Aufzug?"

Max trat errötend zur Seite, Herr Wirt schritt ins Haus und stellte sich der Hausherrin vor. Er sah sich einer stämmigen Frau von etwa siebzig Jahren gegenüber, die mit einem saloppen weißen Baumwollhemd und Jeans bekleidet war. Er nahm mit Wohlwollen zur Kenntnis, dass sie zupackend auftrat. Für sein Anliegen konnte das von Vorteil sein. Er brauchte jemanden, der Überzeugungskraft besaß und bereit war zu tun, was getan werden musste.

Elvira hatte der Versuchung nicht widerstehen können, ihre Arbeit zu unterbrechen, um herauszufinden, wer sich so hartnäckig Gehör verschaffen wollte. Dass der Gast der Ehemann einer frisch Ermordeten war, machte sie erst recht neugierig. Denn wenn es etwas gab, das ihren kriminalistischen Eifer noch mehr beflügelte als auf dem Papier begangene Morde, dann waren es jene in der Realität. Sie war sich sicher, dass der Gott, der diese Welt erschaffen hatte, die gleiche Leidenschaft für Schurken hegte, und dass er genau wie sie höchste Genugtuung dabei empfand, den raffiniertesten und niederträchtigsten Verbrechern ihr finsteres Handwerk zu legen. Deshalb war sie Kriminalschriftstellerin geworden, und deshalb hatte sie fünf Jahre zuvor mit ihrem Sohn den Birkenbrücker Verein gegen das Böse gegründet.

„Nur herein in die gute Stube", lud sie ihren Gast ins Wohnzimmer ein, in dem es vom Mittagessen noch nach Eintopf roch. Die gute Stube war mit dunklen Möbeln eingerichtet, die schon im Haus ihrer Eltern gestanden hatten. Zwei wuchtige Bauernschränke, ein ausziehbarer Esstisch, sechs gepolsterte Stühle mit hoher Lehne und in der Ecke ein Ohrensessel mit ausziehbarer Fußablage, auf dem Elvira es sich gern bequem machte. Auf dem Tisch lag eine mit Blumen bestickte Decke. Elvira wies Herrn Wirt einen Stuhl an und sagte: „Darf ich Ihnen etwas anbieten? Vielleicht einen Haidmärker? Ich habe einen ausgezeichneten Haidmärker Roggenkorn vom Hof Tütsberg bei Schneverdingen. Der Heideverein schenkt mir jedes Jahr eine ganze Kiste davon, seit ich den Tod eines Schäfers aufgeklärt habe. Ein befreundeter Jäger hat ihn versehentlich auf der Wolfsjagd erschossen."

„Oh, wie tragisch", sagte Herr Wirt. „Und nein danke, sehr freundlich von Ihnen, aber im Moment möchte ich lieber nichts." Er trank nie, wenn es Geschäftliches zu besprechen gab. Schon gar nicht, wenn die Angelegenheit von höchster Wichtigkeit war.

„Wie Sie wollen. Aber ich werde mir einen kleinen genehmigen", sagte Elvira mit erwartungsfrohen Augen. Sie holte ein Likörglas aus einem der Schränke, füllte es zur Hälfte mit dem Roggenkorn und setzte sich zu Herrn Wirt und ihrem Sohn an den Tisch.

„Ich will gleich zur Sache kommen. Ich bin hier, weil ich Ihre Dienste beanspruchen will. Ich gehe davon aus, dass ich mich auf Ihre Diskretion verlassen kann? Von dieser Angelegenheit darf nichts an die Öffentlichkeit gelangen."

„Selbstverständlich. Alles, was Sie uns anvertrauen, werden wir streng vertraulich behandeln", versicherte ihm Elvira und nippte mit einem Seufzer der Erleichterung an ihrem Haidmärker. Vom langen Sitzen am Schreibtisch rebellierte ihr Rücken, und auch die Knie taten ihr weh. Der Alkohol linderte die Schmerzen.

„Dann zur Sache: Die Polizei glaubt, dass meine Frau von der Einbrecherbande ermordet wurde, die zuvor die alte Frau erwürgt hat. Ich glaube jedoch etwas anderes." Herr Wirt räusperte sich und legte seine Stirn in Falten. „Ich sage das nicht gern, aber ich verdächtige meinen Sohn Patrick, seine Mutter ermordet zu haben. Und ich möchte, dass Sie herausfinden, ob ich recht damit habe."

Es entstand eine Pause, in der Max und Elvira ihren Gast gespannt ansahen. Da Herr Wirt seinen Verdacht nicht weiter erläuterte, sagte Max:

„Ich gehe davon aus, dass Sie Ihren Sohn nicht beschuldigen würden, wenn Sie nicht gute Gründe dafür hätten."

„Oh ja, die habe ich!", sagte Herr Wirt mit Nachdruck. „Und ich möchte betonen, wie schwer es mir fällt, den Verdacht auszusprechen. Aber ich fürchte, die Art wie der Mord begangen wurde, lässt keine andere Schlussfolgerung zu. Die Diebe sollen durch ein Fenster eingebrochen sein. Es wurde aber kein Alarm ausgelöst. Der Täter muss also gewusst haben, wie er die Alarmanlage abschalten konnte. Mein Sohn hatte einen Schlüssel für unser Haus und kannte die erforderliche Zahlenkombination. Ich vermute, er hat meine Frau erwürgt und dann den Safe ausgeräumt und das Fenster aufgebrochen, damit alles nach einem Raubmord aussieht."

„Trauen Sie Ihrem Sohn das wirklich zu?", fragte Max überrascht. Es berührte ihn unangenehm, dass ihr potenzieller Auftraggeber einen derart furchtbaren Verdacht so kaltblütig aussprach.

„Ohne Zweifel." Herr Wirt hielt es für unnötig, falsche Gefühle zu heucheln. „Patrick ist das schwarze Schaf der Familie. Mit achtzehn ist er zu einer Haftstrafe auf Bewährung verurteilt worden, weil er mit Drogen gehandelt hat. Er ist selbst drogensüchtig und verkehrt immer noch in kriminellen Kreisen. Ich traue ihm alles zu, wenn es um Geld geht."

„Haben Sie Ihren Verdacht der Polizei mitgeteilt?", fragte Elvira und nippte gespannt an ihrem Haidmärker. Sie fand es immer anregend, in der schmutzigen Wäsche anderer Leute zu wühlen.

„Selbstverständlich. Ich habe mit Hauptkommissar Strack darüber gesprochen. Er leitet die Ermittlungen. Er zeigte sich jedoch wenig interessiert. Patrick hat ein Alibi. Angeblich war er in der Nacht bei seiner Freundin. Ein schönes Alibi!" Herr Wirt fuhr erregt in seinem Stuhl hoch. „Seine Freundin ist Stripperin im Don Juan Club, diesem Bordell an der Düshorner Landstraße. Ganoven und Huren, das sind die Kreise, in denen mein Sohn verkehrt. Außerdem steckt er ständig in finanziellen Schwierigkeiten. Er hat meine Frau und mich immer wieder um Geld angebettelt. Zuletzt wollte er zweihunderttausend Euro. Er hat eine Diskothek übernommen, die schlecht läuft, soweit ich es mitbekommen habe. Er musste sich von irgendwelchen Verbrechern Geld leihen. Genaueres weiß ich nicht. Ich habe mich geweigert, über diese Dinge mit ihm zu reden."

„Sie haben ihm also kein Geld gegeben?", fragte Elvira.

Herr Wirt schnaubte empört. „Damit er es in Drogen und seine krummen Geschäfte steckt? Selbstverständlich nicht!"

„Und Ihre Frau?"

„Anfangs schon. Wir hatten mehr als einmal Streit deswegen. Du kannst deinem Sohn doch nicht seine Drogensucht finanzieren, habe ich zu ihr gesagt. Patrick gehört in eine Entziehungsanstalt. Seitdem hatte sie immer abgestritten, ihm etwas zu geben, wenn das Gespräch darauf kam. Aber sie war viel zu nachsichtig mit ihm. Ich vermute, dass sie ihm heimlich kleinere Summen zugesteckt hat. Von größeren Beträgen hätte ich erfahren. Fast alles steckt in der Firma. Zweihunderttausend Euro hat sie ihm mit Sicherheit nicht gegeben. Deshalb gehe ich davon aus, dass er hinter dem Erbe her ist."

„Wie hoch ist denn sein Erbe?", fragte Max neugierig. Sogleich wurde ihm seine Indiskretion bewusst. „Ich meine, wenn es Ihnen nichts ausmacht, darüber zu reden."

„Selbstverständlich", sagte Herr Wirt. „Das ist ein weiterer Umstand, der mich in meinem Verdacht bestärkt. Meine Frau hat ein Testament aufgesetzt, das alle überrascht hat – außer Patrick. Ich habe zwei Drittel des Vermögens geerbt und er das restliche Drittel. Er erbt ihr gesamtes privates Geld- und Wertpapiervermögen. Darüber hinaus steht ihm ein beträchtlicher Anteil an der Firma zu. Ich werde ihn auszahlen müssen. In welcher Höhe, dass muss erst ein Gutachter bestimmen. Es ist mit Sicherheit ein zweistelliger Millionenbetrag."

„Und Ihre Tochter und Ihr älterer Sohn, Alexandra und Philipp, wenn ich mich recht erinnere, erben nichts?"

„Das ist ja das Erstaunliche! Meine Frau hat bestimmt, dass ich Alexandra und Philipp ihren Pflichtteil auszahlen soll, falls sie vor mir stirbt. Nur wenn meine Frau mich überlebt hätte, hätten sie den gleichen Anteil bekommen."

„Das ist wirklich erstaunlich", sagte Elvira. Sie spitzte nachdenklich die Lippen und nippte an ihrem Haidmärker. „Was mag Ihre Frau zu einem solchen Testament bewogen haben? Alexandra und Philipp müssen sich sehr ungerecht behandelt fühlen."

Herr Wirt nickte heftig. „Allerdings. Wie Sie sich vorstellen können, bleiben die familiären Beziehungen nicht unbelastet von einem solchen Testament. Ich habe nur eine Erklärung, warum Gabriele das Erbe so unvernünftig aufgeteilt hat: Sie hat gehofft, dass Patrick das Geld nutzt, um aus seinen Schwierigkeiten heraus zu kommen. Vermutlich hat sie geglaubt, dass ich ihn enterben würde, sollte sie vor mir sterben. Tatsächlich habe ich ihn aus meinem Testament gestrichen. Davon wusste meine Frau allerdings nichts. Ich habe es bei unserem Notar hinterlegt und ihr nie gezeigt – so wie sie mir ihres auch nicht", sagte Herr Wirt mit einem freudlosen Lachen. „Aber ehe ich Ihnen weitere Details über meine Familie und meine persönlichen Angelegenheiten anvertraue, muss ich wissen, ob Sie sich des Falls annehmen. Geld spielt keine Rolle. Ich muss nur absolute Diskretion von Ihnen verlangen."

„Aber das ist doch selbstverständlich", beteuerte Elvira noch einmal. Sie kippte ihren dritten Korn hinunter und fühlte sich wohlig beschwingt. „Wir werden den Fall übernehmen. Wer immer den Mord begangen hat, muss ein wahres Scheusal sein. Ein derart abscheulicher Mensch darf nicht frei herumlaufen. Ein Honorar brauchen Sie uns nicht zu zahlen. Ich wäre Ihnen nur dankbar, wenn Sie etwas für unseren Verein spenden. Damit helfen wir den Opfern von Verbrechen. Alleinerziehenden Müttern und Waisenkindern vor allem."

Herrn Wirts Miene hellte sich auf. Ihm gefiel die Aussicht, den Preis frei bestimmen zu können. „Ich habe schon davon gehört. Verein gegen das Böse, nicht wahr? Sehr ehrenwert von Ihnen."

„Ach, es gibt so viel Schlechtes auf der Welt, da muss man doch helfen", sagte Elvira voll Leidenschaft. Sie erachtete es als Privileg, in ihrem Alter beruflich aktiv sein zu können. Ihre grauen Zellen verrichteten ihren Dienst noch tadellos. Nur ein paar neue Gelenke hätte sie gut gebrauchen können.

„Offenbar sind Sie sehr erfolgreich mit Ihrer Arbeit. Die Zeitung berichtet ja ständig über Ihre Erfolge. Selbstverständlich habe ich auch Ihre Kriminalromane gelesen, liebe Frau Roth."

„Oh, wie schön von Ihnen!", säuselte Elvira angeheitert. „Umso eifriger werden wir uns um die Aufklärung des Falles kümmern. Zunächst müssen wir den Ort des Verbrechens erkunden. Mein Sohn wird das übernehmen. Wann kann er bei Ihnen vorbeikommen?"

„Morgen Nachmittag ließe es sich einrichten. Sagen wir um zwei?"

„Ja, das passt ausgezeichnet", sagte Max mit einem höflichen Lächeln. Er hatte sich damit abgefunden, dass seine Mutter über seinen Kopf hinweg entschied, welche Fälle sie übernahmen, und diesmal erschienen ihm die Ermittlungen außergewöhnlich vielversprechend. Die Adalbergs gehörten zu den reichsten Familien Birkenbrücks, es gab mehrere Verdächtige, und er würde hinter ihrer noblen Fassade auf Misstrauen, Missgunst und Zwietracht stoßen. Soviel hatte ihm der Auftritt von Herrn Wirt verraten. Nur die Umstände bereiteten ihm Unbehagen. Er würde auf seine Kleidung und angemessenes Benehmen achten müssen. In dieser Familie war man es gewohnt, den Ton anzugeben, und die Aussicht, allzu selbstbewusste Verdächtige gegen ihren Willen auszufragen, weckte seinen Fluchtinstinkt. Es war nicht von Vorteil, als Detektiv schüchtern zu sein. Eigentlich war es überhaupt nicht von Vorteil, wenn er es recht bedachte.

„Kann ich sonst noch etwas tun, um Sie zu unterstützen?", fragte Herr Wirt.

„Ich muss Ihre Familie befragen. Alle, die etwas wissen könnten. Es wäre hilfreich, wenn Sie ihnen Bescheid sagen und mir die Adressen und Telefonnummern zukommen lassen – und natürlich Ihre eigene", sagte Max in dem Bemühen, auch im Bademantel einen professionellen Eindruck zu erwecken.

„Ich werde mich umgehend darum kümmern. Hier haben Sie meine Karte. Wenn Sie möchten, kann ich für das nächste Wochenende eine Familienzusammenkunft einberufen. Dann habe Sie alle beisammen – außer meinem Sohn Patrick. Ich habe ihn seit dem Tod meiner Frau nur noch ein einziges Mal gesehen. Ich hatte meine Kinder zu mir kommen lassen, um über die Erbschaft mit Ihnen zu reden. Dabei ist es zum endgültigen Bruch zwischen mir und Patrick gekommen. Ich will nicht, dass er mein Haus noch einmal betritt."

Als Herr Wirt sich erhob, kam ein nasses Knäuel auf ihn zugeschossen und begann neugierig an seinen Hosenbeinen zu schnüffeln. Er stieß es mit dem Fuß beiseite und knurrte: „He, Vorsicht, meine Hose!" Dann besann er sich, wich einen Schritt zurück und sagte mit gezwungener Freundlichkeit: „Na, was bist du denn für ein Kerlchen?"

Watson wich ebenfalls zurück und knurrte drohend.

„Watson, lass das!", rief Elvira. „Oller Schietbüdel! Du kannst doch unseren Gast nicht anknurren."

Max hielt Watson am Halsband fest und redete beruhigend auf ihn ein. Der Vorfall war ihm unangenehm, auch wenn er Sympathie für Watsons Misstrauen hegte.

„Nun, Hase, was hältst du von unserem neuen Fall?", fragte Elvira, nachdem er ihren Auftraggeber hinausbegleitet hatte. Sie stand an der Ablage des Geschirrschranks und schenkte sich ein weiteres Gläschen Haidmärker ein. Sie kannte ihren Sohn gut genug, um zu wissen, dass er der Ermittlung mit gemischten Gefühlen entgegensah.

Max stand mit verschränkten Armen in der Tür und sagte: „Offenbar hat Herr Wirt eine Abneigung gegen Hunde. Was seinen Verdacht angeht, so scheint er mir berechtigt. Vorausgesetzt, er sagt die Wahrheit."

Elvira nickte und nippte nachdenklich an ihrem Glas. „Was er sagt, klingt überzeugend. Nur wozu braucht er uns? Der Verdacht ist so naheliegend, dass selbst Kommissar Strack etwas herausgefunden hätte, wenn er zuträfe." Sie hielt nicht viel vom stellvertretenden Leiter des Mordkommissariats und hatte noch eine Rechnung mit ihm offen. Aber einen Mörder auf dem Präsentierteller hätte selbst er überführen können. Dessen war sie sich sicher.

„Es sei denn, er ist zu raffiniert für ihn vorgegangen", gab Max zu bedenken.

„Durchaus möglich, Hase. Aber ist das die Tat eines Drogensüchtigen, der sich auf leichtsinnige Geschäfte einlässt? Merkwürdig auch, dass Herr Wirt von dem Testament nichts gewusst hat. In der Familie scheint mir einiges im Argen zu liegen, und unser guter Kommissar geht gewöhnlich recht unbedarft zu Werke. Er gehört zu den Menschen, die glauben, das Bauchgefühl sei der beste Ratgeber. Aber da irrt er. Der Mensch ragt nicht vermöge seines Bauches aus dem Kreis seiner Mitgeschöpfe heraus, sondern vermöge seines Kopfes. Wäre der Bauch das überlegene Denkorgan, dann müsste eine Kuh eine ausgezeichnete Detektivin abgeben. Wir sollten uns auf Überraschungen gefasst machen."

Am Nachmittag des nächsten Tages suchte Max in Mutters Hotzi, ihrem Hotzenblitz mit Elektroantrieb, die Villa Adalberg auf. Es war ihm immer peinlich, in dem lahmen Zweisitzer in der Stadt gesehen zu werden. Doch sein Opel Kadett war in der Werkstatt, und der Weg war ihm zu lang, um zu Fuß zu gehen. Er kam sich wie ein Bioei in einem Eierbecher vor – noch dazu in einem knallroten. Schon mehrfach hatte er versucht – Klimaschutz hin, Klimaschutz her –, seine Mutter davon zu überzeugen, sich ein Auto anzuschaffen, das ihre Detektei würdiger repräsentierte. Aber sie war nun mal eine sture Heidjerin, und so musste er mit dem Eierbecher vorliebnehmen. Wenigstens funktionierte die Stereoanlage. Er hatte sie laut aufgedreht und hörte Wagners Ritt der Walküren. Die Phantasien, die das Spektakel von Hörnern, Posaunen und Trompeten in ihm heraufbeschwor, machten ihm Mut.

Die Villa Adalberg stand auf einem großen Anwesen am Ende einer Reihe alter Fachwerkhäuser in der Hermann-Löns-Straße. Sie grenzte an den Buchenwald, der sich an der Fulde entlang bis hinter das Hallenbad erstreckte. Eine akkurat geschnittene Ligusterhecke, ein hohes weißes Einfahrtstor und ein schmaleres für Fußgänger schirmten es vor neugierigen Blicken ab. Max fuhr an der Hecke vorbei und hielt in einiger Entfernung auf dem Parkstreifen gegenüber, um von Herrn Wirt nicht mit dem Hotzi gesehen zu werden. Er war überzeugt, dass ein Geschäftsmann mit dem Auftreten ihres Auftraggebers keinen Detektiv ernst nehmen würde, der einen knallroten Eierbecher fuhr, zumal Max für sein Alter recht jung aussah. Seine jugendliche Erscheinung erfüllte ihn mit der Sorge, er könnte nicht die nötige Autorität ausstrahlen. Um dem vorzubeugen, hatte er seinen besten Anzug angezogen. Er verfügte er über zwei Garnituren, eine saloppe für

Auftraggeber wie Heidrun und Hinrich und eine elegante, die jedem Sparkassenvorstand zur Ehre gereicht hätte.

Beim Überqueren der Straße warf er einen nervösen Blick auf die Uhr. Er kam eine halbe Stunde zu spät, weil Watson Verdauungsprobleme hatte. Ausgerechnet als er loswollte, musste er seinen Mageninhalt auf den Perserteppich in Mutters Arbeitszimmer ergießen. Max hatte mit Haushaltshandschuhen und Küchenpapier alles aufgewischt und den Fleck mit heißem Wasser ausgewaschen. Er konnte nur offen, dass keine dunkle Stelle zurückblieb. Seine Mutter konnte sehr unangenehm werden, wenn er oder Watson etwas angestellt hatte.

Er ging zum Fußgängertor und fand es wie erwartet verschlossen vor. In ein poliertes Messingschild waren in eleganter Schrift die Namen Gabriele Adalberg und Hendrik Wirt eingraviert. Er klingelte, und wenige Sekunden später nannte er einer blechernen Frauenstimme sein Anliegen. Dann ertönte ein Summen, und er öffnete das Tor.

Der ausgedehnte Garten und die stattliche Villa waren beeindruckender als alles, was er in Birkenbrück zuvor gesehen hatte. Das Anwesen kam ihm vor, als hätte sich Ernst August von Hannover für die Sommerfrische einen Landsitz zugelegt. Farbenfrohe Rosenbeete zierten zwei Rasenflächen, die zusammen so groß wie ein Fußballfeld waren. Gelbe, rote, weiße, orange- und rosafarbene Rosen mit Blüten in verschiedenen Formen und Größen waren zu kunstvollen Mustern angeordnet, die im Licht der Sonne leuchteten. Ein mit weißen Kieseln bestreuter Weg führte ihn auf die mit Wein umrankte Villa zu. Vor dem steinernen Treppenaufgang hielt in der Mitte eines Springbrunnens eine wasserspeiende brasilianische Schönheit eine überdimensionale Kaffeebohne in den Händen. Sie war das Wahrzeichen der Firma Adalberg und wurde wegen eines

Werbespots der sechziger Jahre die Adalberg Mulattin genannt.

Zu ihrer Rechten schillerte durch eine Fensterfront das
Wasser eines Schwimmbads in der Sonne. Zu ihrer Linken
standen in einer Garage mit vier Stellplätzen ein BMW-Cabrio
mit offenem Verdeck und ein Mercedes der S-Klasse. „Mein
lieber Scholli", dachte Max. „Der Teufel scheißt auch immer
auf den dicksten Haufen." Nicht, dass das verschwenderische
Anwesen Neid in ihm weckte. Er fühlte sich eher eingeschüchtert. Nach seiner Erfahrung hatte alles seinen Preis. Man
musste sich solchen Reichtum erarbeiten, man musste ihn ver-
walten, und er weckte die Art von Begehrlichkeiten, die der
Frau seines Auftraggebers das Leben gekostet hatten. Er hätte
nicht mit der Familie tauschen wollen. Es erschien ihm nur ungerecht, dass so viele Menschen auf der Welt nicht einmal sau-
beres Wasser und genug zu essen hatten. Hätte er die Möglichkeit gehabt, dann hätte er die Chancen unter den Menschen
gleicher verteilt. Da er dies jedoch nicht konnte, versuchte er
auf seine Weise, ein wenig mehr Gerechtigkeit in die Welt zu
bringen. Mit forschendem Blick betrachtete er die Gitter vor
den Fenstern im Erdgeschoss und die Vorsprünge an der Fassade, über die man zu den Fenstern im ersten Stock klettern
konnte. Neben dem steinernen Dach über der Eingangstreppe
war ein Kasten mit einem Blitzlicht angebracht. Eine auffallend attraktive Frau öffnete ihm die Haustür und führte ihn in
den ersten Stock.

Herr Wirt empfing ihn in seinem Arbeitszimmer. Er
schnellte wie ein jugendlicher Tennisspieler hinter seinem
Schreibtisch hervor und sagte mit angestrengter Freundlichkeit: „Ah, der Herr Roth! Schön, dass Sie doch noch kommen
konnten. Ich hatte Sie bereits vor einer halben Stunde erwartet."

Max errötete und reichte Herrn Wirt die Hand zu einem unangenehm kräftigen Händedruck. In seinem Kopf erklang der Ritt der Walküren. Er zwang sich, seinem Gegenüber lächelnd in die Augen zu sehen, und sagte mit fester Stimme: „Bitte entschuldigen Sie die Verspätung. Watson hat eine Magenverstimmung. Ich fürchte, er hat sein Tatar zu schnell hinuntergeschlungen, der kleine Vielfraß. Am Fleisch kann es nicht gelegen haben. Das habe ich gestern erst vom Biometzger geholt. Ich habe ihm einen Kräutertee gekocht und ihn in sein Körbchen gesteckt. Er benimmt sich manchmal wie ein kleines Kind. Aber das soll uns nicht weiter aufhalten. Wenn Sie einverstanden sind, sehe ich mir als Erstes das Schlafzimmer an, in dem Ihre Frau gefunden wurde." Max war sich bewusst, dass die Begründung unglaubwürdig klang. Aber sollte er seinen Auftraggeber anlügen?

Herr Wirt war sichtlich hin- und hergerissen, ob er über die beträchtliche Verspätung und die lächerliche Begründung seinen Unmut äußern oder hinwegsehen sollte. Der Jungspund musste entweder ein frecher Kerl oder ein Tölpel sein, dachte er mit regloser Miene. Einem Angestellten hätte er jetzt beigebracht, dass Lehrjahre keine Herrenjahre waren. Aber er wollte, dass dieser Junge und seine Mutter seinen Auftrag erledigten, und sie waren durch keinen Vertrag dazu verpflichtet. Immerhin war er professionell gekleidet. Der Anzug konnte nicht billig gewesen sein, bemerkte Herr Wirt wohlwollend. Er gab sich einen Ruck und sagte in unverändert freundlichem Ton: „Selbstverständlich. Kommen Sie, das Schlafzimmer befindet sich gleich gegenüber."

Er führte Max in ein geräumiges Zimmer mit einem Fenster zum Garten, das nach benutzter Bettwäsche roch. Die Vorhänge waren zugezogen, wodurch es im Zimmer angenehm kühl war. „Frau Kaufmann zieht bei Sonnenschein immer die

Vorhänge zu", sagte er und trat zum Fenster, um die Sonne hereinzulassen.

Das Schlafzimmer war mit einem Doppelbett, einem Kleiderschrank und einer Kommode mit einem Spiegel ausgestattet. Auf der Kommode waren diverse Schminkutensilien nebeneinander aufgereiht, so als warteten sie darauf, von der Toten wieder benutzt zu werden. Neben dem Bett stand auf jedem Nachttisch ein Wecker, auf dem rechten lag zusätzlich ein Buch.

Max ließ seinen Blick durch den Raum schweifen und sagte: „Nach dem, was in der Zeitung stand, haben Ihre Tochter und Ihr Gärtner Ihre Frau auf dem Bett gefunden. Ist das richtig?"

„Alexandra und Herr Schäfer, ja. Es muss schrecklich für sie gewesen sein."

„Ganz bestimmt war es das", sagte Max einfühlsam. Er war erleichtert, weil sein Auftraggeber über seine Verspätung einfach hinweg gegangen war. „Ich würde Herrn Schäfer gern ein paar Fragen stellen. Ich habe ihn vorne im Garten gesehen."

„Dann hole ich ihn herauf, warten Sie."

Der Hausherr eilte die Treppe hinunter und kam wenige Minuten später mit dem Gärtner zurück.

Johann Schäfer war um die sechzig und von knorriger Gestalt. Seine ledrige Haut war von der Sonne gebräunt. Er trug eine fleckige Cordhose und ein verschwitztes Hemd, die in auffälligem Gegensatz zu den teuren Anzügen von Max und Herrn Wirt standen.

Max fühlte sich in eine Zeit zurückversetzt, in der Hausangestellte noch als Menschen zweiter Klasse behandelt wurden, was ihn verlegen machte. Er begrüßte den Gärtner mit einem Lächeln und sagte mit aufgesetzter Fröhlichkeit: „Ich habe im Vorgarten Ihre Rosenbeete bewundert. Ich muss sagen, Sie sind ein wahrer Künstler. Ich gärtnere selbst ein wenig, wenn ich Zeit habe, aber meine Rosen sehen geradezu traurig aus gegen Ihre Prachtexemplare." In Wahrheit überließ er fast alle Gartenarbeit seiner Mutter. Rasenmähen, Unkrautjäten, Laubharken ¬ schon als Kind hatte er sich vor diesen Pflichten gedrückt und lieber die Nase in Bücher gesteckt.

Johanns wettergegerbtes Gesicht legte sich in misstrauische Falten als Antwort auf die freundliche Begrüßung. „Wenn Sie glauben, Sie können sich bei mir einschmeicheln, dann sind Sie schief gewickelt", knurrte er mürrisch. „Sagen Sie mir lieber, was Sie von mir wollen. Aber ich sag's Ihnen gleich: Ich hab Frau Adalberg nich umgebracht. Und ich hab auch mit den Einbrüchen nichts zu tun. Das hab ich der Polizei schon gesagt."

„Das will ich Ihnen auch gar nicht unterstellen", sagte Max beschwichtigend. „Ich möchte Ihnen nur ein paar Fragen stellen. Erzählen Sie mir einfach, was an dem Morgen passiert ist, an dem Sie die Leiche gefunden haben."

Statt der Aufforderung nachzukommen, sah Johann ihn missmutig an und kniff die Lippen zusammen.

„Hast du nicht gehört, Johann?", fuhr Herr Wirt ihn an. „Erzähl Herrn Roth, was sich zugetragen hat an dem Morgen!"

„Da hat sie gelegen", knurrte der Gärtner und streckte einen mit Erde verkrusteten Zeigefinger aus. „Mitten aufm Bett. Den Anblick vergess ich nie. Hat ganz grässlich an die Decke gestarrt, und die Augen und die Zunge sind ihr ausm Kopp gequollen. Frau Westermann hat sie als Erste gefunden. Hat geschrien und sich die Hände vors Gesicht geschlagen und Rotz und Wasser geheult. Mutter, oh Mutter, das kann doch nich sein! hat sie immer wieder geflennt."

Er hielt inne und sah Max misstrauisch an: „Aber was soll die Fragerei? Ich kann Ihnen nich mehr sagen, als wie ich der Polizei schon gesagt habe. Ich hab mit der Sache nichts zu tun. Und ich lass mir auch nichts anhängen!"

„Machen Sie sich keine Sorgen", beeilte sich Max, ihn zu beschwichtigen. Er sah sich vor der dreifachen Herausforderung, es sich erstens mit dem Gärtner nicht zu verderben, zweitens sein Vertrauen zu gewinnen und ihm drittens einige heikle Fragen über die Familie zu stellen. Und das alles unter den kritischen Blicken seines Auftraggebers, dessen Motive er nicht kannte. Die Detektivarbeit war für ihn eine Schnitzeljagd durch ein Labyrinth voller Abgründe, zweideutiger Hinweise und kniffliger Rätsel, in dem er sich nicht verirren durfte. Er liebte die Herausforderung und empfand sie zugleich als nervenaufreibend. Manchmal wünschte er sich, jemand könnte ihn bei seinen Ermittlungen beobachten, ihm Hinweise geben, wenn er etwas übersah, und bei der Lösung des Falls auf die Sprünge helfen. Aber das war natürlich nicht möglich. „Ich will mir nur ein Bild davon machen, was sich in der Mordnacht zugetragen hat", versicherte er dem Gärtner. „Ist Ihnen sonst noch was aufgefallen?"

Johann kratzte sich am Kopf. „Naja, das Bett war zerwühlt. Sah aus, als hätt 'n Ringkampf stattgefunden. Und ein Vorhang war runtergerissen. Da wollt die arme Frau zum Fenster raus, hab ich gedacht. Sonst schien mir alles normal. Aber ich hab auch nich groß geguckt. Ich war ja selbst ganz aus dem Häuschen."

„Können Sie sich erinnern, ob das Fenster offenstand?"

„Nee, das Fenster war zu, da bin ich mir sicher. Es war bangig kalt und hat genieselt an dem Morgen."

„Gut beobachtet", sagte Max anerkennend. „Und Sie haben die Polizei alarmiert?"

„Ich? Ach was! Das war Frau Westermann, die Tochter von Frau Adalberg. Als sie sich halbwegs im Griff hatte, is sie runter zum Telefon gerannt."

„War denn die Haushälterin nicht da?" Max zog ein Taschentuch aus der Hose und trocknete sich die Stirn ab. Er hatte sich zurechtgelegt, was er fragen wollte. Wie war der Mörder ins Haus gekommen, wer hatte die Leiche gefunden, wie sah der Tatort aus … Dadurch lief er weniger Gefahr, etwas zu übersehen. Dennoch lastete stets die Sorge auf ihm, er könnte etwas Wichtiges vergessen haben.

„Nee, Frau Kaufmann hatte Urlaub. Ich war wie immer um acht zur Arbeit gekommen und hab am Tor geklingelt, damit Frau Adalberg mir den Schlüssel geben konnte. Aber die hat nich aufgemacht. Da bin ich misstrauisch geworden."

„Sie haben also keinen Schlüssel?"

„Wenn ich Ihnen sage, ich hab geklingelt, dann werd ich wohl keinen haben", knurrte Johann angriffslustig. „Wenn Sie wirklich wissen wollen, wer's war, dann sollten sie ganz anderen auf den Zahn fühlen. Ich war nämlich nich hinter Frau Adalberg ihrem Zaster her. Die hat mich immer anständig behandelt."

„Was Herr Schäfer sagt, stimmt", sagte Herr Wirt mit einem tadelnden Seitenblick auf seinen Angestellten. „Nur Frau Kaufmann hat einen Schlüssel. Bei all den Wertsachen im Haus kann ich nicht jedem vertrauen."

„Was soll das denn heißen? Ich hab hier noch nie was geklaut! Und ich hab auch Ihre Frau nich umgebracht. Ich hab geschlafen in der Nacht – dabei bleibt's, und wenn Sie sich aufn Kopp stellen."

„Kann das jemand bezeugen?" Max stellte Johann die Frage nicht gerne. Der Gärtner gefiel ihm, und er wollte ihn nicht noch mehr verärgern. Seine Weigerung, sich untertänig zu geben, weckte ein Gefühl der Verbundenheit in ihm.

„Nee, kann niemand. Ich leb allein. Das wird ja wohl noch erlaubt sein. Die Polizei hat mich auch schon gelöchert deswegen. Ich bin hier nur Angestellter. Ich weiß nichts von der Sache, und ich will auch nichts damit zu tun haben. Kann ich wieder an meine Arbeit?"

„Bitte beantworten Sie mir noch eine Frage: War Frau Westermann bereits hier, als Sie geklingelt haben?"

„Nee, die war auf dem Weg zur Arbeit. Ich hab sie mit meinem Handy angerufen und ihr gesagt, dass ihre Mutter nich aufmacht. Da is sie hergekommen."

„Und wer von Ihnen hat die Leiche gefunden?"

„Frau Westermann. Sie rief nach ihrer Mutter, und als die nich antwortete, lief sie rauf ins Schlafzimmer."

„War Frau Westermann lange oben, bevor sie hinzukamen?" Der Umstand, dass die Tochter der Ermordeten allein am Tatort war, erschien ihm hinterfragenswert.

„Naja, zumindest kam's mir so vor. Ich stand im Flur und hörte wie sie ins Schlafzimmer ging. Ich dachte, was macht die so lange. Dann hat sie geschrien, und ich hoch zu ihr. So war's, das kann ich beschwören. Kann ich jetzt gehen?"

Max war sich sicher, dass er etwas vergessen hatte. Er überlegte, bis es ihm einfiel. „Eine Frage noch. Wissen Sie, wie man die Alarmanlage ausschaltet?"

Johann stieß ein krächzendes Lachen aus. „Aber woher denn? Sie ham's doch gehört: Man kann nich jedem vertrauen."

„Sie müssen entschuldigen", sagte Herr Wirt, als Johann die Tür hinter sich geschlossen hatte. „Er ist etwas mürrisch, aber ein hervorragender Gärtner. Er ist beim Gartencenter Kohrs angestellt. Herr Kohrs hat unseren Garten mit meiner Frau zusammen entworfen. Rosen waren ihre große Leidenschaft. Er würde mir niemanden schicken, der mir das Haus ausraubt. Davon gehe ich jedenfalls aus. Man steckt ja nicht drin in den Menschen."

„Wie lange arbeitet er schon bei Ihnen?"

„Das muss an die zwanzig Jahre sein. Wir haben in dieser Zeit nie Ärger mit ihm gehabt. Er war immer zuverlässig und hält den Garten tadellos in Schuss. Sie haben es ja gesehen. Er findet Befriedigung in seiner Arbeit, auch wenn man es bei seiner sauertöpfischen Art kaum vermutet."

„Aber so ganz trauen sie ihm nicht?"

Herr Wirt zog überrascht die Brauen hoch. Nach kurzem Zögern sagte er: „Es gab da einen Vorfall mit einem Dr. Kruse, einem Zahnarzt in der Moorstraße. Das ist lange her. Herr Schäfer machte seinen Garten und hatte Geld aus dem Haus gestohlen. Als der Diebstahl herauskam, hat er sofort gestanden und das Geld zurückgegeben. Deshalb hat Dr. Kruse ihn nicht angezeigt. Herr Kohrs hat sich persönlich bei mir verbürgt für Johann. Das hat mir gereicht als Sicherheit. Meine Frau und ich waren der Ansicht, dass wir ihm eine Chance geben sollten."

„Das ist wirklich anständig von Ihnen. Nach dem, was Herr Schäfer erzählt hat, muss Ihre Frau sehr qualvoll gestorben sein. Warum glauben Sie, dass Ihr Sohn ihr das angetan hat? Ich meine, schließlich betreibt er eine Diskothek und raubt keine Banken aus."

Herr Wirt senkte den Blick und sagte bitter: „Natürlich kann ich mich irren. Aber ich hätte den Verdacht nicht ausgesprochen, wenn ich nicht überzeugt wäre, dass Patrick der Mörder ist. Ich habe selbst erlebt, wie er meine Frau bedroht hat. Zwei Monate vor ihrem Tod. Er war völlig von Sinnen, hat sie abwechselnd angefleht und angeschrien, dass sie ihm Geld geben solle. Schließlich ist er handgreiflich geworden. Ich saß unten im Wohnzimmer und habe die beiden schreien gehört. Meine Frau und Patrick haben sich immer wieder mal gestritten. Aber diesmal eskalierte der Streit. Ich kam gerade noch rechtzeitig, um ihn davon abzuhalten, Gabriele zu schlagen. Er hatte sie am Kragen gepackt und die Hand erhoben. Gegen seine eigene Mutter! Bist du verrückt geworden? habe ich geschrien. Lass sofort deine Mutter los! Da hat er sie losgelassen und ist aus dem Haus gestürmt. Meine Frau sagte, er habe sich

43

von irgendwelchen Verbrechern Geld geliehen und könne es nicht zurückzahlen. Er habe Angst, dass sie ihm etwas antun würden."

„Das wäre in der Tat ein starkes Motiv", räumte Max ein. „Nehmen wir an, Sie hätten recht. Wie wäre er ins Haus gekommen? Hat er einen Schlüssel?"

„Ich vermute, dass Gabriele ihm einen gegeben hat. Letztes Jahr haben wir uns eine neue Alarmanlage einbauen lassen. Dabei wurde auch das Schloss ausgewechselt. Nach dem Tod meiner Frau habe ich das Schloss erneut auswechseln lassen und den Code für die Alarmanlage geändert."

„Den alten Code kannte er?"

„Von mir nicht. Aber meine Frau wird ihn ihm gegeben haben. Er hat sie besucht, wenn ich geschäftlich unterwegs war."

„Ihr Sohn hatte also einen Schlüssel und kannte den Code", sagte Max plötzlich lebhaft. „Er kommt durch die Tür ins Haus und schaltet die Alarmanlage ab. Was tut er als Nächstes? Er wird nicht die Wohnung durchwühlen, solange Ihre Frau oben schläft. Er muss verhindern, dass sie Alarm schlägt. Also steigt er als Erstes zu ihr ins Schlafzimmer hoch." Max ging zum Schlafzimmerfenster und griff nach dem Vorhang. „Ihre Frau war wach, als er ins Schlafzimmer kam. Sonst hätte sie es nicht zum Fenster geschafft. Womöglich hat sie etwas gehört. Sie konnten es nicht sein, denn Sie waren in Zürich, nicht wahr?"

Herr Wirt sah ihn mit großen Augen an. Sein Mund war leicht geöffnet, doch er brachte keine Antwort heraus.

Max bemerkte davon nichts. Er war zu eingenommen von der Rekonstruktion der Tat und angespornt vom Ritt der Walküren. „Damit kommen Sie also nicht infrage. Ihre Frau steigt besorgt aus dem Bett und horcht an der Tür. Sie hat in der Zeitung die Berichte über die Einbrecherbande und den Mord an der alten Frau gelesen. Da ist wieder ein Geräusch! Jemand kommt die Treppe hoch. Sie fürchtet das Schlimmste. Was soll sie tun? Sich einschließen?" Max sah zur Tür. „Haben Sie keinen Schlüssel für die Tür?"

Herr Wirt sah ihn irritiert an. „Doch, sicher. Im Keller oder auf dem Dachboden. Wir haben irgendwo einen Kasten, in dem wir alle Schlüssel aufbewahren."

„Abschließen kann sie also nicht. Ihre Frau überlegt, wie sie Hilfe holen kann. Im Schlafzimmer ist kein Telefon. Auf den Flur zu gehen, ist zu riskant. Sie stürzt zum Fenster. Womöglich ruft sie um Hilfe. Aber niemand hört sie. Es ist mitten in der Nacht, die Nachbarn sind im Bett, und draußen tobt ein Gewitter. Plötzlich ist Ihr Sohn bei ihr. Er reißt sie zurück, sie hält sich am Vorhang fest. Der Vorhang reißt, und sie fällt aufs Bett. Er trägt eine Maske, damit ihn niemand erkennt, falls etwas schief geht. Aber sie erkennt ihn trotzdem. Er ist ihr Sohn. Sie ruft seinen Namen, sie fleht ihn an ..."

„Hören Sie auf! Hören Sie auf! Das reicht!"

Max bemerkte erst jetzt den Schrecken in Herrn Wirts Gesicht. Er sah ihn schuldbewusst an und sagte: „Bitte entschuldigen Sie, das war nicht besonders rücksichtsvoll von mir. Aber ich muss mir ein Bild davon machen, was in der Mordnacht passiert sein könnte – und dazu brauche ich Ihre Hilfe."

„Jaja, schon gut", sagte Herr Wirt verärgert. „Dafür habe ich Sie ja eingestellt."

Max sah sich verlegen im Zimmer um. Sein armer Auftraggeber. So ein Fauxpas durfte ihm nicht noch einmal passieren. Sein Blick fiel auf das Buch, das auf dem Nachttisch lag, und er fragte: „Schlafen Sie in diesem Zimmer?"

„Erst seit letzter Woche wieder. Nach dem schrecklichen Vorfall habe ich in Patricks Zimmer geschlafen. Ich brachte es nicht über mich, in demselben Bett zu übernachten, in dem meine Frau ermordet wurde. Aber das konnte natürlich kein Dauerzustand bleiben. Ich habe mir immer wieder gesagt, es ist nur ein Bett, und mit der Zeit habe ich den Widerwillen überwunden. Das Leben muss ja weiter gehen, auch hier im Haus."

„Eine vernünftige Entstellung", sagte Max und legte eine andächtige Pause ein. „Wenn Sie einverstanden sind, würde ich mir jetzt das Fenster ansehen, das aufgebrochen wurde."

„Selbstverständlich. Es befindet sich nebenan."

*Warum wurde kein Alarm ausgelöst*
*und wozu das Magnesiumsilikathydrat?*

Auch im Arbeitszimmer der Ermordeten waren die Vorhänge zugezogen. Herr Wirt öffnete sie, und Max ließ seinen Blick durch das geräumige Zimmer schweifen. Es war mit einem massiven antiken Schreibtisch, einem ebenfalls betagten Schreibtischstuhl, zwei Ledersesseln und mehreren Regalen voller Bücher und Aktenordner eingerichtet. Durch das zweiflügelige Fenster und die hohe weiße Stuckdecke wirkte das Zimmer hell und geräumig. Im Sonnenlicht glänzte Mosaikparkett, in den Ecken standen Zimmerpalmen. Ein Gemälde zeigte eine Heidelandschaft mit einem reetgedeckten Haus, ein zweites das überlebensgroße Portrait eines stattlichen Mannes in einem altmodischen Anzug. Das Mobiliar verströmte den Geruch von altem Holz und Möbelpolitur.

Max betrachtete neugierig das Portrait. Es zeigte einen wohlgenährten Mann in mittleren Jahren, die Haare über den Ohren ausrasiert, im Gesicht ein Hitlerbart. Er sah seine Betrachter mit distanzierter Entschlossenheit an, doch spielte um die Mundwinkel ein Lächeln und um die Augen ein gütiger Zug, was ihm das Aussehen eines wohlwollenden Patriarchen verlieh.

„Der Großvater meiner Frau, Georg Wilhelm Adalberg", sagte Herr Wirt. „Er hat die Firma 1928 gegründet. Das Mobiliar stammt von ihm."

„Beeindruckend. Er war Nationalsozialist?"

„Passives Mitglied der Partei", antwortete Herr Wirt abweisend. „Er verstand es, sich mit dem System zu arrangieren, ohne sich etwas zuschulden kommen zu lassen. Nach dem Krieg gab es viele, die zu seinen Gunsten aussagten. Das hat ihn vor einem Internierungslager bewahrt."

Max verkniff es sich, weiter nachzufragen, um seinen Auftraggeber nicht zu verstimmen. „Ein Mann, der von seinen Mitarbeitern viel verlangt, aber fair mit ihnen umgeht, würde ich aus dem Portrait schließen. Könnte man Ihre Frau auch so beschreiben?"

Herr Wirt trat neben Max und betrachtete das Gesicht auf dem Gemälde. „Er hat große Ähnlichkeit mit meiner Frau. Gabriele wurde von unseren Mitarbeitern sehr geschätzt. Sie mochten und respektierten sie. Sie hatte überhaupt ein Talent im Umgang mit Menschen. Ich wüsste nicht, dass sie sich Feinde geschaffen hätte. Patrick war der Einzige, mit dem ich sie ernsthaft im Streit erlebt habe."

„Aber als Unternehmerin wird sie doch sicher nicht bei allen beliebt gewesen sein. Ich meine, es gibt immer Neider oder Angestellte, die einem etwas übelnehmen."

„Ja, sicher", räumte Herr Wirt widerwillig ein. „Neider und Missgünstige gibt es immer, wenn man Erfolg hat. Aber da war meines Wissens niemand, von dem sie sich bedroht fühlte. Schon gar niemand, dem ein solcher Mord zuzutrauen wäre – außer Patrick."

„Und Sie? Hatten Sie niemals Streit mit ihr? Bitte verstehen Sie mich nicht falsch. Ich will Ihnen nichts unterstellen." Ein gewagter Vorstoß, dachte er. Aber er wollte sich keine Nachlässigkeit erlauben.

Herrn Wirt starrte eine Weile wortlos auf das Portrait. Dann sah er Max freundlich an und sagte: „Nur die üblichen Reibereien, die in jeder Ehe vorkommen. Wenn Sie einmal dreißig

Jahre verheiratet sind, werden Sie wissen, wovon ich rede. Unser Lebensmittelpunkt war immer die Firma. Sieben Tage in der Woche Arbeit, nicht mehr als drei Wochen gemeinsamer Urlaub im Jahr. Da hat man nicht viel Gelegenheit, sich gegenseitig auf die Nerven zu gehen. Wir haben immer zueinandergehalten, auch wenn es hier und da mal Meinungsverschiedenheiten gab. Ich habe meine Frau geliebt. Ich hätte ihr niemals etwas antun können, wenn sie darauf hinauswollen."

„Aber nicht doch! Sie würde ich als Letzten verdächtigen, selbst wenn Sie kein Alibi hätten. Sonst wären Sie niemals auf die Idee gekommen, Mutter und mich zu beauftragen. Ich versuche mir nur ein Bild zu machen, wie Ihre Frau mit ihren Mitmenschen klargekommen ist. Ihr Tod muss ein großer Verlust für die Firma sein. Ich nehme an, eins von Ihren Kindern wird die Nachfolge antreten?"

„Vorerst nicht. Ich hatte erwogen, Alexandra in die Geschäftsführung zu holen. Sie leitet seit letztem Jahr den Vertrieb. Aber es fehlt ihr noch an Erfahrung. Deshalb habe ich die Leiterin unserer Produktentwicklung, Frau Dr. Schlüter, zur Geschäftsführerin ernannt. Eine überaus tüchtige Frau mit viel unternehmerischem Gespür. Die ideale Besetzung in der schwierigen Lage, in der sich das Unternehmen befindet."

„Und Philipp?"

„Philipp kommt leider gar nicht infrage. Er arbeitet im Rechnungswesen von Adalberg und ist ein ausgezeichneter Buchhalter. Ich hätte ihn gerne als meinen Nachfolger gesehen, aber für die Leitung des Unternehmens ist er gänzlich ungeeignet. Er ist psychisch nicht robust genug für eine solche Aufgabe."

Max bedankte sich mit einer leichten Verbeugung für die Auskunft und wandte sich dem Fenster zu, durch das die Sonne vom wolkenlosen Himmel schien. Am Ende des Gartens warf Johann vor einem Holzhäuschen einen Rasenmäher an. Max öffnete das Fenster und beugte sich hinaus. Unter ihm erhob sich eine halbkreisförmige Terrasse aus rotbraunem Stein über die weitläufige Rasenfläche. Rechts der Terrasse leuchtete ein Beet mit weißen und roten Rosen in der Sonne, dahinter schillerte ein Teich. Was für ein Paradies, dachte er, und wandte seinen Blick nach links, wo eine stattliche Kastanie über die Hecke ragte. Zwischen den Blättern schimmerte die weiße Fassade des Nachbarhauses durch. Die Hecke zog sich um das ganze Anwesen und erhob sich bis zum ersten Stock. Ein Schutzwall gegen Neid und Missgunst, dachte er. Zu seinem Bedauern schützte er auch Einbrecher davor, von den Nachbarn gesehen zu werden.

„Das Fenster wurde von außen aufgebrochen", unterbrach Herr Wirt seine Gedanken. „Der Mörder ist in den Geräteschuppen eingebrochen und hat die Leiter benutzt. Ein weiterer Beleg dafür, dass er sich ausgekannt hat. Die Polizei geht davon aus, dass er das Fenster mit einem Brecheisen aufgestemmt hat. Man hat jedoch nichts dergleichen gefunden."

Max deutete nach rechts, wo der Anbau mit dem Schwimmbad angrenzte. „Auf der Seite wohnt niemand mehr?", fragte er.

„Nein. Hinter der Hecke kommt ein Stück Wald und dann das Hallenbad und die Waldgaststätte Buchenworth. Hinter dem Grundstück führt eine Böschung zur Fulde hinunter."

„Hat die Polizei irgendwelche Spuren unter dem Fenster oder im Haus gefunden?"

„Meines Wissens nicht. Hauptkommissar Strack sagte, der Regen habe alle Fußspuren weggespült, sofern welche da waren. Soweit ich weiß, hat der Mörder überhaupt nichts hinterlassen, das bei der Aufklärung des Falles weiterhelfen könnte."

„Oh, das zum Glück nicht. Jeder Täter hinterlässt Spuren. Mit der Erfahrung lernt man sie zu erkennen."

„Soll das heißen, Sie haben etwas entdeckt?"

„Oh ja, durchaus einiges. Zum Beispiel beschäftigt mich folgende Frage: Warum ist Herrn Schäfer im Schlafzimmer außer dem herunter gerissenen Vorhang nichts Besonderes aufgefallen, als er Ihre Frau gefunden hat? Das ist doch merkwürdig, oder?"

Herr Wirt sah ihn irritiert an. Dann klärte sich seine Miene auf, und er sagte: „Ich denke, ich weiß, worauf Sie hinaus wollen … Darüber hatte ich noch gar nicht nachgedacht."

„Wir sollten auch keine voreiligen Schlüsse daraus ziehen. Es ist bisher nur, was ich sage – merkwürdig. Wie sah das Arbeitszimmer nach der Mordnacht aus?"

„Der Schreibtisch war durchwühlt. Alle Schubladen waren herausgerissen und der Inhalt auf dem Boden verstreut. Genau wie in meinem Arbeitszimmer. Ich brauchte einen ganzen Nachmittag, um alles wieder einzusortieren."

„Wurde etwas gestohlen?"

„Gestohlen nicht. Aber der Safeschlüssel wurde entnommen. Der Schreibtisch ist mit einem Geheimfach ausgestattet, in dem wir den Schlüssel aufbewahrt hatten. Passen Sie auf, ich zeige es Ihnen." Herr Wirt setzte sich an den Schreibtisch und zog eine Schublade heraus, die sich unter der Arbeitsfläche befand. Er langte hinein, schob den Inhalt beiseite und betätigte einen Mechanismus. Mit einem Klick senkte sich ein kastenförmiges Fach. „Hier hatten wir den Safeschlüssel aufbewahrt. Das Geheimfach ist mit einem Federmechanismus ausgestattet. Wenn man auf den Boden drückt, senkt es sich herab. Ein sicheres Versteck sollte man meinen. Ein solches Geheimfach entdeckt man nicht durch Zufall. Auch das bestärkt mich in meiner Überzeugung, dass der Mörder sich auskannte."

„Darf ich mal?" Max trat neben Herrn Wirt und probierte den Mechanismus aus. „Tatsächlich. Wenn das Geheimfach

50

geschlossen ist, bemerkt man es gar nicht. Man muss schon gezielt danach suchen. Oder man weiß, wo es ist. Sie bewahren den Schlüssel jetzt offenbar woanders auf?"

„Ja, das Versteck erscheint mir nicht mehr sicher. Es könnte sich herumgesprochen haben in den Kreisen, in denen Patrick verkehrt."

„In der Hinsicht kann ich Sie beruhigen. Der Mörder wird keinen Wert auf Mitwisser legen, wenn er kein Dummkopf ist. Und einen Dummkopf hätte die Polizei längst überführt. Er muss außerdem den Safe gefunden haben, wenn er nicht bereits wusste, wo er ist. Würden Sie ihn mir bitte zeigen?"

„Ja selbstverständlich. Er ist nebenan, in meinem Arbeitszimmer", sagte Herr Wirt bereitwillig.

Max folgte ihm durch die Verbindungstür in das angrenzende Büro. Es war fast doppelt so groß und wurde durch zwei hohe Fenster mit Sonnenlicht durchflutet. Im Gegensatz zu seiner Frau hatte Herr Wirt sein Arbeitszimmer in kühler Eleganz eingerichtet. Der Teppich war hellgrau, das Mobiliar in Chrom und Weiß gehalten. An der Wand gegenüber dem Schreibtisch hing ein abstraktes Gemälde, das Max Auf Leinwand geklatschtes Ei mit grünem Küken taufte. Vor der Regalwand mit Büchern und Akten waren zwei elegante Sessel aufgestellt. Auf dem kleinen Tisch dazwischen lag Der Sokratesmord, der neueste Krimi seiner Mutter. „Wie ich sehe, ziehen Sie es vor, sich modern einzurichten", stellte er fest.

„Ja, aber das hat pragmatische Gründe. Der Vater meiner Frau hat diese Villa erbauen lassen. Ich besitze wenig ererbte Möbelstücke. Mein Vater betrieb eine Importhandelsfirma und eine Plantage für Kakao und Kaffee in Brasilien. Er verbrachte den größten Teil seines Lebens dort."

In diesem Moment klingelte das Telefon. Herr Wirt sah auf das Display und nahm den Hörer ab. „Ah Gudrun, danke, dass du zurückrufst. Ich wollte über das neue Sortiment mit dir sprechen ..."

Während Herr Wirt telefonierte, schritt Max aufmerksam durch das Zimmer. Auf dem Schreibtisch fiel ihm zwischen einem Stapel Unterlagen und einem Brieföffner eine Prise weißen Pulvers auf. Er befeuchtete einen Zeigefinger, tippte in das Pulver, rieb es zwischen den Fingerspitzen und leckte daran.

„Haben Sie etwas gefunden?", fragte Herr Wirt, der mit der Anruferin einen Rückruf vereinbart hatte.

„Ein weißes Pulver." Max und zeigte auf die Spur auf dem Schreibtisch. „Haben Sie eine Ahnung, wie es dahin gekommen ist?"

„Nein, nicht die geringste. Sieht aus wie Mehl. Vielleicht hat Frau Kaufmann ..."

„Magnesiumsilikathydrat."

„Was bitte?"

„Magnesiumsilikathydrat – Talkum. Wird zum Metallgießen verwendet."

„Aber wer sollte auf meinen Schreibtisch Metall gegossen haben?"

„Eine gute Frage – wenn Sie es nicht wissen."

„Meinen Sie, es ist von Bedeutung? Ich kann Frau Kaufmann danach fragen."

„Nein, das ist nicht nötig. Es ist nur ... Mit Talkum werden Schlüssel gegossen."

„Schlüssel? Wozu sollte jemand auf meinem Schreibtisch Schlüssel gießen?"

Max zuckte ratlos mit den Schultern. „Ich weiß es auch nicht. Aber womöglich lohnt es, darüber nachdenken. Zeigen Sie mir bitte den Safe?"

„Ach ja, der Safe. Dort hinter dem Regal." Herr Wirt ging zum Ende der Regalwand, zog auf Augenhöhe einen Armvoll Aktenordner heraus und stellte ihn auf den Schreibtisch. Er entnahm einen zweiten Armvoll und zeigte auf eine längliche Stahltür, die in die Wand eingelassen war.

„Das ist er."

Max trat neben ihn und stellte fest, dass man nur einen Schlüssel brauchte, um ihn zu öffnen. Ein Zahlenschloss gab es nicht. „Was wurde daraus gestohlen?", fragte er.

„Zehntausend Euro in bar und der gesamte Schmuck meiner Frau."

„Wie bedauerlich. Das ist sicher auch ein persönlicher Verlust. Was war das für Schmuck?"

„Das kann ich Ihnen aus dem Kopf nicht genau sagen. Im Laufe der Jahre hatte sich einiges angesammelt. Das meiste hatte ich meiner Frau geschenkt. Auch ein paar Erbstücke von ihrer Mutter waren dabei. Alles kostbarer Schmuck aus Gold, Platin, Perlen und Edelsteinen. Die wertvollsten Stücke waren ein Hochzeitsdiadem aus Diamanten und ein Collier aus Südseeperlen. Wir hatten den Schmuck mit hundertachtzigtausend Euro versichert."

Max stieß einen Pfiff aus. „Hat die Versicherung gezahlt?"

„Anstandslos. Ich hätte ihn allerdings lieber als Erinnerung an meine Frau behalten."

„Sie haben nicht zufällig Fotos von dem Schmuck?"

„Aber ja, meine Frau hat alle Schmuckstücke für die Versicherung fotografiert. Ich lasse Ihnen Kopien zukommen."

Max bedankte sich und fragte: „War sonst noch was in dem Safe?" Er hätte zu gerne einen Blick auf den Inhalt geworfen. Aber er traute sich nicht, Herrn Wirt danach zu fragen.

„Einige Firmendokumente. Nichts, was mein Sohn hätte zu Geld machen können. Deshalb hat er sie auch nicht gestohlen."

„Falls er der Täter war", wandte Max ein und dachte, dass Herrn Wirts hartnäckiges Bestreben, seinen Sohn zum Mörder zu erklären, schon in Besessenheit ausartete. Wie ein grollender Vater, der seinem verstoßenen Sohn Pest und Cholera an den Hals wünschte. Max nahm sich vor, für den armen Patrick hin und wieder Partei zu ergreifen. Man musste immer noch seine Unschuld vermuten, fand er. „Ist sonst noch etwas gestohlen worden?"

„Das Notebook meiner Frau", entgegnete Herr Wirt mit einem trockenen Lachen. „Mein Sohn – oder der Einbrecher, wenn Ihnen das lieber ist – hat nichts weiter mitgenommen als den Schmuck, das Bargeld aus dem Safe und das Notebook meiner Frau. Das Wertvollste hat er dagelassen."

„Das Wertvollste?"

„Ein Selbstbildnis von Frida Kahlo. Es hängt unten im Wohnzimmer. Ein Erbstück von Gabrieles Vater. Er hatte es in Brasilien aus dem Nachlass eines Privatsammlers ersteigert."

„Frida Kahlo? Mit meinen Kunstkenntnissen ist es nicht weit her. Aber soweit ich weiß, ist Frida Kahlo eine der bedeutendsten Malerinnen Südamerikas. Das Gemälde muss ein Vermögen Wert sein."

„Das kann man wohl sagen. Wir haben es vor zwei Jahren schätzen lassen", sagte Herr Wirt stolz. „Der Sachverständige meinte, dass man in Sammlerkreisen wenigstens zwei Millionen Euro damit erzielen könnte."

Max stieß erneut einen Pfiff aus. „Weiß Ihr Sohn, wieviel das Gemälde wert ist?"

„Aber ja! Er hat es immer bewundert, obwohl er mit Kunst sonst nichts im Sinn hat."

„Aber hätte er es dann nicht gestohlen, wenn er der Täter wäre?"

„Das hat er nicht nötig. Meine Frau hat es ihm vererbt."

„Sie schien es wirklich gut mit ihm zu meinen. Das ist sicher ärgerlich für Sie?"

„Ärgerlich ist gar kein Ausdruck! Er würde das Gemälde sofort zu Geld machen, wenn er es in die Finger bekäme. Aber dazu wird es nicht kommen. Ich habe nicht vor, es ihm zu überlassen."

„Wenn er es geerbt hat, wird Ihnen wohl nichts anderes übrigbleiben."

„Wir werden sehen", sagte Herr Wirt in einem Ton, der keinen Zweifel daran ließ, dass es nicht dazu kommen würde. „Ich beabsichtige nicht, meinen Sohn noch einmal in dieses Haus zu lassen."

„Das ist zum Glück nicht meine Angelegenheit", sagte Max froh, in diese Familienfehde nur als Außenstehender hineingezogen zu werden. „Vielleicht schätzen Sie Patrick falsch ein. Wenn die Polizei mit ihrem Verdacht recht hat, wundert es mich nicht, dass die Einbrecher das Bild dagelassen haben. Man muss schon von Kunst etwas verstehen, um den Wert eines Gemäldes einschätzen zu können. Außerdem muss man damit rechnen, dass ein so wertvolles Bild alarmgesichert ist. Ich nehme an, das ist auch bei Ihnen der Fall?"

„Selbstverständlich. Sobald jemand das Gemälde von der Wand nimmt, wird der Alarm ausgelöst."

„Und was für Alarmvorrichtungen haben Sie sonst noch im Haus?"

„Die Haustür und alle Fenster sind alarmgesichert. Wenn die Anlage scharf gestellt ist, kommt man nur mit einem Schlüssel ins Haus, ohne den Alarm auszulösen." Herr Wirt ging zum rückwärtigen Fenster und zeigte auf einen Sensor, der an einer der Scheiben klebte. „Das ist der Glasbruchmelder. Ein weiterer Sensor im Rahmen registriert, wenn das Fenster geöffnet wird. Und das …", er deutete auf ein weißes Kunststoffgehäuse neben dem Rahmen, „… ist der Sender für das Fenster. Sollte einer der Sensoren registrieren, dass jemand durch das Fenster einbricht, meldet der Sender dies über ein Funksignal an die Zentraleinheit. Eine Minute später wird der Alarm ausgelöst. Durch die Verzögerung kann man den

Alarm noch abstellen, wenn man versehentlich selbst das Fenster öffnet."

„Könnte sich jemand daran zu schaffen gemacht haben?"

„Ausgeschlossen. In diesem Fall ginge sofort der Alarm los. Gleichzeitig werden über unsere Telefonanlage drei Nummern angewählt: meine Handynummer, die Nummer meines Sekretariats und eine Nummer bei Securita. Das ist der Sicherheitsdienst, der auch unser Firmengelände überwacht."

„Und wie schaltet man die Alarmanlage aus?"

Herr Wirt runzelte misstrauisch die Stirn. „Das würde ich ungern einem Außenstehenden anvertrauen", sagte er zögernd.

Max errötete und stammelte: „Selbstverständlich. Allerdings ist der Umstand bedeutsam, um den Fall aufzuklären. Wie kam der Täter ins Haus, ohne den Alarm auszulösen? Ich habe wirklich nicht vor, bei Ihnen einzubrechen."

Herr Wirt bedachte den Einwand und sagte dann freundlich: „Sie haben völlig recht, bitte entschuldigen Sie mein Misstrauen. Ich bin nur vorsichtig geworden."

„Da ginge mir genauso, wenn ich an Ihrer Stelle wäre. Man würde ja auch niemandem das Passwort für sein Handy verraten. Obwohl – der Vergleich ist etwas unglücklich. Ich möchte nur den Mechanismus verstehen. Ich nehme an, man muss bei der Zentraleinheit einen Code eingeben?"

„Genauso ist es."

„Und der Alarm schaltet sich aus, wenn man mit dem Schlüssel die Haustür öffnet?"

„Auch das ist richtig. Es gibt nur zwei Möglichkeiten, wie ein Einbrecher ins Haus gelangen kann, ohne den Alarm auszulösen: Er verfügt über einen Haustürschlüssel oder er bricht durch ein Fenster ein und gibt schnell genug die richtige Zahlenkombination ein."

„Es sei denn, die Alarmanlage war schon vorher ausge-schaltet."

„Das wäre eine dritte Möglichkeit", räumte Herr Wirt ein. „Aber meine Frau hat sehr darauf geachtet, sie immer einzu-schalten, bevor sie zu Bett ging. Die Berichte über die Einbrü-che haben sie beunruhigt."

„Das dürfte umso mehr der Fall gewesen sein, wenn sie al-lein im Haus war. Gehen wir also davon aus, dass der Mörder einen Schlüssel hatte oder die Zahlenkombination kannte. Wie konnte er dann unbemerkt zum Haus gelangen? Haben Sie im Garten Alarmvorrichtungen?"

„Rund um das Haus sind Bewegungsmelder angebracht. Wenn sich im Dunkeln auf dem Grundstück jemand bewegt, schalten sich Scheinwerfer ein."

Max durchmaß mit einem Blick aus dem Fenster den weit-räumigen Garten und sagte: „Er musste also damit rechnen, von Ihrer Frau gesehen zu werden, auch wenn es unwahr-scheinlich ist. Wird das ganze Grundstück ausgeleuchtet?"

„Jeder Winkel."

Max öffnete das Fenster und atmete die milde Sommerluft ein, die den Duft von frisch gemähtem Gras und das Dröhnen des Rasenmähers zu ihm herauftrug. Herr Schäfer zog den Mäher in langen Bahnen über die weitläufige Grünfläche. Der Geräteschuppen war etwa fünfzig Meter vom Haus entfernt. Fünfzig Meter hin, fünfzig Meter zurück, dachte Max. Dann die Leiter anstellen, das Fenster aufbrechen … Ein Mörder musste ziemlich abgebrüht sein, um das bei voller Beleuch-tung zu riskieren. Oder verzweifelt. Er drehte sich um und fragte: „Verraten Sie mir, wo die Zentraleinheit ist?"

„Unten in der Speisekammer." Herr Wirt sah auf seine Armbanduhr und fügte mit leichter Ungeduld hinzu: „Kom-men Sie mit, ich zeige Sie Ihnen. Dann muss ich mich leider entschuldigen."

Auf dem Flur blieb Max am Treppenabsatz stehen und fragte: „Was ist in den anderen Zimmern?"

„Sie meinen hier oben?"

„Ja, und unter dem Dach und unten."

„Wenn Sie meinen, dass es Sie weiterbringt. Ich habe allerdings nicht die Zeit, Sie durch alle Zimmer zu führen." Er zeigte auf die Tür neben dem Schlafzimmer und sagte: „Da ist das Badezimmer. Von dort gelangt man auf die Dachterrasse über dem Schwimmbad. Daneben befindet sich das Zimmer meiner Tochter Alexandra. Wir haben unsere Kinder ihre Zimmer behalten lassen, nachdem sie ausgezogen waren. Immer wenn sie zu Besuch kommen, können sie in ihr altes Kinderzimmer zurück. Das Zimmer gegenüber gehört Philipp und das daneben Patrick. Ich werde Patricks Sachen allerdings entfernen und es als Gästezimmer herrichten lassen."

Max nickte mit ernster Miene. „Wurden die Zimmer Ihrer Kinder bei dem Einbruch auch durchsucht?"

„Nein. Nur das Arbeitszimmer meiner Frau und mein eigenes. Soweit ich weiß, wurde auch das Erdgeschoss nicht durchsucht. Was wieder ..."

„Was wieder dafürspricht, dass der Mörder sich im Haus auskannte. Ich gebe zu, es sieht danach aus. Aber es gibt auch andere Erklärungen."

„Und welche wären das?", fragte Herr Wirt skeptisch.

„Es wäre zum Beispiel möglich, dass die Einbrecher Ihre Frau gezwungen haben, ihnen zu verraten, wo sich der Safe und der Safeschlüssel befinden. Sie haben das Bargeld und den Schmuck aus dem Safe genommen und dann die Arbeitszimmer durchsucht, in der Hoffnung, noch andere Wertsachen zu finden. Dann sind sie geflohen, um kein weiteres Risiko einzugehen. Möglich wäre aber natürlich auch - eine Sekunde bitte ..." Max öffnete das Badezimmer und sah an der Tür hinunter. Dann ging er ins nächste Zimmer, dann ins übernächste. Er drehte sich verwundert um und sagte: „Merkwürdig, hier stecken die Schlüssel. Das ist doch merkwürdig, oder? In allen Zimmern stecken die Schlüssel, nur im Schlafzimmer nicht."

„Ach ja? Das ist mir noch gar nicht aufgefallen."

Max zuckte mit den Schultern. „Warum auch, wenn Sie die Zimmer nie abschließen. Vielleicht ist es auch ohne Bedeutung. Aber es könnte ein Hinweis sein."

„Mir scheint, Sie spekulieren gerne", sagte Herr Wirt und drängte ungeduldig darauf, die Besichtigung im Erdgeschoss fortzuführen. Er führte Max hinunter in den Hausflur und zeigte ihm Wohnzimmer und Esszimmer, die beide aneinandergrenzten.

Hohe Stuckdecken, poliertes Parkett, mit Glanzlack lackierte Möbel, eine Vitrine mit kristallenen Karaffen und Gläsern, ein Zierschrank mit Porzellan – die Zimmer verströmten eine kühle Eleganz, die Max Unbehagen einflößte. Er beteuerte höflich, wie schön er die Einrichtung finde und schritt mit suchendem Blick durch die Räume, bis er ein kleines Gemälde entdeckte, das eine südländische Frau mit seltsamem hölzernem Schmuck zeigte. Er wollte Herrn Wirt darauf ansprechen, doch der war schon in die Küche gegangen, wo die Haushälterin die Spülmaschine ausräumte. In der Luft hing ein schwacher Geruch nach gedünstetem Fisch. Sie drehte sich um und sah den Hausherrn fragend an.

„Herr Roth möchte die Alarmanlage sehen", erklärte Herr Wirt.

Max nickte freundlich und musterte die Haushälterin aufmerksam. Er schätzte sie auf Anfang dreißig. Sie hatte seidiges braunes Haar und ein schmales Gesicht mit rehbraunen Augen und sanften Lippen. Er fand sie auffallend attraktiv, auch wenn ihre Gesichtszüge eine Spur von Bitterkeit aufwiesen.

Sie senkte verlegen den Blick und widmete sich wieder dem Geschirr in der Spülmaschine.

Herr Wirt bat Max in die Speisekammer und zeigte ihm die Zentraleinheit der Alarmanlage, ein weißer Kasten mit Tastatur, Display und grünen und roten Leuchten. „Hier muss man den Code eingeben", sagte er und deutete auf die Nummerntasten.

„Wer kennt außer Ihnen den Code?"

„Seitdem ich ihn geändert habe nur Frau Kaufmann und meine Tochter Alexandra. Davor auch mein Sohn Philipp und vermutlich Patrick."

„Wissen Sie, ob in der Mordnacht jemand in der Speisekammer war?"

„Ich habe mich hier nicht umgesehen. Aber Frau Kaufmann wird Ihnen das beantworten können."

Max trat in die Küche, wo Frau Kaufmann Geschirr in den Schrank über der Spüle stellte. Er wartete, bis sie fertig war, und fragte freundlich: „Können Sie mir sagen, ob jemand in der Speisekammer war in der Nacht, in der das Unglück passierte?"

Sie runzelte nachdenklich die Stirn. „Nicht, dass ich wüsste. Ich war auf Norderney. Als ich von Frau Adalbergs Tod erfuhr, bin ich sofort zurückgekommen."

„Was selbstverständlich nicht ausschließt, dass jemand den Alarm abgestellt hat", sagte Herr Wirt. „Brauchen Sie mich noch?"

„Nein, gehen sie nur. Ich möchte Frau Kaufmann noch ein paar Fragen stellen und mich ein bisschen im Garten umsehen, wenn Sie nichts dagegen haben."

„Nur zu, sehen Sie sich überall um. Dafür sind Sie ja hier. Vielleicht entdecken Sie noch etwas, das die Polizei übersehen hat." Herr Wirt glaubte nicht wirklich, dass Max in seinem Haus etwas finden würde. Die Polizei hatte alle Spuren gesichert, und was der Junge bemerkt hatte, taugte nach seiner Ansicht allenfalls für Vermutungen. Er befand, dass er dies ansprechen sollte und sagte: „Ich nehme allerdings an, dass Sie woanders eher fündig werden. Vergeuden Sie hier nicht Ihre Zeit. Wenn der Mörder noch im Besitz des Schmucks ist, wird er ihn sicher schnell loswerden wollen." An seine Haushälterin gewandt fügte er lächelnd hinzu: „Bitte sagen Sie Herrn Roth alles, was er wissen möchte, Frau Kaufmann."

Die Haushälterin erwiderte sein Lächeln nicht.

Auch Max war nicht nach Lächeln zumute. Die Kritik verunsicherte ihn. Er war sich keineswegs sicher, ob die Indizien ihm helfen würden, den Mörder zu überführen. Aber was erwartete sein Auftraggeber? Er hatte mit den Ermittlungen gerade erst begonnen, und er konnte sich nicht zweiteilen. Die Besichtigung des Tatorts hatte an erster Stelle zu stehen. Dann würde er Verdächtige und Zeugen befragen. Und dann würde man weitersehen. Zum Glück konnte er auf die Unterstützung seiner Mutter zählen. Sie verfügte nicht nur über einen scharfen Verstand, sondern auch über ein unerschütterliches Selbstbewusstsein. Sie würde ihrem ungeduldig fordernden Auftraggeber Paroli bieten. In seinem Kopf beschwor er den Ritt der Walküren herauf. Auch er hatte nicht vor, sich einschüchtern zu lassen.

*Was hat die bezaubernde Haushälterin zu verbergen?*

„Wenn es Ihnen keine Umstände macht, würde ich gerne ein Glas Wasser trinken", sagte Max, weniger weil er Durst hatte, sondern weil er eine Verschnaufpause brauchte.

„Sie können auch eine Tasse Kaffee haben. Oder lieber ein Glas Saft? Wir haben frisch gepressten Apfelsaft von einem Biobauern im Alten Land."

„Dann nehme ich lieber ein Glas Saft. Danke, das ist nett von Ihnen."

Frau Kaufmann verschwand in die Speisekammer und sagte: „Ach, der Apfelsaft ist alle. Das hatte ich ganz vergessen. Ich gehe eben in den Keller."

„Aber nein! Das ist nicht nötig, ich ..."

Doch Frau Kaufmann eilte schon zur Tür hinaus.

Max zuckte hilflos mit den Schultern und setzte sich an den Tisch vor dem Fenster, das mit einem Gitter gesichert war. Der Preis des Reichtums, dachte er. Durch die schmiedeeisernen Verzierungen sah er auf ein Rosenbeet, das im grünen Meer des Rasens sein Dasein im Schatten der Hecke führte. Beim Anblick der Rosen musste er an Frau Kaufmann denken. Er fand sie bemerkenswert schön. Auch der Hausherr schien ganz angetan von ihr.

Kurz darauf huschte sie zurück in die Küche und goss ihm mit fahrigen Bewegungen ein Glas Apfelsaft ein. „Ach, jetzt schütte ich auch noch was daneben. Ich bin immer noch durch den Wind, wegen dieser schrecklichen Geschichte." Sie nahm einen Lappen aus der Spüle und wischte den Tisch sauber.

Max bedankte sich und sagte: „Das ist doch selbstverständlich. Eine Person, die Ihnen etwas bedeutet, wurde mit Gewalt aus dem Leben gerissen. Das steckt man nicht einfach weg. Arbeiten Sie schon lange für Herrn Wirt und seine Frau? Ich meine, ich will nicht unhöflich sein, Sie sind ja noch jung ..." Schon wieder ins Fettnäpfchen getreten, dachte er.

Katarina half ihm über seine Verlegenheit hinweg: „Lassen Sie mich überlegen ... Ich habe diese Stelle seit ... seit fünf Jahren. Ja, vor fünf Jahren hat Frau Adalberg mich eingestellt."

„Sie kamen gut mit ihr aus?" Mit einem Anflug von Ärger bemerkte er das Suggestive seiner Frage. Niemals die Antwort in den Mund legen, lautete eine der Regeln, die ihm seine Mutter eingetrichtert hatte. Überhaupt musste er sich zusammenreißen. Er wollte nett zu dieser bezaubernden Frau sein und verspürte den Wunsch, sie näher kennen zu lernen. Doch dies war eine Vernehmung, kein lauschiges Tête á Tête.

„Sie war wie eine Freundin für mich. Ihr Tod geht mir wirklich nahe", antwortete sie.

„Oh, das tut mir leid. Herr Wirt hat Ihnen sicher schon gesagt, dass er mich und meine Mutter gebeten hat, den Mord aufzuklären. Ich würde Ihnen gerne ein paar Fragen über die Familie stellen."

„Aber ich dachte, die Einbrecher hätten sie ermordet."

„Das scheint die Polizei zu glauben. Aber Herr Wirt ist nicht davon überzeugt. Ich offen gestanden auch nicht. Wenn Sie mit Frau Adalberg befreundet waren, wissen Sie sicher einiges über die Familie. Bitte erzählen Sie mir etwas über Herrn Wirt und seine Kinder. Wie sind sie mit Frau Adalberg ausgekommen?"

Frau Kaufmann erbleichte kaum merklich. Sie setzte sich zu Max an den Tisch und sagte hilflos: „Ach Gott, wo soll ich da anfangen …"

„Wie wäre es mit Herrn Wirts Ehe? War sie glücklich?"

„Das war mein Eindruck, ja."

„Gab es Streitigkeiten?"

„In welcher Ehe gibt es die nicht."

„Worum ging es dabei?" Er musste hartnäckig bleiben, so leid es ihm tat.

„Also ich glaube nicht, dass es Herrn Wirt recht wäre, wenn ich über diese Dinge rede."

„Ich würde auch lieber über erfreulichere Dinge mit Ihnen reden, glauben Sie mir. Aber Sie haben Herrn Wirt ja gehört. Er möchte, dass Sie mir alle Fragen beantworten."

„Aber doch nicht über seine Ehe. Ich glaube wirklich nicht, dass ihm das recht wäre. Ich sehe auch nicht, wohin das führen soll."

„Was Sie mir anvertrauen, bleibt unter uns. Darauf können Sie sich verlassen."

„Aber ich habe wirklich keine Ahnung, wer sie ermordet hat. Wenn ich etwas wüsste, hätte ich das der Polizei doch gesagt."

Max trank einen Schluck Saft und musterte wie beiläufig ihre Hände. Sie waren ebenmäßig und zart mit kunstvoll geschnittenen Fingernägeln. Einem Impuls folgend, nahm er ihre rechte Hand und drückte sie zärtlich.

Katarina sah ihn überrascht an und sagte: „Was machen Sie da?" Dann zog sie ihre Hand zurück.

Max wurde rot wie der Kamm eines Gockels und stammelte: „Bitte entschuldigen Sie. Ich weiß nicht, was in mich gefahren ist. Ich … Ich wollte Sie nur trösten. Ich meine es doch gut mit Ihnen."

Katarina war zu erstaunt, um etwas zu erwidern.

Nach einem Moment verlegener Stille, der Max wie eine Unendlichkeit vorkam, sagte er freundlich: „Hören Sie, Sie wollen mir doch helfen, den Mord aufzuklären, nicht wahr?"

Sie nickte zögernd. „Ja schon."

„Sehr schön. Sehen Sie die Amsel dort auf dem Rasen?"

„Ja?"

„Sehen Sie, was sie macht?

Sie sah irritiert auf den Vogel. „Sie hüpft."

„Richtig, sie hüpft! Und wissen Sie, warum sie das tut?"

Katarina schüttelte verwundert den Kopf.

„Durch ihr Hüpfen bringt sie die Erde zum Vibrieren. Damit lockt sie Regenwürmer an. Die Würmer halten das Getrommel für Regen und kommen an die Oberfläche."

Plötzlich hackte die Amsel zu und zog einen Wurm aus der Erde, den sie zügig verschlang.

„Sehen Sie? Das Trommeln hat Erfolg. Und genauso geht es mir als Detektiv. Auch ich muss trommeln. Nur hüpfe ich dazu nicht herum, sondern stelle Fragen. Und statt Würmer aus der Erde ziehe ich den Leuten Antworten aus der Nase. Nur wenn mir das gelingt, kann ich Morde wie den an Frau Adalberg aufklären. Deshalb wäre es wirklich hilfreich, wenn Sie meine Fragen beantworten." Max war stolz, dass ihm so schnell dieser Vergleich eingefallen war. Er war eben doch der Sohn seiner Mutter. Dafür hätte selbst sie ihn gelobt, was selten genug vorkam.

Katarina nickte bestätigend.

Er glaubte zu bemerken, wie ein Schmunzeln über ihr Gesicht huschte. Auch das Wagnis mit der Hand schien die gewünschte Wirkung zu haben. „Wenn ich mich nicht irre, habe ich ihre Zuneigung gewonnen", dachte er. Erfreut hörte er sie sagen:

„Das verstehe ich schon. Aber bitte verstehen Sie auch mich. Als Hauswirtschafterin erfahre ich Dinge, die nicht für die Öffentlichkeit bestimmt sind. Wenn ich darüber nicht Diskretion bewahre, kann mich das schnell meine Stellung kosten. Außerdem verstößt es gegen meine Prinzipien. Fragen Sie bitte Herrn Wirt. Alles, was ich über die Familie weiß, kann auch er Ihnen sagen."

„Vermutlich haben Sie damit recht. Aber jeder hat seine eigene Sicht auf die Dinge, und mich interessiert Ihre. Wenn Sie nicht über die Ehe sprechen wollen, dann erzählen Sie mir wenigstens etwas über Frau Adalbergs Kinder. Was machen die, was sind das für Menschen?"

Frau Kaufmann seufzte ergeben. „Da ist zunächst Alexandra. Sie leitet den Vertrieb von Adalberg. Ihr Bruder Philipp arbeitet in der Buchhaltung, und Patrick betreibt eine Diskothek."

„Und was sind das für Menschen?"

„Also mit Sicherheit keine Mörder. Ich halte es für ausgeschlossen, dass jemand aus der Familie Frau Adalberg umgebracht hat. Auch sonst wüsste ich niemanden, der sie so gehasst hat. Sie ist mit allen gut ausgekommen."

„Auch mit Patrick? Herr Wirt sagte, er sei das schwarze Schaf der Familie."

„So kann man es wohl ausdrücken", gab Katarina zu. „Mit Patrick hat sie es nicht leicht gehabt. Er ist an die falschen Freunde geraten. Aber Gabriele hat immer zu ihm gehalten. Sie hat sich Vorwürfe gemacht, dass er so geworden ist. Sie war der Ansicht, er wäre nicht in diese Kreise geraten, wenn sie sich mehr um ihn gekümmert hätte. Die Firma hat ihr kaum Zeit für ihre Kinder gelassen."

„Aber hatte sie sich vor ihrem Tod nicht mit Patrick gestritten? Herr Wirt sagte, es ging um viel Geld."

„Ja, er hatte sich verschuldet."

„Und Frau Adalberg wollte ihm das Geld nicht geben?", fragte Max, nachdem sie nicht fortfuhr. Nun musste er ihr doch alles aus der Nase ziehen. Ihre Loyalität machte sie ihm noch sympathischer. Doch er begann sich zu fragen, ob sie etwas zu verbergen hatte.

„Ich nehme an, sie hatte es nicht. Sonst hätte sie es sicher getan. Für gewöhnlich verstanden die beiden sich gut miteinander. Sie hat ihm immer wieder geholfen. Er konnte ihr wirklich dankbar sein."

Max bemerkte, dass ihr Gesicht einen wehmütigen Ausdruck annahm. Er fragte sanft: „Wann haben Sie zuletzt mit Frau Adalberg gesprochen?"

„An dem Abend, an dem sie ermordet wurde. Ich kann es immer noch nicht fassen. Ich habe sie angerufen und gefragt, wie es ihr gehe und ob im Haus alles in Ordnung sei. Das muss zwischen neun und zehn Uhr gewesen sein. Da war sie noch wohlauf." Sie drehte das Gesicht zum Fenster und schluchzte. „Bitte entschuldigen sie ... Es ist ..."

„Aber nicht doch. Ich muss mich entschuldigen. Ich habe nur noch eine Frage. Denken Sie bitte nach: Hat Frau Adalberg etwas gesagt oder haben Sie irgendetwas bemerkt, das mir bei der Aufklärung des Mordes helfen könnte?"

Katarina schien seine Worte nicht mehr zu hören. Mit abwesendem Blick stammelte sie: „Es ist so schrecklich. Sie nahm gerade ein Bad und wollte anschließend zu Bett gehen, als ich an jenem Abend mit ihr telefonierte. Sie sagte, es gehe ihr gut."

„Sonst nichts?"

„Ja, doch …. ihr war ein wenig unheimlich allein im Haus, weil doch die Einbrecher die alte Frau erwürgt hatten. Ich sagte, sie solle sich keine Sorgen machen. Die Alarmanlage würde die Einbrecher schon abschrecken." Schluchzend fügte sie hinzu: „Wie hätte ich auch so etwas ahnen können? Ich meine, damit konnte ich doch nicht rechnen."

„Natürlich nicht. Damit konnte niemand rechnen." Max nahm allen Mut zusammen und legte ihr sanft eine Hand auf den Arm. „Machen Sie sich keine Vorwürfe. Die Schuld an Frau Adalbergs Tod trifft nur einen Menschen – ihren Mörder." Diesmal entzog sie sich ihm nicht. Er spürte, dass es keinen Sinn hatte, weiter in sie zu dringen, und sagte: „Sollte Ihnen noch etwas einfallen, das mir weiterhelfen könnte, zögern Sie bitte nicht, mich anzusprechen. Ich werde noch eine Weile hier sein. Hier haben Sie auch meine Karte. Sie können mich jederzeit anrufen. Auch nachts, wenn Ihnen danach ist. Ich meine, äh, wenn Sie sich aussprechen wollen, stehe ich Ihnen jederzeit zur Verfügung." Er bemerkte, dass er erneut errötete, und fügte schnell hinzu: „Ich würde jetzt gerne mit Herrn Schäfer sprechen. Kann ich über die Terrasse gehen?"

„Aber ja, ich bringe Sie zu ihm."

Max stand auf, und die Erinnerung an einen Knoten in einem Taschentuch, das er in Gedanken immer bei sich trug, ließ ihn innehalten. „Ach, fast hätte ich es vergessen. Auf Herrn

Wirts Schreibtisch habe ich Spuren von Talkum gefunden. Haben Sie eine Ahnung, wie das Pulver dorthin gekommen ist?"

„Talkum?" Katarina sah überrascht aus. „Nein, davon weiß ich nichts."

„Merkwürdig. Herr Wirt auch nicht." Er wandte sich zum Gehen, dann fiel ihm noch etwas ein. „Ach, er sagte, im Wohnzimmer hänge ein Bild von Frida Kahlo. Würden Sie mir das bitte zeigen?"

Katarinas Miene hellte sich auf. „Aber natürlich. Kommen Sie, es ist der Stolz des Hauses."

Das Gemälde zeigte Kopf und Hals einer anmutigen jungen Frau mit südländischen Gesichtszügen, die den Betrachter freudlos ansah. Ihre schwarz-grünen Haare waren über dem Kopf miteinander verflochten; ihre durchgezogenen Augenbrauen schwebten wie eine düstere Schwalbe über den dunklen Augen und verstärkten den Eindruck tiefer Melancholie. An ihrem Hals hing hölzerner Schmuck, den ein Bindfaden zusammenhielt. Über ihre rechte Schulter lugte ein Äffchen; im Hintergrund wand sich tropisches Blattwerk.

„Frau Adalberg hat das Bild geliebt. Sie hat ein Stück von sich selbst darin gesehen."

„Inwiefern?" Max hielt moderne Kunst gewöhnlich für Schnickschnack, den er sich nie hinhängen würde. Aber dieses Bild gefiel ihm. Eine Frau, deren Gesicht Leid ausdrückte. Damit konnte er etwas anfangen. Ihm wäre es nur zu düster gewesen, um es in sein Zimmer zu hängen.

„Sie war von der Lebensgeschichte der Malerin tief beeindruckt. Frida Kahlo erkrankte mit sechs Jahren an Kinderlähmung. Als Folge lahmte ihr rechtes Bein. Mit achtzehn hatte sie einen schweren Unfall. Sie fuhr in einem Bus, den eine Straßenbahn rammte. Eine Eisenstange durchbohrte ihren Unterleib. Sie erlitt schwere Verletzungen an der Wirbelsäule und der Gebärmutter. Die Ärzte wollten sie schon aufgeben; aber sie hatte einen unbändigen Lebenswillen. Sie verbrachte lange Zeit in einem Gipskorsett und konnte das Bett nicht verlassen. Um sich zu beschäftigen, begann sie zu malen. Entgegen den Vorhersagen ihrer Ärzte lernte sie wieder gehen. Sie hatte später noch mehrere Liebhaber und auch Liebhaberinnen. Aber sie konnte keine Kinder mehr bekommen. Sie brachte mehrere Todgeburten zur Welt. In ihren Gemälden drückte sie ihre Qualen aus. Ich denke, sie ist Frau Adalberg ein Vorbild gewesen." Katarina erzählte die Geschichte der Malerin so flüssig, als hätte sie den Vortrag schon oft gehalten.

„Hatte sie es denn so schwer? Ich hatte den Eindruck, dass sie bis zu ihrem Tod zu den vom Glück Verwöhnten zählte. Eine harmonische Ehe, drei Kinder, die sie liebte, eine ererbte Firma, ein prächtiges Zuhause   eigentlich hatte sie doch keinen Grund, unglücklich zu sein."

„Ich wollte damit nicht sagen, dass sie unglücklich war. Aber es gab nicht nur Sonnenschein in ihrem Leben. Die Firma bereitete ihr in letzter Zeit Kopfzerbrechen. Adalberg ist in den vergangenen Jahren in Schwierigkeiten geraten. Sie werden sicher in der Zeitung darüber gelesen haben. In solchen Zeiten hat ihr das Bild Trost gespendet. Wenn sie davorstand, hat sie oft gesagt: Was diese Frau durchgemacht hat. Trotzdem hat sie nie den Mut verloren. Im Grunde sind doch fast all unsere Sorgen nur Kleinigkeiten dagegen."

„Meinen Sie, dass Frau Adalbergs Sorgen etwas mit ihrem Tod zu tun haben könnten?"

„Nein, ich glaube nicht, dass da ein Zusammenhang besteht."

Max betrachtete nachdenklich die traurige junge Frau mit dem hölzernen Schmuck. Dann sah er Katarina an und sagte: „Frau Adalberg scheint ein bemerkenswerter Mensch gewesen zu sein. Ich kann verstehen, dass ihr Tod Ihnen nahe geht. Ich hoffe, Sie kommen bald darüber hinweg. Sollte Ihnen noch etwas einfallen, das Ihnen wichtig erscheint, zögern Sie nicht, es mir anzuvertrauen."

Als Katarina wieder in die Küche kam, wartete Herr Wirt auf sie.

„Was wollte Herr Roth wissen?", fragte er neugierig.

„Was für ein Mensch Gabriele war, und ob sie glücklich gewesen ist."

„Und was hast du geantwortet?"

„Ich sagte, soweit ich wüsste schon. Wenn er Genaueres wissen wolle, solle er dich fragen."

„Das hast du gut gemacht. Es ist nicht nötig, dass er Dinge erfährt, die ihn nichts angehen." Er machte einen Schritt auf sie zu und fasste sie zärtlich am Arm.

Sie wich zurück. „Nein, bitte ..., wenn Herr Roth hereinkommt."

Herr Wirt lächelte. „Du hast recht. Wir sollten die Form wahren." Er wandte sich um und ging in den Flur.

Katarina seufzte unglücklich. „Wenn bloß schon alles vorbei wäre", dachte sie.

### Gärtnermund tut Wahrheit kund?

Johann Schäfer umrundete mit dem Rasenmäher die mächtige Kastanie. Er hatte seine Augen starr auf den Rasen gerichtet.

„Könnte ich Sie einen Augenblick sprechen?", schrie Max ihm ins Ohr.

Johann tat, als würde er den Störenfried erst jetzt bemerken. Er sah ihn ungnädig an, bückte sich und schaltete den Rasenmäher aus.

„Könnte ich Sie einen Augenblick sprechen?", wiederholte Max seine Frage. Er hatte sich etwas zurechtgelegt, um das Vertrauen des knurrigen Gärtners zu gewinnen, denn er war sich im Klaren darüber, dass frisch geputzte Lackschuhe und ein Nadelstreifenanzug mit Weste diesem Zweck nicht gerade dienlich waren.

„Was gibt's' denn noch?", brummte Johann.

„Ich möchte Sie um Rat fragen", sagte Max mit bescheidenem Lächeln. „Ich habe selbst Rosen in meinem Garten. Rote Grande Amore und gelbe Sunlight Romantica. Die Grande Amore haben letztes Jahr noch herrlich geblüht. Aber jetzt sind die Blätter von einer Krankheit oder einem Schädling befallen. Im Frühjahr waren sie voller gelber Flecken. Dann haben sie rotbraune Pusteln bekommen, und seit letzter Woche fallen die Blätter aus."

Johanns Gesicht nahm einen mitfühlenden Ausdruck an. Er stemmte die Hände in die Hüften und sagte im Ton eines Fachmanns, der für einen guten Zweck sein Wissen preisgibt: „Das ist Rosenrost. Da müssen Sie was gegen tun. Sonst werden Sie nich mehr viel Freude an Ihrer großen Liebe haben."

„Oje, das klingt, als wäre es was Ernstes. Können Sie mir nicht ein Mittel dagegen empfehlen? Möglichst was Biologisches. Ich möchte keine Chemie in meinem Garten einsetzen."

„Erst mal das abgefallene Laub einsammeln", sagte Johann, nun ganz in seinem Element. „Sonst werden Sie die Pilze nie mehr los. Dann die Rosen mit Schachtelhalmsud abspritzen. Dann beschneiden, damit die Sporen in den Trieben sich nich ausbreiten. Beim Düngen Kalidünger verwenden. Und nie von oben gießen, damit die Blätter trocken bleiben. Wenn sie sich daran halten, sind Sie den Schiet mit ´nem büschen Glück beim nächsten Austrieb wieder los."

„Schachtelhalmsud und Kalidünger, danke für den Tipp", sagte Max anerkennend. Er hatte gewiss nicht vor, seiner Mutter bei der Pflege der Rosen ins Gehege zu kommen. Aber er würde ihr eine Freude bereiten, wenn er ihr ein Mittel gegen die Flecken besorgte. „Wo bekomme ich denn Schachtelhalmsud?"

„Holen Sie sich bei Kohrs 'ne Buddel Schachtelhalmextrakt, und vermischen Sie den mit Wasser. Auf fünf Liter Wasser kommen zwanzig Milliliter Extrakt."

„Das werde ich machen. Darf ich Sie noch etwas fragen?"

„Wenn ich Ihren Rosen damit das Leben retten kann", erwiderte Johann lachend.

„Es geht nicht um meine Rosen, sondern um etwas, das Sie vorhin gesagt haben. Sie sagten: Wenn Sie wirklich wissen wollen, wer's war, dann sollten Sie ganz anderen Leuten auf den Zahn fühlen. Wen meinten Sie damit?"

In Johanns Blick kehrte Misstrauen zurück.

„Sie können ruhig offen mit mir reden. Ich werde Sie bei Herrn Wirt nicht anschwärzen, Ehrenwort."

Der Gärtner brütete einen Moment vor sich hin, dann brummte er: „Na schön. Ich verlass mich drauf, dass Sie's nich ausposaunen. Ich will nämlich nich noch mehr Ärger haben. Ich könnte mir gut vorstellen, dass einer aus der Familie die arme Frau auf dem Gewissen hat. Beim Erben wollen ja immer alle groß dabei sein. Aber so was Geldgieriges hab ich noch nich erlebt. Vor allem dieser Patrick. Ich war selbst dabei, wie er seine Mutter bedroht hat. Ich war bei Katarina in der Küche. Die beiden waren oben in ihrem Arbeitszimmer, und er hat sie angeschrien, von wegen, dass sie es bereuen würde, wenn sie ihm kein Geld geben tät. Man hat sie im ganzen Haus gehört. Herr Wirt war auch da und is dazwischen gegangen. Hat Patrick fast die Treppe runter geschmissen und geschrien, er soll verschwinden und sich nich wieder blicken lassen. Das hat der Junge dann auch gemacht. Hab ihn nur noch einmal gesehen. Da hatte Herr Wirt seine Kinder einbestellt und um das Erbe mit ihnen geschachert. Ansonsten ist er nich mal zur Beerdigung gekommen."

„Und Sie und Frau Kaufmann waren in der Küche?"

„So isses. Wir haben uns nich vom Fleck gerührt. Das is nich unser Bier, sich in Familienstreitigkeiten einzumischen."

„Sehr vernünftig", stimmte Max ihm zu. „Herr Wirt dürfte Ihnen das übel nehmen. Ihr Verhältnis scheint nicht das Beste zu sein."

„Sie ham's ja gemerkt. Er gibt mir Anweisungen, und ich tu, was er sagt. Zum Glück kommen wir uns nich oft in die Quere. Seit seine Frau tot is, kann ich mehr oder weniger machen, was ich will."

„Herr Wirt sagte mir, Ihr früherer Arbeitgeber habe Ihnen gekündigt, weil Sie Geld gestohlen hätten. Er habe Sie engagiert, um Ihnen eine neue Chance zu geben."

Johann sah Max mit einer Mischung aus Ärger und Belustigung an. „Das hat er Ihnen erzählt? Er wollte mir eine Chance geben? Dass ich nich lache. Er hat mir gesagt, ich soll hinter seiner Frau her spionieren. Ihm sagen, ob sie Männerbesuche hat, wenn er nich da ist. Und er hat mich gewarnt, dass er dafür sorgt, dass ich im Gefängnis lande, wenn ich bei ihm was klaue. Von ihm bräuchte ich keine Nachsicht zu erwarten. Als wenn ich das je getan hätte! Ich hab hier sowieso nur gearbeitet, weil sie so 'ne Anständige war und weil mir die Arbeit mit den Rosen Spaß macht. Hab meinem Chef schon gesagt, dass er mir 'nen anderen Garten geben soll. Und damit Sie das nich in den falschen Hals kriegen – ich wollte das Geld sowieso zurückgeben. War einfach Pech, dass Kruse gleich was gemerkt hat. Ich bin kein Dieb."

„Das glaube ich Ihnen. Ich gebe nur wieder, was Herr Wirt mir gesagt hat. Hatte er einen besonderen Grund, seiner Frau zu misstrauen?"

„Wenn es einen Grund gab, dann hat er ihn mich nich wissen lassen. Und ob Frau Adalberg Männerbesuche gehabt hat, kann ich Ihnen nich sagen. Ich mach hier nur den Garten. Das hab ich dem Alten auch gesagt, als er mich aushorchen wollte."

„Sehr anständig von Ihnen. Wenn ich mal einen Gärtner brauche, werde ich mich an Sie wenden."

„Wieso? Haben Sie 'ne eifersüchtige Frau zu Hause?"

„So was Ähnliches", sagte Max augenzwinkernd. Er wandte sich ab und ließ seinen Blick durch den Garten wandern. Beim Geräteschuppen hielt er inne. „Ist das der Schuppen, aus dem der Einbrecher die Leiter geholt hat?"

„Das isser."

„War er abgeschlossen?"

„Mit einem Vorhängeschloss."

„Und das war aufgebrochen?"

„Die Halterung war rausgerissen. Mit einem Brecheisen, wenn Sie mich fragen. Dazu brauchte es nicht viel."

Max bedankte sich und sagte: „Das war sehr aufschlussreich, auch was meine Rosen anbelangt. Gleich morgen werde ich mir eine Flasche Schachtelhalmextrakt und Kalidünger besorgen." Mit einer Geste des Abschieds wandte er sich der Villa zu. Dabei fiel sein Blick auf den ersten Stock, wo Herr Wirt mit dem Telefon am Ohr am Fenster stand und aufgeregt gestikulierte. Max trat neben die Terrasse und sah sich das Beet unter dem Schlafzimmer an. Dann kehrte er zu Herrn Schäfer zurück, der dabei war, den Rasenmäher anzuwerfen.

„Bitte entschuldigen Sie, wenn ich Sie noch einmal störe. Ist Ihnen nach der Mordnacht etwas aufgefallen im Garten? Ich meine, haben die Einbrecher etwas verloren oder Fußspuren hinterlassen?"

„Die Beete an der Terrasse waren voller Fußspuren. Aber nur, weil 'ne Horde Polizisten darauf rumgetrampelt is. Darunter ein Nilpferd mit Riesengaloschen. Ich hab 'nen ganzen Nachmittag gebraucht, um die Beete wieder auf Vordermann zu bringen. Wenn da Fußspuren von 'nem Einbrecher waren, dann sind se jetzt weg."

„Das dachte ich mir", sagte Max und kehrte zur Villa zurück. Bevor er das Wohnzimmer betrat, hielt er seine Nase an einen Rosenstrauch, der einen süßen Duft verströmte. Kaum zu glauben, dachte er, dass Menschen, die in einer prächtigen Villa mit einem paradiesischen Garten wohnten, aus Habgier einen Mord begingen. Doch dann wurde ihm bewusst, wie unsinnig dieser Gedanke war. Warum sollten ein schöner Garten und eine prächtige Villa einen Menschen davon abhalten, gierig und skrupellos zu sein? Zumal nur einer dieses Paradies sein Eigen nennen durfte. Und auch der konnte der Mörder sein. Die Menschen waren nun einmal widersprüchlich. Einerseits schlachteten sie sich in Kriegen ab, andererseits bauten sie Krankenhäuser und beweinten ihre Toten. Sie wollten den besten Platz an der Sonne haben, wenn es sein musste auf Kosten anderer, selbst wenn sie dafür töten mussten. Deshalb nahmen sich die Römer die Kornkammern Nordafrikas, die Spanier das Gold der Azteken und die Deutschen das Land ihrer Nachbarn. Missgunst, Rücksichtslosigkeit und Gier trennten den Menschen vom Tier, nicht selten auch unter Verwandten. Das hatte ihn sein Beruf gelehrt. Und er sah sich vor die beschwerliche Aufgabe gestellt, gemeinsam mit seiner Mutter den Artgenossen zu finden, der für ein Millionenerbe einen Mord begangen hatte. Ja, auch so waren die Menschen. Sie kämpften gegen das Böse und fochten für das Gute. Und er würde sein Bestes dafür tun, dass es auch diesmal den Sieg davontragen würde.

### Die Familie wird zur Vernehmung geladen

Hendrik Wirt saß hinter seinem Schreibtisch und überlegte, welches seiner Kinder er zuerst anrufen sollte. Mit Alexandra würde das Gespräch am einfachsten werden. Sie erkannte ihn als Familienoberhaupt an und wollte sich mit ihm gutstellen. Wenn Jens ans Telefon ginge, würde er wieder Streit anfangen. Für Hendrik war er ein kleinkarierter Besserwisser, der ihm auf die Nerven ging. Aber sein Genörgel war immer noch erträglicher, als sich mit Neele anzulegen. Sie würde mit Sicherheit wieder von dem Geld anfangen und ihn unter Druck setzen. Unentschlossen rief er die im Telefon gespeicherten Nummern auf und blätterte durch die Namen. Bei Philipps Festnetznummer hielt er inne. „Das größere Übel zuerst", dachte er. Während das Freizeichen tutete, ging er zum Fenster. Mit finsterem Blick sah er hinab auf den weitläufigen Garten, wo Herr Roth sich mit Johann unterhielt. Er verzog angewidert das Gesicht, als ihre grobe Stimme sich meldete. Sein Sohn ging leider selten ans Telefon.

„Oh, der Herr Schwiegervater. Welche Ehre."

„Spar dir deinen Sarkasmus." Er verspürte nicht die geringste Lust, mit seiner Schwiegertochter ein Wort mehr zu wechseln als nötig. „Ich möchte, dass ihr am nächsten Samstag zu mir kommt."

„Und warum, wenn ich fragen darf?"

„Ich habe Elvira Roth und ihren Sohn engagiert, damit sie Patrick des Mordes zu überführen. Herr Roth will mit der ganzen Familie sprechen. Er glaubt, das würde ihn weiterbringen."

„Bist du bekloppt? Du willst, dass der Schnüffler uns ausfragt?"

„Nun reg dich wieder ab. Ja, Du, Philipp, Alexandra und Jens – ihr alle sollt euch von dem Schnüffler ausfragen lassen. Es geht nicht anders. Ich habe Hauptkommissar Strack bei jeder Gelegenheit in den Ohren gelegen, dass nur Patrick als Mörder infrage kommt. Aber ich fürchte, das hat ihn wenig beeindruckt. Wenn ich Patrick sein Erbe auszahlen muss, könnt ihr euer Geld vergessen."

„Glaub bloß nicht, du kannst mich reinlegen." In ihrer Stimme schwang eine unüberhörbare Drohung mit.

„Stell dich nicht dümmer als du bist. Wenn die Firma Pleite geht, bin ich es auch. Das haben wir doch alles schon durchgekaut."

„Einen Scheiß haben wir! Du zahlst, was wir vereinbart haben. Zur Not verkaufst du eben die Villa. Dein vornehmer Arsch kann genauso zur Miete wohnen wie meiner."

„Neele, sei vernünftig! Die Firma muss erst wieder auf die Beine kommen. Bis dahin zahl ich euch, was ich kann."

„Solange warte ich nicht. Wenn du glaubst, ich lass mich mit Almosen abspeisen, dann bist du schief gewickelt."

„Herr Gott noch mal! Ihr kriegt ja euer Geld. Ich werde es schon irgendwie auftreiben."

„Oh ja, das wirst du. Vergiss nicht, dass ich Beweise habe."

„Jetzt lass doch die Drohungen!" Hendrik gestikulierte erregt mit der freien Hand. „Wenn ich in den Knast wandere, dann hängt ihr mit drin. Ich hoffe, du kapierst das. Was ist jetzt? Kommt ihr nächsten Samstag?"

Einen Moment herrschte Schweigen am anderen Ende der Leitung. Dann sagte Neele: „Na schön. Wenn wir dadurch unser Geld kriegen."

Herr Wirt bemerkte, dass der Detektiv ihn vom Rasen aus beobachtete. Er trat vom Fenster zurück und sagte: „Ja doch. Aber reiß dich ausnahmsweise zusammen. Dieser Roth braucht nicht zu merken, wie sehr wir uns mögen." Hendrik beendete das Gespräch mit einem Tastendruck und bedachte seine Schwiegertochter mit einem unflätigen Schimpfwort. Er hätte niemals zulassen dürfen, dass Philipp diese Hexe heiratete. Das Biest hatte seinen Sohn völlig unter der Fuchtel. Am meisten ärgerte ihn, dass sie sich nicht an die Verabredung gehalten hatte. Das hätte niemals passieren dürfen. Aber an ihm würde sie sich die Zähne ausbeißen. Wenn sie ihn anzeigte, hing Philipp mit drin. Dann ginge auch sie leer aus. So dumm konnte nicht einmal seine Schwiegertochter sein, dass sie das nicht kapierte.

Er setzte sich zurück an den Schreibtisch und rief Alexandras Nummer auf. „Westermann", meldete sich sein Schwiegersohn. Wie immer tat er, als könne er nicht im Display sehen, wer ihn anrief. Herr Wirt erhob sich von seinem Stuhl und sagte mit dröhnender Stimme: „Hallo Jens, hier ist Hendrik!"

„Ach Hendrik, gerade haben wir über dich gesprochen. Alexandra meinte, wir sollten dich am Wochenende mit den Kindern besuchen."

„Das trifft sich gut. Ich wollte euch nämlich bitten, am Samstag zum Mittagessen zu kommen. Ich habe Elvira Roth und ihren Sohn engagiert, um den Mord an Gabriele aufzuklären. Herr Roth möchte euch ein paar Fragen stellen."

Einen Moment lang herrschte Schweigen.

Dann sagte Jens: „Aber wozu? Die Polizei ermittelt doch noch. Dieser Strack hat uns zwei Stunden lang verhört."

Hendrik nahm mechanisch seinen Federhalter in die Hand und trommelte mit der Kappe auf die Schreibtischunterlage. „Ich habe die Detektive auf Patrick angesetzt. Du weißt warum. Herr Roth will nur von euch erfahren, ob ihr etwas wisst."

„Und was ist mit Philipp und Neele?"

„Neele hat sofort zugesagt. Du scheinst mir besorgt. Du hast doch nichts zu verbergen?" Hendrik wusste, dass sein Schwiegersohn, sich über diese Bemerkung ärgern würde. Erwartungsgemäß knurrte er:

„Selbstverständlich nicht! Wir hatten zu Gabriele immer ein gutes Verhältnis. Ich frage mich nur, ob so eine

Mordermittlung das Richtige für die Kinder ist. Ich werde das mit Alexandra besprechen."

„Mach das, und gebt bitte rechtzeitig Bescheid, damit ich Frau Kaufmann sagen kann, für wie viele Personen sie kochen muss."

„Ich sage Alexandra, sie soll dich anrufen. Ach, wo ich dich gerade am Telefon habe: Wir warten immer noch auf unser Geld."

Hendrik bohrte stöhnend den Federhalter in die Schreibtischunterlage. „Ich habe euch doch gesagt, sobald ich den Betrag erübrigen kann, zahle ich euch aus. Momentan geht es nicht. Frag Alexandra, die weiß so gut wie ich, wie es um die Firma steht. Also, gebt rechtzeitig Bescheid." Hendrik legte auf und sank erschöpft in seinen Sessel zurück. Alle Welt wollte Geld von ihm. Als wenn er Dukaten scheißen könnte.

*Ein mysteriöser Liebesbrief und*
*ein verstörter Ehemann*

Max ging durch die offene Terrassentür ins Haus und stieg die Treppe hinauf. Vor dem Arbeitszimmer des Hausherrn hörte er dessen beschwörende Stimme durch die Tür: „Mach dir keine Sorgen. Das werde ich verhindern. Alles wird gut, vertrau mir." Es folgten einige gemurmelte Worte, die Max nicht verstehen konnte. Als er nichts mehr hörte, betrat er ohne anzuklopfen das Zimmer.

Herr Wirt hatte aufgelegt und sah überrascht zur Tür. „Ah, Herr Roth!", rief er überschwänglich. „Sind Sie mit Ihren Ermittlungen vorangekommen?"

„Ja, tatsächlich. Ich denke, ich weiß nun, wie der Mord begangen wurde. Nur über den Täter bin ich mir noch nicht im Klaren. Hat Ihre Frau irgendwelche Unterlagen oder persönlichen Schriftstücke hinterlassen? Vielleicht ein Tagebuch?"

„Nicht, dass ich wüsste."

„Womöglich hat sie Ihnen nichts davon erzählt. Es könnte Dinge geben, die sie für sich behalten wollte. Ich nehme an, sie würde entsprechende Aufzeichnungen in ihrem Schreibtisch aufbewahren?"

„Die Polizei hat ihren Schreibtisch bereits durchsucht. Ich glaube auch nicht, dass meine Frau Geheimnisse vor mir hatte. Jedenfalls keine von Bedeutung."

„Das glauben die meisten Männer. Meistens stimmt es auch. Trotzdem … Wenn Sie einverstanden sind, würde ich mich im Arbeitszimmer Ihrer Frau etwas näher umsehen. Vielleicht finde ich etwas, dass uns weiterhilft."

„Tun Sie, was Sie für richtig halten. Ich denke, Sie verschwenden Ihre Zeit, aber Sie müssen natürlich sorgfältig vorgehen. Das verstehe ich."

Bevor Max den Raum verließ, fasste er sich ein Herz und wandte sich noch einmal um. „Ach, Herr Wirt, ich möchte nicht allzu neugierig erscheinen, wirklich nicht, aber eins würde mich doch interessieren: Verraten Sie mir, mit wem Sie eben telefoniert haben? Ich konnte nicht vermeiden, ein paar Worte mitzuhören. Sie sagten, Sie würden etwas zu verhindern wissen. Ich habe mich gefragt, mit wem Sie wohl sprechen und um was es dabei geht." Max erwartete eine schroffe Abfuhr, doch Herr Wirt sah ihn belustigt an.

„Soso, Sie konnten es nicht vermeiden. Naja, wenn man einen Sherlock Holmes engagiert, dann sollte man wissen, worauf man sich einlässt. Das ist gut, seien Sie misstrauisch. Das Telefonat habe ich mit meiner neuen Geschäftsführerin Frau Dr. Schlüter geführt. Sie macht sich Sorgen, dass die Firma ernsthaft in Schwierigkeiten geraten könnte, wenn ich Patrick sein Erbteil auszahlen muss. Aber das werde ich, wie Sie richtig gehört haben, verhindern. Ich werde alle rechtlichen Möglichkeiten ausschöpfen, das Betriebsvermögen zu schützen."

Max bedankte sich mit einer angedeuteten Verbeugung für die offenen Worte und zog sich erleichtert in das Arbeitszimmer der Ermordeten zurück, wo er in Ruhe alle Schriftstücke durchsah, die er in den Schubladen des Schreibtisches fand. Er entdeckte nichts, das ihm bemerkenswert erschien, bis er in einem Stapel Briefe auf einen weinroten Umschlag stieß, der einen gefalteten Briefbogen enthielt, auf dem das folgende Gedicht stand:

Ich liebe Dich, Du Seele, die da irrt
im Tal des Lebens nach dem rechten Glücke,
ich liebe Dich, die manch ein Wahn verwirrt,
der manch ein Traum zerbrach in Staub und Stücke.

Ich liebe deine armen wunden Schwingen,
die ungestoßen in mir möchten wohnen;
ich möchte Dich mit Güte ganz durchdringen,
ich möchte Dich in allen Tiefen schonen.

Das Gedicht war in einer schnörkeligen Handschrift geschrieben, die Max an seine Schulzeit erinnerte. Statt einer Unterschrift waren getrocknete Vergissmeinnichtblüten unter das Gedicht geklebt. Max roch an dem Briefbogen und nahm einen schwachen Parfümgeruch wahr. Einen Begleitbrief gab es nicht, und der Umschlag war unbeschriftet.

Er zog einen Gefrierbeutel aus seinem Jackett, steckte den Briefbogen und den Umschlag hinein und verstaute ihn wieder. Dann durchsuchte er den Rest des Schreibtisches, ohne etwas zu finden, das sein Interesse weckte. Als Nächstes blätterte er die Ordner durch. Sie enthielten geschäftliche Unterlagen, private Rechnungen, Kontoauszüge und Depotübersichten. Den Bankauszügen konnte er entnehmen, dass sich Frau Adalbergs Geld- und Wertpapiervermögen bei der

Birkenbrücker Sparkasse zum Zeitpunkt ihres Todes auf etwas mehr als 10.000 Euro belaufen hatte. Im Jahr zuvor hatte sie 100.000 Euro an ihre Tochter Alexandra überwiesen. Bis eine Woche vor ihrem Tod hatte sie ein Festgeldkonto mit 70.000 Euro besessen. Dann hatte sie es aufgelöst und den gesamten Betrag Patrick überwiesen. Offenbar war Herr Wirt nicht über alle Vermögenstransaktionen seiner Frau informiert.

Nach höflichem Anklopfen und einem auffordernden „Herein!" betrat er erneut das Arbeitszimmer des Hausherrn. „Bitte entschuldigen Sie, dass ich Sie noch einmal störe. Ich habe etwas gefunden, von dem ich gern wüsste, von wem es stammt. Es handelt sich um ein Gedicht. Ich frage mich, wer es geschrieben hat – oder aufgeschrieben sollte ich besser sagen, denn es würde mich wundern, wenn das Gedicht nicht irgendwo abgeschrieben wurde."

Er wartete, bis Herr Wirt das Gedicht gelesen hatte, und beobachtete, wie sein Gesicht einen steinernen Ausdruck annahm. „Ihrer Reaktion entnehme ich, dass es weder für Sie bestimmt war, noch von Ihnen aufgeschrieben wurde. Sehe ich das richtig?"

Herr Wirt gab keine Antwort.

„Bitte entschuldigen Sie, wenn ich so offen frage: Kann es sein, dass Ihre Frau ein Verhältnis hatte?" Max war froh, dass er die Frage heraus hatte. Sollte sein Auftraggeber am Überbringer der schlechten Nachricht ruhig seinen Unmut entladen. Er machte nur seine Arbeit.

„Das ist wohl offensichtlich", sagte Herr Wirt finster.

„Ist das die Handschrift Ihrer Frau?"

Herr Wirt sah erneut auf den Briefbogen im Gefrierbeutel und schüttelte den Kopf. „Nein, Gabrieles Handschrift sieht anders aus. Ich kann Ihnen nicht sagen, wer dieses Gedicht geschrieben hat. Ich dachte, meine Frau wäre mir treu seit ihrem Fehltritt vor zwanzig Jahren."

„Ihrem Fehltritt?"

Herr Wirt seufzte. „Sie hatte ein Verhältnis mit unserem Gärtner. Nicht mit Johann, sondern mit seinem Vorgänger. Ein junger, gutaussehender Bursche, der sich in sie verguckt hatte – oder vermutlich in ihr Vermögen." Er lachte freudlos und ließ die Hand mit dem Gedicht sinken.

„Wie haben Sie davon erfahren?"

„Sie drohte, mich zu verlassen."

„Also steckte etwas Ernstes dahinter?", fragte Max forscher.

„Sie hat einfach überreagiert", antwortete Herr Wirt schroff. „Wir hatten eine Meinungsverschiedenheit wegen der Firma. Sie hatte nach Alexandras Geburt aufgehört zu arbeiten. Währenddessen führte ich die Geschäfte allein und erweiterte das Produktsortiment. Wir hatten nur Artikel im hochwertigen Segment: Pralinen, Trüffel, edle Schokoladen ... Alles Produkte aus dem Traditionssortiment von Adalberg. Ich habe es ergänzt um Süßwaren aus dem unteren Preissegment, für die eine viel größere Nachfrage besteht. Darüber war sie wütend."

„Hatten Sie das mit Ihrer Frau denn nicht abgesprochen?"

„Ich wusste, dass sie mit den Änderungen niemals einverstanden sein würde. Sie hing an Familientraditionen und wollte die Firma so weiterführen, wie ihr Vater sie ihr hinterlassen hatte."

„Und sie war die Mehrheitseigentümerin", ergänzte Max. „Sie hatten eine kleine Importhandelsfirma für Kakao und Kaffee geerbt, die Sie nach Ihrer Heirat mit Adalberg fusioniert haben. Sie hätten gegen die Stimme Ihrer Frau keine so großen Änderungen im Produktsortiment durchsetzen können. Habe ich recht?"

„Ich sehe, Sie sind gut informiert", bestätigte Herr Wirt anerkennend das Ergebnis seiner Recherchen. „Ich hätte die Neuerungen gegen ihren Willen nicht durchführen können und hätte es auch nicht getan, wenn ich von ihrer Notwendigkeit nicht überzeugt gewesen wäre."

„Aber Ihre Frau schien anderer Meinung zu sein. Was hat sie dazu gebracht, sie zu akzeptieren?" Max starrte gebannt auf seinen Auftraggeber, der mit dem Gedicht in der Hand in steifer Haltung hinter seinem Schreibtisch saß. Diese Angelegenheit konnte wichtig sein. Er wollte alles darüber wissen.

„Vernunft. Schlichte Vernunft. Ich habe ihr klar gemacht, dass Adalberg nicht überleben könnte, wenn ich im Fall einer Scheidung meinen Anteil aus der Firma ziehen würde. Später hat sich dann alles wieder gefügt. Der Erfolg des neuen Sortiments hat mir recht gegeben."

„Aber Adalberg steckt doch in Schwierigkeiten. Nach dem, was in der Zeitung steht, macht die Firma hohe Verluste."

„Adalberg ist erst vor wenigen Jahren in die Verlustzone geraten. Die Konkurrenz hat zugenommen. Aber ich sehe nicht, was das alles mit dem Mord zu tun haben soll."

„Ist das nicht offensichtlich? Sollte Ihre Frau tatsächlich einen Liebhaber gehabt haben – wohlgemerkt sollte –, dann ergäben sich daraus neue Motive und der Kreis der Verdächtigen erweiterte sich."

Herr Wirt stieß ein verächtliches Lachen aus. „Sie meinen, dann zähle ich zu den Hauptverdächtigen, weil meine Frau erneut darüber nachgedacht haben könnte, mich zu verlassen?"

„Sagen wir, Sie wären einer davon, wenn Sie mich und meine Mutter nicht engagiert und kein Alibi hätten", beeilte sich Max, den Verdacht zu entkräften. „Da dem aber so ist, scheint mir eine andere Version plausibler. Möglicherweise hatte der Liebhaber Ihrer Frau, wenn es denn einen gab, es auf ihr Geld abgesehen. Er arbeitete einen Plan aus, beschaffte sich die nötigen Informationen über die Alarmanlage und einen Nachschlüssel für das Haus und brachte Ihre Frau um, damit sie ihn nicht verraten konnte. Das würde auch eine überzeugende Erklärung dafür liefern, warum sich der Mörder im Haus und auf dem Grundstück auskannte."

Max ließ seine Worte wirken, bevor er mit erhobener Stimme fortfuhr: „Ich glaube allerdings nicht, dass Ihre Frau dieses Gedicht von einem Liebhaber hatte. Denn ich halte die Handschrift für die einer Frau. Die Handschrift von Männern sieht in der Regel nicht so aus, als wollten sie in der Schule die Schokoplätzchen fürs Schönschreiben gewinnen. Ich frage mich deshalb: Wer hat das Gedicht aufgeschrieben, und für wen war es bestimmt? Sind Sie wirklich sicher, dass dies nicht die Handschrift Ihrer Frau ist?"

Herrn Wirts Gesicht nahm einen erstaunten Ausdruck an. Er sah sich das Gedicht noch einmal an und sagte: „Ohne Zweifel. Meine Frau hatte eine Handschrift, die eher zu einer Ärztin passen würde."

„Genau den Eindruck hatte ich auch. Untersuchen wir das Gedicht also weiter." Max nahm Herrn Wirt beherzt den Gefrierbeutel aus der Hand und betrachtete aufmerksam den Inhalt. „Papier und Tinte sind noch einigermaßen frisch." Er steckte seine Nase in den Beutel und ergänzte: „Das Parfüm kann man noch deutlich riechen. Ein weiterer Hinweis darauf, dass das Gedicht kein Andenken Ihrer Frau an ihren ehemaligen Liebhaber war. Etwas anderes hätte mich auch gewundert. Gärtner schreiben normalerweise keine Liebesgedichte in Schönschrift auf parfümiertem Papier und machen sich auch nichts aus solchen Liebesbeweisen." Er sah nachdenklich auf den Briefbogen, machte eine ratlose Geste und sagte: „Ein weiteres Rätsel also. Ich nehme es als Herausforderung für meine grauen Zellen, wie Hercule Poirot sagen würde." Er lächelte schüchtern und fügte hinzu: „Dürfte ich das Gedicht erst mal behalten? Sie bekommen es bald wieder zurück, das verspreche ich Ihnen."

„Wenn Sie meinen, dass es Sie weiterbringt. Ich persönlich glaube allerdings ..."

„Sie glauben, dass Ihr Sohn Patrick der Mörder ist. Womöglich haben Sie damit auch recht. Aber solange wir nur Vermutungen anstellen können, muss ich jeder Spur nachgehen." Er bemerkte, dass er seinem Auftraggeber vorlaut ins Wort gefallen war, und errötete vor Verlegenheit.

Herr Wirt geleitete ihn zum Abschied die Treppe hinunter. „Ich habe mit meiner Tochter Alexandra telefoniert. Sie kommt am nächsten Wochenende mit ihrer Familie und wird Ihnen für Fragen zur Verfügung stehen. Mein Sohn Philipp und seine Frau Neele kommen auch. Sie können mit uns zu Mittag essen, wenn Sie wollen."

Max nahm die Einladung dankbar an. Als sie an der Haustür waren, sagte er mit einem Lächeln, das um Nachsicht bat: „Ach, mir fällt da noch was ein. Ich würde das Gedicht gerne Frau Kaufmann zeigen. Vielleicht weiß sie, von wem es stammt. Sie sagte mir, sie sei mit ihrer Frau befreundet gewesen. Mir wäre es allerdings lieber, wenn Sie sie fragen. Sie ist mir gegenüber sehr diskret, was Sie und Ihre Familie anbelangt."

Sie gingen hinunter in die Küche, und Herr Wirt sagte: „Herr Roth hat ein Liebesgedicht im Schreibtisch meiner Frau gefunden. Es würde uns interessieren, ob Sie wissen, von wem es stammt."

Max reichte ihr den Gefrierbeutel.

„Sie können ruhig sagen, wenn Sie etwas darüber wissen", sagte Herr Wirt. Falls meine Frau ein Geheimnis vor mir gehabt hat, sollte es jetzt ans Licht. Mich kann nichts mehr schockieren."

Während Katarina das Gedicht überflog, versuchte Max, in ihrem Gesicht zu lesen. Der Ausdruck war unergründlich. Er wandte seinen Blick ab, um sie nicht anzustarren.

Als sie das Gedicht gelesen hatte, sagte sie kopfschüttelnd: „Es tut mir leid. Ich habe dieses Gedicht noch nie gesehen."

## *Alt aber oho!*

Max schloss das Tor zum Anwesen seines Auftraggebers hinter sich und ging an der Hecke entlang in Richtung Innenstadt. Am Nachbargrundstück begann eine von Efeu überwucherte Steinmauer. Er folgte der Mauer bis zu einem gusseisernen Tor, das er unverschlossen fand. Ein von Buchen überschatteter Weg führt ihn zu einem alten Fachwerkhaus. Er klingelte und wartete, den Ritt der Walküren summend, bis eine kleine, hutzelige Frau die Tür einen Spaltbreit öffnete.

„Ja, bitte?" Sie musterte ihn misstrauisch.

Max lächelte sie unschuldig an, beugte sich zu ihr hinunter und sagte lauter als gewöhnlich: „Frau Papendiek nehme ich an? Mein Name ist Max Roth. Ich untersuche den Mord an Frau Adalberg. Dürfte ich Ihnen ein paar Fragen stellen?"

Frau Papendiek trat einen Schritt aus der Tür, um ihn besser sehen zu können, dann sagte sie lebhaft: „Aber natürlich! Sie sind der Sohn von Elvira Roth. Jetzt erkenne ich Sie. Bitte entschuldigen Sie mein Misstrauen. Man kann ja heutzutage nicht vorsichtig genug sein. Ich habe die Romane Ihrer Mutter verschlungen bis vor wenigen Jahren. Leider bin ich zu schreckhaft dafür geworden. Wo heute schon in der eigenen Nachbarschaft Morde begangen werden. Aber kommen Sie doch herein. Sie müssen eine Tasse Tee mit uns trinken."

Mit klopfendem Herzen folgte ihr Max in ein Wohnzimmer, das mit alten Bauernmöbeln eingerichtet war. An einem Tisch mit einem Teegedeck saß ein weißhaariger Mann in einem Rollstuhl.

„Das ist Herr Roth, Wilhelm!", rief Frau Papendiek, jedes Wort betonend. „Der Sohn von Elvira Roth! Er untersucht den

Mord an Frau Adalberg!" Sie wies Max einen Stuhl an und schenkte ihm Tee ein. „Nehmen Sie Milch?"

„Ja, bitte, aber keinen Zucker."

Zu Max Erleichterung, schienen die beiden harmlos zu sein. Keine griesgrämigen Greise, sondern nette alte Leute, die ihm sicher freundlich Auskunft geben würden. Während die alte Dame ihm eingoss, sagte er: „Mich würde interessieren, ob Sie in der Mordnacht etwas bemerkt haben. Licht oder ein Geräusch auf dem Grundstück der Wirts oder womöglich eine verdächtige Person."

„Herr Roth möchte wissen, ob wir in der Mordnacht etwas Verdächtiges bemerkt haben!", rief Frau Papendiek ihrem Mann ins Ohr, der nach vorne gebeugt angestrengt lauschte. „Wir müssen lauter sprechen, mein Mann hört sehr schlecht. Er wird bald hundert Jahre."

„Was, hundert Haare?", rief Herr Papendiek und fuhr sich mit der Hand über den dünnen Restbestand. „Was du dir wieder einbildest!"

„JAHRE, Wilhelm, JAHRE! Oh, dieser Mann! Was soll ich bloß mit ihm machen? Er will einfach kein Hörgerät benutzen, dieser Sturkopf!"

„Ach was! Ich bin nur froh, wenn ich dein ständiges Gebrabbel nicht hören muss!"

„Nun hören Sie sich das an! Mit diesem Mann ist einfach nicht zu reden!"

„Aber ich bitte Sie! Sie wollen sich doch wegen mir nicht streiten", sagte Max begütigend. „Ich möchte nur wissen, ob Ihnen in der Mordnacht etwas Verdächtiges aufgefallen ist."

Frau Papendiek stach mit dem Zeigefinger nach ihm und sagte eifrig: „Sie haben völlig recht! Sie sind nicht gekommen, um sich das Gezänk alter Leute anzuhören. Und Sie haben Glück! Ich habe wirklich etwas mitbekommen von dem Mord. Ich konnte nämlich nicht schlafen, weil so ein fürchterliches

Gewitter tobte. Und um kurz nach zwei Uhr morgens – ich habe einen Wecker mit roter Digitalanzeige, müssen Sie wissen – bin ich aufgestanden, um ein Glas Wasser zu trinken. Da habe ich durch das Küchenfenster gesehen, wie im Vorgarten der Wirts die Außenbeleuchtung anging. Das hat mich misstrauisch gemacht, wo doch die Einbrecher umgehen und die arme Frau Pröhl ermordet haben. Also bin ich nach oben gegangen und habe im Zimmer meiner Tochter aus dem Fenster gesehen. Ulrike kommt uns regelmäßig besuchen, müssen Sie wissen. Sie ist Lehrerin am Gymnasium in Lüneburg. Oberstudienrätin, um genau zu sein. Jedes Wochenende sieht sie nach dem Rechten bei uns. An den anderen Tagen muss die Gemeindepflegerin kommen. In meinem Alter schaffe ich es nicht mehr, meinen Mann aus dem Bett zu heben. Das ist auch der Grund, warum wir die obere Etage nicht vermietet haben. Das heißt, das wäre sowieso nicht möglich, denn wir haben keinen eigenen Eingang für die Wohnung oben. Da müssten die Mieter ja immer bei uns durch den Hausflur."

Mit einem höflichen Einwurf brachte Max die alte Dame dazu, mit der Schilderung ihrer Beobachtungen fortzufahren. Er hatte Verständnis dafür, dass sie sich freute, mit jemandem reden zu können. Bei den alten Leuten würden nicht mehr viele Menschen zu Besuch kommen. Aber erst einmal wollte er hören, was sie gesehen hatte. Wenn er nervös war, kam er leicht durcheinander. Und das war in diesem Augenblick der Fall, denn er hielt Frau Papendiek für eine wichtige Zeugin.

Sie hielt sich schuldbewusst die Hand vor den Mund und sagte: „Ach, jetzt bin ich wieder ins Brabbeln gekommen, ich alte Snöterliese. Wo war ich stehen geblieben? Ach ja, ich stand im Dunkeln im Zimmer meiner Tochter und sah aus dem Fenster. Es gibt dort zwei Fenster, müssen Sie wissen. Durch das eine sieht man auf unseren Garten, durch das andere auf das Haus der Wirts – das heißt, soweit man etwas davon sehen kann. Die Hecke und die Kastanie versperren leider fast die ganze Sicht." Frau Papendiek machte eine Pause und sah Max bedeutungsvoll an.

In der Hoffnung, ihr den vollständigen Bericht zu entlocken, rief er: „Aber Sie haben trotzdem etwas gesehen!"

„Zuerst nicht", sagte sie feixend. „Das Außenlicht ging wieder aus und alles war stockfinster. Ich dachte schon, bestimmt war es nur Goldi, die Katze von Frau Jänsch. Frau Jänsch ist unsere Nachbarin auf der anderen Seite, müssen Sie wissen. Doch dann hat jemand im Haus Licht angemacht. Zuerst in der Küche. Man kann von Ulrikes Zimmer aus leider nicht bei den Wirts in die Küche gucken. Aber ich habe den Lichtschein gesehen. Also habe ich gewartet. Kurz darauf ging im ersten Stock das Licht an. Nicht auf unserer Seite, sondern zur Straße hinaus. Ich denke, es war das Licht im Treppenhaus. Ich habe noch einige Minuten am Fenster gestanden, und als nichts weiter passierte, bin ich wieder ins Bett gegangen. Aber die Sache hat mir keine Ruhe gelassen. Ich dachte, die Wirts kommen doch nicht mitten in der Nacht nach Hause; womöglich ist es doch die Einbrecherbande. Und dann – um kurz vor halb drei – habe ich einen Schuss gehört!"

„Einen Schuss?" Plötzlich war Max hellwach.

„Jawohl, einen Schuss!"

„Ach was!", ereiferte sich Herr Papendiek. Er hatte ihre Schilderungen mit einer Hand am Ohr verfolgt. „Frau Adalberg ist nicht erschossen worden! Einen Donnerschlag hast du gehört! Das habe ich dir gleich gesagt. Du weißt doch gar nicht, wie sich ein Schuss anhört!"

„Ach, was weißt denn du! Das Gewitter war längst vorbei! Ooooh, schlimm ist dieser Mann! Ständig weiß er alles besser. Dabei ist er taub wie eine Nuss."

„Aber meines Wissens ist wirklich nicht geschossen worden", sagte Max beschwichtigend. „Könnte es sein, dass der Krach vom Fenster kam, das aufgebrochen wurde?"

„Das wollte mir die Polizei auch einreden. Aber ich weiß, was ich gehört habe! Und das ist noch nicht alles. Nach dem Schuss bin ich wieder hoch in das Zimmer meiner Tochter und habe das Fenster geöffnet. Ich habe nichts mehr gehört – aber kurze Zeit später ist im Vorgarten wieder das Licht angegangen. Ich also zum Fenster im Flur, das zur Straße hinausgeht, es geöffnet und gehorcht. Meine Ohren sind noch sehr gut, müssen Sie wissen. Ich hörte, wie eine Autotür zugeschlagen wurde, und dann ist ein großer dunkler Wagen vorbeigefahren. Ein BMW oder Mercedes oder so etwas. Ich kenne mich da nicht so aus."

„Wann war das etwa?"

„Sechs Minuten nach halb drei. Das weiß ich genau, weil ich auf den Wecker gesehen habe. Dann habe ich meinem Mann geweckt und ihm gesagt, dass wir die Polizei rufen müssen. Aber der hat nur geantwortet, dass ich mir was einbilde und darauf bestanden, dass ich mich wieder ins Bett lege. Was soll man machen, bei so viel Sturheit?"

„Das ist wirklich sehr aufschlussreich", sagte Max anerkennend, ehe Herr Papendiek zur Gegenattacke ansetzen konnte. „Sie haben eine sehr präzise Beobachtungsgabe. Das macht Sie zu einer wertvollen Zeugin. Ich möchte nur, um Missverständnisse zu vermeiden, noch einmal nachfragen: Sind Sie sich bezüglich der Zeitangaben wirklich sicher? Ihre Angaben sind für die Ermittlung sehr wichtig. Sie helfen uns, die Tatzeit einzugrenzen."

„Selbstverständlich bin ich mir sicher! In meinem Alter wollen die Knochen ja nicht mehr so, aber hier oben funktioniert noch alles tadellos, junger Mann. Ich habe gleich gewusst, dass es sich um die Einbrecherbande handelt. Darum habe ich mir die Uhrzeiten aufgeschrieben. Ich habe das auch der Polizei zu Protokoll gegeben. Der freundliche Kriminalbeamte hat alles in ein Formular eingetragen."

„Damit haben Sie genau das Richtige getan", versicherte ihr Max. „Oh, ich habe meinen Tee noch gar nicht getrunken." Er nahm die Tasse und fragte: „Kennen Sie Herrn Wirt eigentlich gut?"

„Nein, so gut wie gar nicht. Ich sehe ihn nur ab und zu auf der Straße. Frau Adalberg kam manchmal auf einen Kaffee vorbei oder hat mich eingeladen. Sie war so eine nette Frau. Merkwürdig, dass sie seinen Namen nicht angenommen hat. Aber so sind die jungen Leute heutzutage. Sie hat sich sehr für meine Rosen interessiert. Ich habe sehr schöne Heckenrosen vor dem Haus. Vielleicht sind Sie Ihnen aufgefallen. Natürlich kein Vergleich zu den prächtigen Rosen von Frau Adalberg ..."


*Ein freundschaftlicher Rat*
*und ein Verehrer in Verlegenheit*

Seine Mutter hatte an diesem Abend Kapitän Peter Jensen zu Besuch. Sie saßen zu dritt auf der Terrasse, die einen Ausblick auf den Garten bot, den Elvira trotz ihrer schmerzenden Gelenke liebevoll pflegte. Watson lag in der Mitte zu ihren Füßen und lauerte hinter geschlossenen Lidern auf die Geräusche und Gerüche einer faszinierenden Welt, die den ahnungslosen Menschen mit ihren primitiven Sinnen für immer verborgen bleiben würde.

Kapitän Jensen war ein Seebär wie aus dem Bilderbuch entstiegen: groß und breit mit kräftiger Stimme und einem stattlichen Bart, der nach vielen Jahren auf hoher See fast grau geworden war. Er war auf riesigen Frachtern und Kreuzfahrtschiffen über die Ozeane gefahren und hatte die halbe Welt gesehen. Nun wohnte er am Rand von Birkenbrück in einem kleinen Haus mit einem Garten, in dem er Obst und Gemüse anbaute und einige Bienenvölker züchtete.

Elvira hatte sich und Kapitän Jensen einen Haidmärker eingeschenkt, und prostete ihm zu. „Kapitän Jensen hat uns Wabenhonig mitgebracht. Den isst du doch so gern, Hase", sagte sie gut gelaunt.

Der Kapitän zeigte sich Elvira gegenüber stets aufmerksam. Bei jedem Besuch brachte er ihr Blumen, Honig oder eine Flasche Haidmärker mit, und wenn es am Haus etwas zu reparieren gab, legte er Hand an, wann immer er konnte. Für alle, die ihn und Elvira kannten, war es offensichtlich, dass er ihr den Hof machte. Nur sie schien davon nichts zu bemerken. Gemütlich stopfte er sich eine Pfeife und entzündete sie mit einem Streichholz.

Max berichtete über die Ergebnisse seiner Ermittlungen, und Elvira und der Kapitän hörten ihm aufmerksam zu. Kapitän Jensen war ein diskreter Verbündeter, vor dem er nichts zu verschweigen brauchte. Obwohl er den Vortrag vor vertrauten Zuhörern hielt, plagte ihn Lampenfieber. Seine Aufgabe war ebenso anspruchsvoll wie bedeutsam, und er musste mit kritischen Fragen seiner Mutter rechnen. Immerhin stand ihr guter Ruf auf dem Spiel. Zudem war sie seine Arbeitgeberin, und Wohlwollen konnte leicht in Ärger umschlagen, das hatte er im Umgang mit Menschen allzu oft erfahren. Er hielt daher nur die Treue seines Hundes für gottgegeben. Wenn er versagte, würde sie womöglich auf seine Dienste verzichten. Vielleicht würde sie ihn zur Strafe sogar vor die Tür setzen. Derartige Phantasien beunruhigten ihn immer wieder, obwohl ihm schwante, dass sie unbegründet waren.

Als er seinen Vortrag beendet hatte, sagte der Kapitän: „Dieser Patrick scheint ja mächtig auf die schiefe Bahn geraten zu sein. Dabei hatte der Junge beste Voraussetzungen, etwas Anständiges aus sich zu machen. Stattdessen ruiniert er sein

Leben und bringt womöglich seine Mutter um. Tragischer Fall sowas."

Elvira nickte bedächtig. „Ja, furchtbar, ganz furchtbar. Ich frage mich nur, ob das wirklich die Tat eines professionellen Kriminellen war. Ich meine: Der Einbruch war sorgfältig geplant. Warum hat der Mörder im ganzen Haus das Licht eingeschaltet? Das war doch leichtsinnig."

„Vielleicht fühlte er sich sicher. Dass jemand nachts aufsteht, weil er nicht schlafen kann, ist doch nichts Besonderes", sagte Max.

„Ja, das ist durchaus möglich. Trotzdem glaube ich, dass es eine Nachlässigkeit war. Ein leichtsinniger Fehler, der ganz und gar nicht zu dem planvollen Vorgehen passt."

Kapitän Jensen stocherte in seiner Pfeife und sagte: „Ich kenne Hendrik Wirt aus dem Lions Club. Ein unangenehmer Zeitgenosse. Schnauzt die Bedienung an und knausert mit dem Trinkgeld. Bildet sich ein, er sei was Besseres. Keiner, mit dem ich gern Geschäfte machen würde. Als ich von dem Mord las, dachte ich: Bestimmt hat er sie umgebracht."

„Aber wie es aussieht, war er in Zürich als der Mord begangen wurde", sagte Elvira. „Ich gehe davon aus, dass die Polizei sein Alibi überprüft hat."

„Zürich? Soso." Kapitän Jensen schmökte an seiner Pfeife und blies eine Rauchfahne in die Luft. „Ich hatte da mal einen Fall, als ich Kapitän auf der ASC Neptun war, einem Containerschiff, das Frachtgut von Asien nach Deutschland verschiffte. Wir lagen im Hafen von Bangkok und luden Holzmöbel und Textilien für Bremerhaven. Da wurde zwei Nächte vor unserer Abfahrt unser Smutje auf Landgang erstochen. Man fand ihn in einer finsteren Gasse nicht weit von einem Bordell. Die Polizei nahm an, dass er Raubmördern zum Opfer gefallen war. Doch mir war die Sache nicht geheuer. Ich hatte beobachtet, dass der Smutje an dem Abend einen Streit mit unserem

Steuermann hatte. Ich konnte nicht hören, worüber sich die beiden stritten. Aber der Steuermann regte sich mächtig auf und drohte ihm mit den Fäusten. Tja, der Steuermann konnte den Smutje aber nicht erstochen haben, denn er hatte Nachtwache. Der zweite Offizier und die Matrosen, die ebenfalls Wache hatten, versicherten mir, dass er die ganze Zeit an Bord war." Kapitän Jensen stopfte Tabak nach und zog an seiner Pfeife, bis die Glut wieder zum Leben erwachte.

„Wie ging die Sache aus?", fragte Elvira neugierig.

„Mir war der Steuermann nicht geheuer. Die thailändische Polizei hatte wegen Heroinschmuggels gegen ihn ermittelt. Sie konnte ihm nichts nachweisen. Doch ich kam ihm auf die Schliche. Er war zusammen mit einem Matrosen an Land gerudert, und der Matrose hatte den Smutje erstochen, während der Steuermann ihn festhielt."

„Aber wie konnten Sie den beiden das beweisen", fragte Max. Er hatte dem Kapitän den Spitznamen Käpt'n Blaubär gegeben, weil er über einen unendlichen Vorrat an abenteuerlichen Geschichten verfügte. Meist handelten sie von Kriminalfällen, die er an Bord seiner Schiffe gelöst hatte.

„Der Bootsmann meldete mir, dass er einen Matrosen dabei erwischt hatte, wie er die Kabine des Smutjes durchsuchte. Da habe ich die Kabine selbst auf den Kopf gestellt. Unter der Matratze fand ich ein Päckchen Heroin und einen Brief, in dem der Smutje aufgeschrieben hatte, dass er dem Steuermann und dem zweiten Offizier beim Heroinschmuggel auf die Schliche gekommen war und sie erpresste. Er hatte das Heroin und den Zettel dort versteckt, weil er damit rechnete, dass sie ihn trotz seiner Warnungen auf den Meeresgrund befördern könnten. Der Matrose, der die Kabine durchsucht hatte, hat dann alles gestanden. Alle, die in der Nacht auf Wache gewesen waren, steckten unter einer Decke."

„Was für ein Lumpengesindel!", rief Elvira. „An dir ist ein Detektiv verloren gegangen, mein Lieber. Und ich denke, du hast recht."

„Womit?", fragte Max erstaunt.

„Kannst du dir das nicht denken? Wer weiß, ob Herr Wirt in der Mordnacht tatsächlich in Zürich war? Wirklich erstaunlich, wie du den Fall gelöst hast, Peter." In Wahrheit erstaunte Elvira seine Überlegung nicht im Geringsten. Jeder Mörder, der halbwegs bei Verstand war, würde sich ein Alibi verschaffen, wenn er zu den Verdächtigen zählte. Aber sie wollte ihrem Freund eine Freude machen.

Der Kapitän lehnte sich zurück und hüllte sein Gesicht in eine graue Wolke ein, damit niemand sehen konnte, wie er über das Kompliment errötete.

Max schmunzelte und sagte: „Wir werden mehr wissen, wenn wir die Polizeiakte kennen. Ich habe mich für Montagabend im Sturen Heidjer mit Eckart verabredet."

„Die treue Seele. Unser guter Kriminalhauptmeister wird noch seinen Posten wegen uns verlieren. Das nächste Wochenende dürfte gleichfalls aufschlussreich werden", sagte Elvira.

„Allerdings. Herr Wirt hat mich für Samstag zum Mittagessen eingeladen. Seine Tochter Alexandra und sein Sohn Philipp werden samt Anhang dort sein. Er hat ihnen gesagt, dass ich mit ihnen reden will."

„Wie haben sie reagiert?"

„Ich habe ihn leider nicht danach gefragt", gab er schuldbewusst zu.

„Oh, das macht nichts. Wir werden ja merken, was sie davon halten, dass wir hinter ihnen her schnüffeln."

„Wir, Mutter?"

„Aber ja, Hase. Ich habe mich auch eingeladen. Es kann nicht schaden, wenn wir gemeinsam in dem Wespennest stochern. Allerdings werde ich inkognito auftreten."

„Aber Herr Wirt weiß doch, dass du kommst?" Max legte keinen Wert auf Verwicklungen.

„Ich habe ihn gebeten, es für sich zu behalten."

„Na dann sei bloß vorsichtig", ermahnte sie Kapitän Jensen. „Mit Mördern ist nicht zu spaßen."

„Machen sie sich um mich keine Sorgen, Mister Stringer. Ich bin wie eine Katze. Ich habe sieben Leben."

Insgeheim war Elvira nicht so unbeschwert zumute. Denn eines schien ihr gewiss: Wer immer der Mörder auch sein mochte, er war ein hochgefährlicher Mann, der alles dafür tun würde, dass sie ihm keinen Strich durch die Rechnung machten.

Nachdem der Kapitän gegangen war und Max sich in sein Zimmer zurückgezogen hatte, setzte sich Elvira mit der angebrochenen Flasche Haidmärker in ihren Ohrensessel und dachte über den Fall nach. Dabei ging ihr folgendes durch den Kopf: Sie hätte Max gern allein ermitteln lassen, um seinem Selbstbewusstsein etwas Gutes zu tun. Er konnte es gebrauchen, und sie wurde allmählich zu alt, um neben ihrer Schriftstellerei noch anstrengende Detektivarbeit zu leisten. Doch der Fall war verwickelt, und ihre Menschenkenntnis und ihr geschulter Verstand würden bei der Aufklärung unverzichtbare Dienste leisten. Außerdem versprach ihr Auftritt in der Familie ebenso spannend wie spaßig zu werden.

Herr Wirt hatte ihr Diskretion zugesagt, aber ihr war noch nicht klar, was sie davon zu halten hatte. Nach ihrem Eindruck war er ein typischer Mitfünfziger, der einem testosterongesteuerten Zwanzigjährigen nacheiferte, um es sich und der Welt noch einmal zu beweisen. Er hatte feste Vorstellungen davon, wie die Dinge zu geschehen hatten, und setzte seine Interessen rücksichtslos durch. Damit hatte er nicht nur seiner Frau das Leben schwer gemacht. Elvira hielt es für wahrscheinlich, dass er aus Selbstüberschätzung die Firma an den Rand des Ruins geführt hatte. Sie konnte sich vorstellen, wie er seine Mitarbeiter herumkommandierte und keinen Ratgeber duldete außer sich selbst und ein paar Schmeichlern und Bücklingen, deren Rücken vom Steigbügelhalten ganz krumm geworden war. Sie kannte solche Männer. Selbstüberhebliche Tyrannen, die Tobsuchtsanfälle bekamen, wenn jemand einen Fehler machte und nicht wunschgemäß funktionierte, und die ihr Gehirn mit ihrem Penis verwechselten. Aufgeblasene Gockel, die lauthals krähten und drohend mit den Krallen scharrten. Und warum? Weil sie eine armselige Genugtuung dabei empfanden, wenn sie Gefährlichkeit ausstrahlten und Menschen Angst vor ihnen hatten, und weil sie in ihrer Einfalt glaubten, dass sie dies erfolgreich mache. Doch das Gegenteil passierte: Fehler wurden verschwiegen und vertuscht, bis die Karre tief im Dreck saß, und die Gockel suchten überall nach Schuldigen, außer bei sich selbst. Allzu oft kamen solche Männer nicht durch Leistung, sondern durch Seilschaften und Günstlingswirtschaft in Spitzenpositionen, wo sie, beseelt von Geltungsdrang und Gier, Unternehmen ruinierten und die Welt in Wirtschaftskrisen stürzten. Schon deshalb gehörten mehr Frauen in Führungspositionen. Nach ihrer Ansicht brauchte es nur die Menschenkenntnis einer lebenserfahrenen, klugen und emanzipierten Frau, um die protzige Fassade dieser Machos zu durchschauen. Aus Herrn Wirt machte das noch keinen Mörder. Sonst müsste man die Hälfte aller Männer hinter Gitter sperren, dachte sie vom Schnaps beflügelt. Aber sie nahm sich vor, ihn aufmerksam unter die Lupe zu nehmen, und schenkte sich mit leisem Kichern noch ein Gläschen Haidmärker ein.

*Ein Einblick in die polizeilichen Ermittlungen*

Kriminalhauptmeister Eckart Schulze saß vor einem Glas Jever im Sturen Heidjer und las mit einem wohligen Prickeln unter der Haut den Sokratesmord. Seine rotbraunen Iriden wanderten hinter seiner randlosen Brille in gemächlichem Rhythmus hin und her. Dass er im Begriff war, ein ernstes Disziplinarvergehen zu begehen, beunruhigte den wohlbeleibten Polizisten nicht im Geringsten. Auch dass sein chronisch unpünktlicher Freund noch länger als sonst auf sich warten ließ, konnte den Kriminalhauptmeister nicht aus der Ruhe bringen. Nichts war so wichtig, dass es sich lohnte, sich darüber aufzuregen, lautete eine seiner Regeln, und diese konsequent befolgte Lebensweisheit hatte ihm in mehr als fünfzig Jahren einen Haufen Ärger erspart – oder in seinen Worten ausgedrückt: Er war in Würde, nicht in Jähzorn ergraut.

Der Sture Heidjer war ein denkbar angenehmer Ort, um sich mit einem Krimi die Zeit zu vertreiben. Die Kneipe war mit alten Bildern und Antiquitäten vollgestopft und konnte es an Gemütlichkeit mit jedem Pub aufnehmen. Auch das Essen war gut und reichlich. Als Max mit einer dreiviertel Stunde Verspätung endlich eintraf, servierte Betty – ein rothaariger Wirbelwind mit Sommersprossen auf der Nase – dem Kriminalhauptmeister bereits sein Abendessen und sein zweites Bier.

„Moin Max, ich habe mir erlaubt, schon eine Kleinigkeit zu bestellen", begrüßte Schulze seinen Freund.

Die Kleinigkeit war auf einer großen Platte angerichtet und bestand aus zwei Mammutschnitzeln mit Jägersoße, einem Watzmann Pommes und einem kleinen Beilagensalat. Dazu Ketchup und Majo, die Schulze mit leuchtenden Augen aus zwei Plastikflaschen über seine Pommes laufen ließ.

„Sorry, gerade als ich loswollte, hat Susi angerufen", entschuldigte sich Max mit einem schlechten Gewissen. Tatsächlich hatte seine Freundin ihn angerufen, um ihn zu überreden, später noch bei ihr vorbeizukommen und selbstgemachte Gnocchi mit ihrer begnadeten Champignon-Sahnesoße zu essen. Die Verlockung war groß gewesen, doch er hatte ihr widerstanden, weil er begierig darauf war, die Polizeiakte zu studieren. „Du kommst noch ins Guinnessbuch, bei dem was du wegputzt", sagte er mit einer Mischung aus Bewunderung und Sorge. „Die Schnitzelplatte sieht rekordverdächtig aus."

Schulze antwortete mit einem Grunzen und kaute genüsslich auf einem Stück Fleisch.

„Kann ich dir auch was bringen, Süßer?", fragte Betty, als sie mit zwei Tellern vorbeikam.

„Aber sicher, mein Engel. Eine Magermilch und einen gemischten Salat, wenn's noch auf den Tisch passt", antwortete Max. Als sie außer Hörweite war, fragte er mit gesenkter Stimme: „Hast du die Kopie?

Er spürte ein unruhiges Kribbeln unter der Haut, als ihm Schulze, von einer Hand verdeckt, einen USB-Stick über den Tisch schob. Max steckte ihn in die Hosentasche und ließ seinen Blick durch die Kneipe schweifen. Diese Übergaben machten ihn nervös. Weniger, weil er sich um sich selbst sorgte. Seines Wissens tat er nichts Illegales. Aber er hätte sich Vorwürfe gemacht, wenn er Schulze wegen Verrats von Polizeigeheimnissen ein Disziplinarverfahren eingebrockt hätte. „Wie kommt ihr mit Euren Ermittlungen voran?", nuschelte er leise.

Schulze sah ihn stirnrunzelnd an. Dann erriet er die Frage, beugte sich vor und raunte: „Strack hat mit LKA und BKA eine Großfahndung nach dem gestohlenen Schmuck und den Elektrogeräten aus den Einbrüchen eingeleitet. Bisher ohne Erfolg. Er vermutet, dass Patrick mit den Einbrechern unter einer Decke steckt. In der Mordnacht will seine Freundin mit ihm im

Bett gelegen haben. Strack hat sie stundenlang in die Mangel genommen, aber sie ist wie eine kaputte Schallplatte bei ihrer Aussage geblieben."

„Und Hendrik Wirt?"

„War in Zürich."

„Kein Schlupfloch?"

„Steht alles in der Akte. Lies erst mal. Dann kann ich in Ruhe mein Schnitzel essen."

„Du solltest lieber auf deinen Cholesterinspiegel achten."

„Das sagt mein Arzt auch. Aber du weißt ja, die Drüsen. Hab ich von meiner Mutter geerbt", sagte Schulze und steckte sich ein großes Stück Schnitzel in den Mund.

„Mir kommen die Tränen. Also kein Schlupfloch?", hakte Max nach. Nachdem seine Mutter ihn auf die Fährte gesetzt hatte, wollte er sich auf keinen Fall eine Nachlässigkeit erlauben.

Schulze seufzte ergeben. „Tagsüber war er in der Zweigstelle von Adalberg. Abends ist er ins Hotel gefahren. Ins Eden au Lac am Zürichsee. Dort hat er bis acht im Restaurant gegessen. Kurz darauf hat ihm der Zimmerkellner eine Flasche Wein auf die Suite gebracht. Herr Wirt ist dort bekannt. Der Kellner sagt, er habe ihm ein großzügiges Trinkgeld gegeben. Um halb acht am nächsten Morgen war Herr Wirt wieder in der Zweigstelle. Selbst mit seinem Mercedes kann er es unmöglich in elfeinhalb Stunden von Zürich nach Birkenbrück und wieder zurück geschafft haben. Er müsste schon geflogen sein. Aber die Schweizer Polizei hat alle Flüge überprüft. Nach Norddeutschland ist nach neun Uhr abends in Zürich kein Flug mehr gestartet. Und am nächsten Morgen ist auch kein Flug mit Hendrik Wirt an Bord dort angekommen."

„Könnte er jemanden mit dem Mord beauftragt haben?"

„Wir haben keine Hinweise, dass er über die nötigen Kontakte verfügt. Abgesehen von Patrick."

„Bleiben noch Philipp Wirt und Jens Westermann. Was ist mit deren Alibis?"

Schulze trank einen großen Schluck Bier und wischte sich mit dem Handrücken den Mund ab. „Philipp war in der Mordnacht mit seiner Frau in ihrer Wohnung in Hannover. Dafür gibt es Zeugen. Sie wohnen in einem Mietshaus am Stadtrand. Ein Student, der auf dem Flur darunter wohnt, ist ihr um halb eins in der Nacht auf der Treppe begegnet. Sie war auf dem Weg nach unten. Das hat sie von sich aus zugegeben. Sie habe ihren Wagen an der Straße stehen lassen und wollte ihn in die Garage fahren. Kurz darauf sei sie zurückgekommen und habe sich zu Philipp ins Bett gelegt. Um zwei Uhr nachts hat das Ehepaar, das neben ihnen wohnt, gehört, wie sie sich gestritten haben. Sie hat ihn angeschrien. Er hat sich mit kläglicher Stimme verteidigt. Für die Nachbarn war das nichts Neues. Nach ihrer Aussage keift sie ihn öfter mal an."

„Auch um diese Uhrzeit?"

„Manchmal schnarcht er ihr zu laut. Dann schmeißt sie ihn aus dem Schlafzimmer. Die Nachbarn kriegen jedes Wort mit von ihrem Gekeife. In der Mordnacht ging es auch darum. Sie hat geschrien, er soll sich aufs Sofa verziehen."

„Und die Nachbarn haben beide gehört?"

„Sie waren sich absolut sicher. Und ihr Streit fällt in die Mordzeit. Nach Spenglers Obduktionsbefund ist der Tod zwischen zwei und drei Uhr eingetreten. Philipp ist auch nicht der Typ, der einen Mord begeht, wenn du mich fragst. Schon gar nicht an seiner Mutter. Das reinste Nervenbündel. Nimmt Medikamente gegen Depressionen. Seine Frau ist ein anderes Kaliber. Kommt aus bescheidenen Verhältnissen und steckt voller Neid und Hass gegen die Familie. Der würde ich den Mord schon zutrauen."

„Aber dieser Mord dürfte kaum die Tat einer Frau gewesen sein."

„Nicht die einer gewöhnlichen Frau. Aber Neele Wirt hat sowohl das Gemüt als auch die Kraft dazu. Ein richtiges Schlachtross. Bis letztes Jahr hat sie als Krankenpflegerin im Friederikenstift in Hannover gearbeitet. Dann hat die Stiftsleitung sie fristlos entlassen. Eine alte Frau ...“ Er unterbrach sich, weil Betty mit der Milch und dem Salat herbeigewirbelt kam.

„Hier mein Süßer. Für die schlanke Linie.“

„Wunderbar, du bist ein Schatz“, sagte Max.

Sie strahlte ihn an und machte keine Anstalten, wieder von dannen zu fegen. „Worüber redet ihr denn so geheimnisvoll?“, fragte sie neugierig.

„Du weißt doch, das geht dich nichts an“, antwortete Max.

„Ich weiß nur, dass ich nicht ausposaunen soll, dass ihr hier immer sitzt.“

„Dann weißt du alles, was du wissen musst. Ich glaube, die Herrschaften da drüben wollen bestellen.“

„Von wegen. Wenn ich den Mund halten soll, müsst ihr mir was verraten. Vielleicht kann ich euch helfen. Man erfährt so einiges als Bedienung.“

„Danke für das Angebot, aber ...“

„Es geht um den Mord an Gabriele Adalberg“, sagte Schulze mit gesenkter Stimme. „Weißt du was darüber?“

„Gabriele Adalberg?“ Betty beugte sich verschwörerisch über den Tisch. „Ihr Gärtner ist manchmal hier und kippt sich einen hinter die Binde. Mit Freddi Kleinschmidt. Letztens hat er rumgetönt, er wäre jetzt vermögend. Das war kurz nach dem Mord. Ich dachte, Nachtigall, ick hör dir trapsen, aber dafür ist die Polizei zuständig. So, jetzt muss ich wieder an die Arbeit.“ Betty verschwand an den Nebentisch und Max sagte:

„Findest du es nicht ein bisschen leichtsinnig, ihr zu verraten, dass wir über den Mord reden? Ich verstehe sowieso nicht, warum wir uns hier treffen, wo Strack jederzeit zur Tür reinspazieren kann.“

„Weil es hier die besten Schnitzel und frisch Gezapftes gibt. Ist doch nicht verboten, wenn ich dich über den Stand deiner Ermittlungen ausfrage. Lass dein Kaninchenfutter nicht kalt werden." Schulze hatte seine Gründe, warum er durch den Geheimnisverrat seinen Job riskierte. Zunächst einmal war ihm daran gelegen, dass man den Mörder hinter Gitter steckte, und er hatte mehr Vertrauen in Elvira und Max als in den stellvertretenden Leiter des Mordkommissariats. Überdies hatte Strack ihn weitgehend kaltgestellt, seit er zum Hauptkommissar befördert worden war, und das hatte seinen Widerstandsgeist geweckt. Max' Vater, Herrmann Roth, war früher der Leiter des Mordkommissariats gewesen. Er hatte Schulze als fähigen Kriminalisten zu schätzen gewusst, und wollte ihn zum Kommissar befördern lassen. Doch dann hatte Strack Herrmann Roth ein fingiertes Dienstvergehen angehängt, wegen dem er aus dem Polizeidienst entlassen wurde. Für den Kriminalhauptmeister war die Weitergabe der Polizeiakte eine Gelegenheit, Strack eins auszuwischen. Denn wenn Max und seine Mutter den Fall aufklärten ¬ womit er zuversichtlich rechnete ¬, würde dies Zweifel an Stracks Kompetenz wecken, und zwar höchst berechtigte, wie Schulze fand. Aus diesem Grund sah er seine Indiskretion als zweifachen Dienst an der Gerechtigkeit an.

Max prostete dem Kriminalhauptmeister zu und trank von seiner Milch. Eine Weile kauten sie schweigend vor sich hin, wobei Schulze immer wieder vergnügt auf Max' Kaninchenfutter blickte und Max kopfschüttelnd auf die Dreifachportion totes Schwein mit Pommes, die bereits zur Hälfte in Schulzes Bauch verschwunden war.

Der Kriminalhauptmeister schob sich eine Gabel voll in den Mund und sagte kauend: „Ich habe Schäfer mit einem Kollegen beschattet. Freddi Kleinschmidt ist ein vorbestrafter Autoknacker. Wurde voriges Jahr aus dem Knast entlassen. Die beiden treffen sich öfter hier. Es würde mich nicht wundern, wenn er mit den Einbrüchen was zu tun hätte. Außerdem hat Frau Adalberg Herrn Schäfer 20.000 Euro vermacht, weil er sich um ihre Rosen gekümmert hat. Der Haushälterin hat sie 100.000 Euro vererbt."

„Na sieh einer an", sagte Max und steckte sich ein Salatblatt mit geraspelten Möhrchen in den Mund. „Und was hat Herr Schäfer zur Tatzeit gemacht?"

„Lag im Bett."

„Mit Zeugin?"

„Lebt solo."

„Na, wenigstens kommt Frau Kaufmann für den Mord nicht infrage. Die ist alles andere als ein Schlachtross."

Schulze lachte. „Das zu behaupten, wäre üble Nachrede."

„Bleiben noch die Westermanns. Lass mich raten: Die haben zur Mordzeit auch im Bett gelegen."

„Du überraschst mich immer wieder, Holmes. Ja, wenn sie die Wahrheit sagen, waren sie mit ihren Kindern zu Hause und sind gegen elf ins Bett gegangen. Wir haben auch die Kinder befragt. Lukas und Maria, sechs und sieben Jahre alt. Haben fest geschlafen und von ihren Eltern nichts gehört. Frau Westermann hatte ein enges Verhältnis zu ihrer Mutter. Die Erbschaft kommt allerdings auch ihr sehr gelegen. Sie und ihr Mann sind bis über beide Ohren verschuldet. Haben sich eine Luxushütte bei Celle gebaut. Großer Garten, Schwimmbad, Sauna, Wintergarten mit Kamin ... Bei der Anzahlung hat ihnen Frau Adalberg mit 100.000 Euro ausgeholfen. Für den Rest haben sie eine Hypothek über 600.000 Euro aufgenommen. Die Rückzahlung bereitet ihnen Schwierigkeiten. Sie leben nicht gerade sparsam. Dicker Mercedes für ihn, BMW für sie, Safaris, Kreuzfahrten, exklusive Städtereisen. Da läppert sich was zusammen. Außerdem hatte sie sich Hoffnungen gemacht, dass ihr Vater sie zur Geschäftsführerin ernennt nach dem Tod seiner Frau. Aber er hat sie übergangen. Hat ihr eine Gudrun Schlüter vorgezogen, bis dahin Leiterin der Produktentwicklung. Nach seiner Aussage eine besonders fähige Führungskraft, die den Laden in- und auswendig kennt."

„Nachtigall ick hör dir trapsen", sagte Max und zog die Plastiktüte mit dem Gedicht aus seinem Jackett. „Dieses Liebesgedicht habe ich bei Frau Adalberg im Schreibtisch gefunden. Ich habe es Herrn Wirt und Frau Kaufmann gezeigt. Sie behaupten, es nie zuvor gesehen zu haben. Ich will herausfinden, wer es aufgeschrieben hat und für wen es bestimmt war. Von Frau Adalberg stammt es nicht, soviel ist sicher. Kannst du es auf Fingerabdrücke untersuchen lassen?"

### Ein Detektiv, der nichts vom Heiraten hält

Max wälzte sich auf seine Hälfte des Bettes und keuchte erschöpft.

„Huuu, das war nicht schlecht!"

Neben ihm lag die stellvertretende Geschäftsführerin des Birkenbrücker Vereins gegen das Böse, Susi Schmidt. Es war später Abend; sie waren in ihrer Wohnung, beide mit klopfendem Herzen und durchgeschwitzt. Sie erholten sich eine Weile, dann sagte sie:

„Wenn du mich heiratest, kannst du das jeden Tag haben."

„Na, so toll war's auch wieder nicht."

„Du bist doof!"

Max grinste und streichelte ihren Oberschenkel, der sich warm an seinen schmiegte. „Schon gut, ich bin nachhaltig beeindruckt, echt. Zwölf von Zehn Punkten." Er streichelte Susi gern. Sie hatte seidige weiche Haut, beinahe makellos. Wie alles an ihrem Körper: ihre blondierten langen Haare, ihr voller Mund, ihre lebendigen blauen Augen, ihr hübsches Gesicht, ihre verschwenderischen Kurven. Sie selbst bezeichnete sich als Moppelchen. Er fand ihre Rundungen anbetungswürdig. Wäre er Rubens, hätte er sie auf einem Ölgemälde verewigt.

Sein Blick verweilte auf dem schwarzen Delfin, der auf ihrem rechten Oberarm aus dem Wasser hüpfte. Vor zwei Jahren hatte ein Maori ihn dorthin tätowiert. Sie waren nach Neuseeland geflogen und hatten mit einem Wohnmobil die ganze Insel erkundet. Auf dem linken Arm blies ein Wal eine Fontäne in die Luft. Die Tätowierungen waren eine ihrer verrückten Ideen gewesen. Max gefielen die Kunstwerke, aber er selbst verspürte er keine Lust, sich mit Nadeln durchbohren zu lassen, nicht einmal, wenn der selige Picasso persönlich Hand angelegt hätte.

„Ich glaube, du liebst mich gar nicht", schmollte Susi.

„Ach Schnuckelhüpfer, du kennst doch meine Meinung: Heiraten ist nur was für Katholiken oder Paare, die Kinder haben wollen."

„Dann lass uns welche kriegen! Ich brauche nur die Pille wegzulassen."

„Untersteh dich!"

„Aber wie lange sollen wir noch warten? Wir sind jetzt bald fünf Jahre zusammen."

Max seufzte. „Du willst doch nur das Geld meiner Mutter."

„Ach jetzt fängt das wieder an. Du nimmst mich überhaupt nicht ernst."

Er steckte sich einen Joint an und sog den Rauch in die Lunge. In Wahrheit nahm er ihr Anliegen ernst. Sogar besorgniserregend ernst. Er wollte nur keine Kinder, und er wollte sich auch nicht in einer Ehe binden. Im Moment war ihre Beziehung unkompliziert, so unkompliziert, wie eine Beziehung für Max nur sein konnte. Außer seiner Mutter und seinem Freund Kaminski, einem kumpelhaften Kneipenwirt, der seine Mitmenschen, wie sie waren, akzeptierte, war Susi der einzige Mensch, in dessen Gegenwart er sich völlig entspannen konnte. Aber eine Heirat würde die Dinge verändern. Ehepartner mussten sich nicht mehr umeinander bemühen, und dann traten nach und nach die unangenehmen Seiten einer Ehe zutage. Man stritt sich über alle möglichen Kleinigkeiten, führte Rosenkriege und irgendwann kam die Scheidung. So stellte Max es sich jedenfalls vor. Eine Ehe hielt im Durchschnitt vierzehn Jahre, hatte er gelesen. Meistens reichten die Frauen die Scheidung ein – nachdem sie vorher so scharf aufs Heiraten gewesen waren. Er konnte nur hoffen, dass Susi nicht auf dumme Gedanken kam. Letztens hatte sie ihm von einer Bekannten erzählt, die ihre Pillen in der Mikrowelle gegart hatte. Dadurch verloren sie ihre Wirkung, und sie konnte dem ahnungslosen Vater die Unschuld vom Lande vorgaukeln. Manchmal erschreckte ihn, wozu Frauen fähig waren.

Er nahm einen Zug von seinem Joint und behielt den Rauch in der Lunge, bis ihm die Luft ausging. Dann blies er ihn in Richtung Decke und reichte ihn an Susi weiter. Es half ihm beim Entspannen, obwohl es ihm nicht ungefährlich schien. Sie betrieben eine kleine Hanfplantage in zwei großen Aquarien. Er mochte sich nicht vorstellen, was passieren würde, wenn die Polizei ihre Wohnung stürmen und sie wegen Drogenanbaus festnehmen würde. Geschäftsführer des Vereins gegen das Böse beim Haschanbau erwischt! Gar nicht auszudenken eine solche Schlagzeile. Die Präsidentin des Vereins, also seine Mutter, würde ihm die Hölle heißmachen.

Susi sog wie in Trance an dem Joint und sagte: „Du bist merkwürdig. Trinkst keinen Tropfen Alkohol, aber rauchst Haschischzigaretten."

„Ja, auch ich stecke voller Widersprüche", gab er zu. Er war froh, dass sie das Thema Heirat nicht noch einmal ansprach, und sagte: „Kennst du eigentlich Tanya Pajak?"

„Patrick Wirts Freundin? Ja, sie ist bei mir im Yogakurs. Eine richtige Schlangenfrau. Die macht dir im Kopfstand 'nen Spagat."

Max grinste. „Wenn du das könntest, würde ich dich sofort heiraten."

Susi kicherte, bis sie einen Hustenanfall bekam, und gab ihm den Joint zurück. Er hatte sie über das Wesentliche des Falles unterrichtet. Als stellvertretende Geschäftsführerin der Detektei Roth erledigte sie die Schreibarbeit, organisierte die Opferhilfe des Vereins und unterstützte Max und seine Mutter bei ihren Ermittlungen. Darüber hinaus half sie Elvira bei der Beantwortung der Fanpost, die ihr Verlag ihr waschkörbeweise zustellte.

„Meinst Du, sie könnte mit dem Mord etwas zu tun haben?", fragte Max.

„Keine Ahnung. Ich kenne sie nicht besonders gut. Sie scheint ganz nett zu sein. Mit achtzehn ist sie aus Polen ausgewandert. Ihre Eltern leben noch dort. Sie schickt ihnen regelmäßig Geld. Was übrig bleibt, spart sie. Will eine Boutique aufmachen, wenn sie genügend zusammen hat. Ob sie dafür bei einem Mord mitmachen würde, weiß ich natürlich nicht."


*Elvira denkt, wie aufschlussreich*

„Herr Wirt möchte, dass Sie mir zur Hand gehen?" Katarina Kaufmann sah die ältere Dame mit der strohfarbenen Perücke und dem maskenartig geschminkten Gesicht, die sich ihr als Lotti Krüger vorgestellt hatte, verwundert an.

„Aber ja, meine Liebe", sagte Elvira, während sie Katarinas Wohnzimmer betrat. „Er sagte, der Tod seiner Frau habe Sie sehr mitgenommen, und er wolle Ihnen nicht zu viel zumuten. Acht Personen würden zu bewirten sein. Hat er Sie denn nicht darüber informiert, dass ich komme? Er sagte mir, er würde Sie in Kenntnis setzen."

„Aber nein, er hat mir kein Wort gesagt", beteuerte Katarina. „Er hat Sie über eine Agentur engagiert, sagten Sie?"

„So ist es. Über die Agentur Heinzelmann. Sie wissen schon: Es saugt und bläst der Heinzelmann, wo Mutti sonst nur blasen kann. Aber keine Sorge. Ich kann auch kochen und mache auch alle anderen Hausarbeiten. Ich bessere mir meine Rente damit auf."

„Das hätte ich gar nicht erwartet von Herrn Wirt", sagte Katarina mit erstaunter Miene. „Er kümmert sich sonst nie um den Haushalt. Seit dem Tod seiner Frau hat er ihn vollständig mir überlassen. Na, wir werden schon miteinander klarkommen."

„Das denke ich auch", sagte Elvira. „Gemütlich haben Sie es hier." Sie ließ ihren Blick durch das Wohnzimmer der kleinen Wohnung schweifen. „Ich sehe, Sie lesen Kriminalromane!" Sie trat ans Regal und kniff ihre Augen zusammen, um die Schrift auf den Buchrücken ohne Brille entziffern zu können. „Val McDermid ... Das Manuskript, Die Geiselnahme ... Das sind Lindsey Gordon Romane, nicht wahr?"

„Ja, Val McDermid ist eine meiner Lieblingsautorinnen."

„Und Elvira Roth, wie ich sehe. Das müssen bald alle Romane von ihr sein."

„Es sind alle!", sagte Katarina stolz. „Ich habe ihre Bücher verschlungen. Nur das neueste, den Sokratesmord, habe ich nicht zu Ende gelesen. Nach dem Tod von Frau Adalberg konnte ich keinen Kriminalroman mehr anrühren."

„Das kann ich Ihnen nachfühlen, meine Liebe. Hm, Anne Holt, Ruth Gogoll, Jean Marcy … Und da ist die klassische Literatur ..." Wie überaus interessant, dachte Elvira. Ihr Blick streifte über Werke von Goethe und Fontane und Gedichtbände von Mörike und Morgenstern. Sie nahm einen

Gedichtband aus dem Regal und blätterte darin. „Sieh einer an", murmelte sie und stellte den Band wieder zurück. Ihr Blick wanderte weiter zu einer Gruppe gerahmter Fotos, die auf einem kleinen Tisch aufgestellt waren. „Familienfotos?", fragte sie.

„Ja, meine kleine Familiengalerie. Die hinteren stammen noch aus der Kaiserzeit."

„Hübsche Fotos, wirklich. Wer ist denn das bezaubernde junge Paar auf dem Segelschiff?"

Das Foto zeigte eine zierliche junge Frau mit einer Kapitänsmütze auf dem Kopf, die in die Kamera lachte, und einen gutaussehenden jungen Mann, der das Segel setzte.

„Das ist meine ältere Schwester mit ihrem damaligen Freund auf dem Steinhuder Meer. Das war Anfang der neunziger Jahre. Sie hatten zusammen ihren Segelschein gemacht und sich dieses kleine Boot gekauft."

„Ach, Sie sehen Ihrer Schwester wirklich ähnlich. Und wer ist der schmucke junge Mann in der Uniform?"

„Das ist mein Urgroßvater. Er war Jagdflieger im Geschwader von Manfred von Richthofen, dem roten Baron. Er ist in den letzten Kriegsmonaten noch gefallen, in Nordfrankreich."

„Wie sinnlos und dumm! Bitte entschuldigen Sie, aber Kriege sind so eine furchtbare Verschwendung, finden Sie nicht? All die Toten und die viele Zerstörung. Als geschähen nicht schon genug schreckliche Dinge auf der Welt. Die Menschen scheinen nie dazu zu lernen. Der Mord an Frau Adalberg muss Sie sehr mitgenommen haben."

„Ja, das hat er. Ich bin immer noch nicht darüber hinweggekommen. Ich habe sie sehr gemocht."

„Glauben Sie, jemand aus der Familie ist der Mörder? Unter diesen Umständen sollte ich mir noch einmal überlegen, ob ich die Arbeit annehme."

„Ich wünschte, ich könnte es Ihnen sagen. Ich habe nicht die leiseste Ahnung."

„Brrr!" Elvira schüttelte sich. „Ich sollte mir nicht solche finsteren Gedanken machen. Sonst bringe ich mich noch um meinen Schlaf." Sie warf einen erneuten Blick auf die Familiengalerie und sagte: „Ich sehe gar keine Fotos von Ihnen mit einem Liebsten. Eine junge attraktive Frau wie Sie muss doch viele Verehrer haben."

„Oh, Verehrer hat es schon gegeben", antwortete Frau Kaufmann mit einem Anflug von Bitterkeit in der Stimme. „Aber die waren alle Enttäuschungen."

„Das tut mir leid. Ja, mit Männern kann man viel Pech haben. Na, ich freue mich jedenfalls auf die Zusammenarbeit mit Ihnen. Ich habe den Eindruck, dass wir gut miteinander auskommen werden."

„Ja, den Eindruck habe ich auch", sagte Katarina und lächelte einnehmend. Sie war erstaunt, wie sehr eine Verkleidung einen Menschen verändern konnte. Hätte Hendrik sie nicht darüber aufgeklärt, wer ihre Küchenhilfe in Wahrheit war, sie hätte sie für eine harmlose ältere Dame gehalten.


*Das schwarze Schaf beißt zurück*

Kurz nach acht Uhr abends fuhr Max mit Elviras Hotzi zum Studio 79 in der Wernher-von-Braun-Straße im Gewerbegebiet Birkenbrück. Er hoffte Patrick Wirt dort anzutreffen, um sich selbst ein Bild vom Enfant terrible der Familie Wirt zu machen. Die Diskothek umfasste eine Dancing Hall, zwei Kneipen und ein Bistro. Die Beleuchtung war schummrig, überall blitzten und blinkten Spiegel, Lichtorgeln und Neonreklamen, an den Decken hingen Kronleuchter. Die Diskothek war noch fast leer. Der monotone Rhythmus der Musik pulsierte in mäßiger Lautstärke.

„Was den Teenies heute so gefällt", dachte Max. Es war bestimmt zehn Jahre her, seit er das Studio zum letzten Mal betreten hatte. Die Musik, die Atmosphäre, früher war alles anders gewesen – irgendwie besser, fand er, und fragte sich, ob dies daran lag, dass er allmählich auf die Dreißig zuging. Er ging zu einer weiß gekleideten jungen Frau hinter der Theke, die im Schwarzlicht wie ein Käfer leuchtete, und erkundigte sich nach Patrick Wirt.

Sie forderte ihn auf, ihr zu folgen, und schwebte zu einer Treppe, die ein Gatter versperrte. An den Streben war ein großes Schild mit der Aufschrift PRIVAT angebracht. Sie wies nach oben und sagte: „Da hoch und bis zum Ende durch. Der Spiegel hinter der Tanzfläche ist von der anderen Seite durchsichtig. Dahinter befindet sich sein Büro."

Max öffnete das Gatter und schritt, vom Ritt der Walküren beflügelt, die Treppe hinauf. Vor der Tür hielt er einen Moment inne, atmete tief durch und trat ohne anzuklopfen ein.

„Lass mich in Ruhe damit! Ich habe schon genug Schwierigkeiten!"

„Wir brauchen nur deine Kontakte ..."

Der hitzige Wortwechsel verstummte, als die Streitenden den Eindringling bemerkten. Vor Patrick Wirt stand ein untersetzter schwarzbärtiger Mann um die fünfzig. Sie starrten Max feindselig an.

„Raus hier! Hast du das Schild nicht gesehen?", fuhr Patrick ihn an.

Max spürte, wie seine Knie weich wurden und seine Gesichtsmuskeln unkontrolliert zuckten. „Doch, schon, aber ich komme in einer privaten Angelegenheit", sagte er und bemühte sich, seiner Stimme Festigkeit zu geben. Mit Sorge betrachtete er Patricks muskulöse Arme. Sein Gesicht kannte er von dem Foto in der Polizeiakte. „Mein Name ist Max Roth, und ich bin Privatdetektiv. Ihr Vater möchte, dass ich

113

herausfinde, wer Ihre Mutter umgebracht hat. Sie können mir womöglich dabei helfen."

„Zisch ab!"

„Aber vielleicht …"

„Raus hier!" Patrick kam drohend auf ihn zu.

Max' Knie schwankten gummiartig. Es schien ihm nicht ratsam, sich mit dem Rausschmeißer eines Bordells anzulegen. Er widerstand dem Impuls zurückzuweichen und sagte eindringlich: „Hören Sie mich doch bitte erst einmal an. Ich möchte Ihnen nur ein paar Fragen stellen."

„Ich rede nicht mit Schnüfflern!"

„Vielleicht solltest du doch mit ihm reden", mischte sich der Schwarzbärtige ein. „Schließlich hast du nichts zu verbergen. Es wird endlich Zeit, dass jemand klarstellt, was für ein Arschloch Hendrik Wirt ist."

Max bedachte ihn mit einem dankbaren Blick. Er beobachtete mit Sorge, wie die Adern an Patricks Schläfen pulsierend hervortraten und seine zusammengepressten Lippen zuckten. Patrick sah trotz seiner Muskeln mager aus und so blass, als hätte ein Vampir ihn ausgesaugt. Ungeachtet des Unterschieds in der Statur fiel Max seine Ähnlichkeit mit dem bärtigen Mann auf. Vielleicht ein Onkel, dachte er. Er vermochte nicht zu sagen, ob von der mütterlichen oder väterlichen Seite.

„Was soll das bringen?", fragte Patrick widerwillig. „Ich habe schon genug Probleme."

„Eben deshalb", sagte der Bärtige. „Lass dir nicht auch noch den Mord anhängen. Dreh den Spieß um. Sag, was du weißt."

Patrick sah misstrauisch zu Max und schwieg einen langen Moment. Dann sagte er grimmig: „Was willst du wissen?"

„Zunächst einmal, wo Sie in der Mordnacht gewesen sind."

„Ich bin um zwei mit meiner Freundin nach Hause gekommen und habe geschlafen. Zufrieden?"

„Ihr Vater sagte, Sie seien in finanziellen Schwierigkeiten."

„Das geht dich nichts an."

„Möglicherweise doch", widersprach Max. Durch die unverhoffte Unterstützung war er mutiger geworden. „Aber es ist nicht nötig, dass Sie die Frage beantworten. Reden wir über Ihren Vater." Er wandte sich an den bärtigen Mann und sagte: „Was meinen Sie damit, Herr Wirt sei ein Arschloch?"

„Er meint damit, dass er meine Mutter nach Strich und Faden betrogen hat!", beantwortete Patrick die Frage. „Er hat sich mehr als einmal im Don Juan mit irgendwelchen Geschäftsfreunden amüsiert. Dass ich dort arbeite und alles mitbekommen habe, scherte ihn einen Dreck."

„Wusste Ihre Mutter davon?", fragte Max überrascht.

„Ich habe es ihr erzählt. Ich habe ihr gesagt, sie soll sich scheiden lassen."

„Wie hat Sie reagiert?"

„Ich brauchte ihr nicht groß zuzureden. Sie hatte ohnehin die Schnauze voll von ihm. Sie wollte sich scheiden lassen und ihn zwingen, seinen Firmenanteil aufzugeben. Wenn also jemand ein Motiv hatte, sie umzubringen, dann er."

„Hätte sie ihn denn dazu zwingen können?"

„Ihre Anwälte meinten, dass es Möglichkeiten gäbe. Sie hätte ihn natürlich auszahlen müssen. Aber der Großteil der Firma gehörte ihr. Und sie war fest entschlossen, ihn los zu werden."


### Die feine Bagage kabbelt sich

Die Familie saß bereits zu Tisch, als Max am Samstagnachmittag in der Villa Adalberg eintraf. Außer dem ungeduldigen Hausherrn warteten seine Tochter Alexandra mit ihrem Ehemann Jens Westermann sowie sein Sohn Philipp mit dessen Frau Neele auf ihn. Max kam eine halbe Stunde zu spät, und sein Gesicht glühte vor Verlegenheit. Er entschuldigte sich für

Watsons empfindliche Verdauung, und Lotti Krüger, alias Elvira Roth, schenkte ihm mit tadelndem Blick ein Glas Apfelsaft ein.

„Pünktlichkeit ist die Höflichkeit der Könige", merkte der Hausherr mit strengem Blick an und forderte seine Gäste auf, mit dem Essen anzufangen. Dann erhob er sein Weinglas, und alle tranken auf das Andenken der Verstorbenen.

Um Freundlichkeit bemüht, sagte er zu Max: „Ich habe meine Familie darüber aufgeklärt, warum Sie heute hier sind. Am besten erklären Sie gleich, wie Sie sich den Ablauf des Nachmittags vorstellen. Wir sind schon sehr gespannt."

Max bedankte sich bei den Anwesenden für ihr Kommen und verkündete mit ernster Miene: „Nach dem Mittagessen würde ich gerne mit jedem von Ihnen unter vier Augen sprechen. Ich hoffe, dadurch Hinweise auf den Mörder zu bekommen. Ich gehe davon aus, dass er beruflich oder privat mit Frau Adalberg verkehrte." Er hatte die Worte eingeübt, so dass sie trotz seines Lampenfiebers ohne Stottern über seine Lippen kamen.

„Dann verdächtigen Sie also auch uns", sagte Jens Westermann.

Max sah den ungnädig blickenden Lehrer mit ernster Miene an. Westermann war Mitte dreißig, sah jedoch zehn Jahre älter aus. Die Geheimratsecken schienen ein Ausdruck seiner Persönlichkeit zu sein. Der Polizeiakte hatte Max entnommen, dass er als stellvertretender Direktor am Gymnasium Birkenbrück Physik und Mathematik unterrichtete. Außerdem wusste er aus der Zeitung, dass er für die Birkenbrücker Bürgerliste einen Sitz im Stadtrat innehatte und sich für eine Ortsumgehung einsetzte, die den Schwerlastverkehr aus der Innenstadt fernhalten sollte. Eine längst überfällige Initiative, wie Max fand.

„In einer laufenden Ermittlung wäre es unklug, Verdächtigungen zu äußern." Der Satz war ihm in Fleisch und Blut übergegangen, denn in beinahe jedem Fall benahmen sich Verdächtige so, als sei es eine Frechheit, ihnen einen Mord zuzutrauen. Eine dumme Reaktion, wie Max fand, denn das machte sie noch verdächtiger. „Aber die Frage ist berechtigt, und ich kann Ihnen so viel verraten: Die Tatumstände lassen darauf schließen, dass der Mörder oder womöglich ein Komplize des Mörders, sich auf dem Grundstück auskennt. Es sieht alles danach aus, als sei eine Person beteiligt gewesen, die einen Schlüssel zur Villa hatte. Die Alarmanlage war ausgeschaltet, und da ich nicht daran glaube, dass sich der Mörder auf Zufälle verlassen hat, gehe ich davon aus, dass er selbst oder ein Komplize sie ausgeschaltet hat. Es muss also jemand beteiligt gewesen sein, der den erforderlichen Code kannte und der vermutlich auch wusste, wo sich der Safe und der Safeschlüssel befinden. Was Letzteres anbelangt, bin ich mir noch nicht sicher. Es wäre möglich, dass Frau Adalberg mit Gewalt dazu gebracht wurde, das Versteck zu verraten."

Er machte eine Pause, um seine Worte wirken zu lassen. Mit Unbehagen nahm er die Blicke der Anwesenden wahr, in denen eine beängstigende Feindseligkeit lag. Am Abend zuvor hatte er diesen Vortrag vor dem Spiegel eingeübt – die Worte, die Gesten, den Klang seiner Stimme. Trotzdem pochte ihm das Herz bis zum Hals, denn er rechnete mit Widerstand und Anfeindungen. Eigentlich wollte er den Fels in der Brandung spielen, doch er fühlte sich wie ein Segelboot, das von Wellen geschüttelt auf ein Sturmtief zuhielt. Er nahm seinen Mut zusammen und fügte mit fester Stimme hinzu: „Ich habe von dem Mörder gesprochen. Aber auch in dieser Hinsicht bin ich mir noch nicht sicher. Frau Adalberg könnte auch von einer ungewöhnlich starken Frau ermordet worden sein."

Er rechnete mit bissigen Kommentaren und kritischen Fragen, doch bevor jemand etwas sagen konnte, stieß seine Mutter mit lautem Räuspern die Küchentür auf und trug mit Katarina das Essen herein. Es gab Heidschnuckenbraten mit Rosmarinkartoffeln und Rotkohl, dazu eine Rotweinsauce, bei deren Duft Max das Wasser im Mund zusammenlief. Er beobachtete die Reaktionen der Familienangehörigen. Der Hausherr war seinen Ausführungen aufmerksam gefolgt und hatte eine ernste Miene aufgesetzt. Alexandra und Jens Westermann starrten ihn entgeistert an. Philipp spielte nervös mit seinem Besteck und hielt den Blick auf den gedeckten Tisch gerichtet. Er war ungewöhnlich blass, und an seinem Kinn klebte ein Pflaster. Neele hatte Max' Auftritt mit Spott in den Mundwinkeln verfolgt und funkelte ihn nach seiner letzten Bemerkung böse an. Schulze hatte nicht übertrieben. Sie war einen halben Kopf größer als ihr Mann und hatte die Statur einer Kugelstoßerin, die Anabolika schluckte. Ihn fröstelte bei dem Gedanken, dass er später allein mit ihr in einem Zimmer sitzen würde.

Die Tischgesellschaft sah schweigend zu, wie Katarina und Lotti die Schüsseln mit dem Rotkohl und den Kartoffeln und die Platte mit dem Braten auf dem Tisch verteilten. Nachdem sie in der Küche verschwunden waren, brach der Sturm los.

Jens Westermann rief wütend: „Ich bin also herbestellt worden, weil man mich verdächtigt, meine Schwiegermutter ermordet zu haben – und das in Komplizenschaft mit meiner Frau!"

„Aber nicht doch", beeilte sich Max, ihn zu beschwichtigen. „Ihr Schwiegervater hat mich beauftragt herauszufinden, wer seine Frau ermordet hat. Ich sehe Sie heute alle zum ersten Mal. Jeder von Ihnen könnte den Mord begangen haben oder an ihm beteiligt gewesen sein. Es wäre sogar möglich, dass Sie alle an der Tat beteiligt waren. Ich unterstelle aber nicht, dass dem so ist. Womöglich sitzt der Mörder gar nicht hier am Tisch. Was ich mir von Ihnen erhoffe, sind Hinweise, die mich auf seine Spur führen. Deshalb habe ich Herrn Wirt gebeten, Sie zusammenkommen zu lassen. Wenn Sie unschuldig sind, liegt es sicher auch in Ihrem Interesse, mich zu unterstützen."

Jens Westermann wollte sich mit dieser Erklärung nicht zufriedengeben. „Wenn Sie der Ansicht sind, dass jemand aus der Familie der Täter ist, dann hätten Sie noch ein weiteres Familienmitglied kommen lassen sollen. Ich jedenfalls habe meine Schwiegermutter nicht umgebracht, und ich werde mir auch keine weiteren Unterstellungen bieten lassen." Er wandte sich an seinen Schwiegervater und sagte: „Du hast gesagt, dass wir einige Fragen beantworten sollen, Hendrik. Nicht, dass Alexandra und ich verdächtigt werden, Gabriele ermordet zu haben. Ich denke, wir gehen jetzt. Alexandra, ich …"

„Da hat wohl einer was zu verbergen!", rief Neele feixend.

„Ach Unsinn! Ich …"

„Dann halt doch die Klappe und beantworte dem Detektiv seine Fragen!" Ihr grobes Gesicht verzog sich zu einem spöttischen Grinsen. „Herr Roth wird sich schon was dabei gedacht haben, dich und Alexa herzubestellen."

„Was soll das heißen?" Alexandra warf ihr feuerrotes Haar zurück. Ihre spitze Nase reckte sich wie ein Stachel in die Luft.

„Na was schon? Ihr habt doch keinen Hehl daraus gemacht, dass ihr wie die Aasgeier hinter dem Erbe her seid, weil ihr euch mit Eurer Luxushütte übernommen habt."

„Das ist doch ...!" Jens Westermann fehlten die Worte.

„Und dass du scharf auf den Posten deiner Mutter bist, ist auch kein Geheimnis, liebe Alexa. Zu dumm, dass dein Vater dich übergangen hat. Wo du doch fest damit gerechnet hast, nicht wahr?"

Alexandra reckte ihre spitze Nase noch höher. Ihr ganzer Körper zitterte vor Empörung.

Der Hausherr sah Neele strafend an und rief: „Schluss jetzt! Ich will keinen Streit beim Mittagessen."

Alexandra zwang sich, die Fassung zu bewahren. Sie hasste es, wenn ihre Schwägerin sie Alexa nannte. Mit dem gleichen spöttischen Unterton entgegnete sie: „Pass lieber auf, dass er nicht zu tief in deiner Vergangenheit stochert, liebe Neele. Herr Roth wird schon wissen, wen er mit der außergewöhnlich kräftigen Frau gemeint hat."

Der Hausherr ließ eine Faust so auf den Tisch krachen, dass sein Teller klirrte, und rief: „Schluss jetzt, habe ich gesagt! Wir essen in Ruhe zu Mittag. Danach werdet ihr Herrn Roths Fragen beantworten." Er sah Jens' aufbegehrenden Blick und fügte hinzu: „Wem das nicht passt, der braucht sich hier nicht wieder blicken zu lassen." Mit beherrschter Geste trank er einen Schluck Wein, dann griff er zu einer Schüssel und füllte sich mit ruckartigen Bewegungen drei Löffel voll Kartoffeln auf den Teller.

„Du hast ganz recht Papa", stimmte Alexandra ihm zu. „Wir wollen uns nicht streiten. Die Kinder wären so gerne mitgekommen. Sie freuen sich immer sehr, dich zu sehen. Aber wir hielten es für besser, sie über das Wochenende zu Jens' Eltern zu bringen."

„Gib dir keine Mühe. Deinen Pflichtteil zahlt er dir sowieso nicht aus", legte Neele nach.

„Fängst du schon wieder an?"

„Ja, denk mal an, liebe Alexa. Ich fang an, wann's mir passt. Ich lass mir von niemandem den Mund verbieten."

„Kein Wunder, dass du Mama nicht geheuer warst."

„Was willst du damit sagen?"

„Na, wir haben doch alle mitbekommen, wie du sie ständig angegiftet hast. Du hast doch kein Geheimnis daraus gemacht, wie sehr du sie gehasst hast, weil sie dich nie als Schwiegertochter akzeptiert hat. Kein Wunder bei deinem Naturell."

„Pass bloß auf, sonst …!" Die Worte schossen wie das Zischen einer Schlange aus Neeles wutverzerrtem Mund. Sie kniff ihre Augen zusammen und schob feindselig ihren Kopf nach vorn.

Die Haltung einer Königskobra vor dem Zustoßen, dachte Max. Ihre flache Stirn und ihre vorstehenden Wangenknochen verliehen ihr eine unheimliche Ähnlichkeit mit dem Reptil.

„Sonst was? Glaubst du etwa, ich hätte Angst vor dir?"

„Pass bloß auf, was du sagst!" Neeles Zunge schnellte zwischen ihren Zähnen hervor. Es hätte Max nicht gewundert, wenn sie zwei Fangzähne entblößt hätte. Ihn schauderte bei dem Gedanken.

Der Hausherr schlug erneut mit der Faust auf den Tisch und forderte die Kontrahentinnen auf, endlich den Mund zu halten. Diesmal mit Erfolg. Neele füllte sich mit boshaftem Lächeln zwei Stück Fleisch auf den Teller, und Alexandra griff mit rotem Kopf nach einer Rotkohlschüssel.

„Sie müssen unser Benehmen entschuldigen, Herr Roth", sagte Herr Wirt. „Dass man den Mörder meiner Frau noch nicht gefasst hat, ist für uns alle eine Belastung. Für gewöhnlich geht es friedlicher zu in unserer Familie."

„Aber ja, die Nerven", sagte Max begütigend. „Dafür habe ich volles Verständnis. Umso entschlossener sollten wir versuchen, den Mord aufzuklären. Ich jedenfalls gebe mein Bestes, und ich hoffe, dass Sie mich alle dabei unterstützen. Wenn der Mörder erst hinter Gittern sitzt, braucht niemand mehr etwas zu befürchten." Obwohl die feindselige Stimmung ihn einschüchterte, bedauerte Max, dass es dem Familienoberhaupt gelungen war, den Streit zwischen Alexandra und Neele zu unterbinden. Die hochnäsige Schöne und das Biest, dachte er, und überlegte in einem Anflug von Tollkühnheit, ob er weiteres Öl ins Feuer gießen sollte. Menschen verplapperten sich, wenn sie erregt waren. Doch er entschied sich dagegen. In der

Gruppe würde er weniger erfahren als im Gespräch unter vier Augen, schon weil das Familienoberhaupt streng darüber wachte, dass niemand aus Wut etwas Unbedachtes sagte. Außerdem legte er keinen Wert darauf, dass die zwei Furien ihre erregten Gemüter womöglich an ihm ausließen.

Eine Weile herrschte Waffenruhe. Alle füllten sich Braten, Rotkohl und Kartoffeln auf und gossen Soße darüber. Während des Essens konnte Neele es jedoch nicht lassen, Alexandra, Jens und ihren Schwiegervater immer wieder durch spitze Bemerkungen zu provozieren. Es bereitete ihr ein beinahe sadistisches Vergnügen, heimtückisch ihr Gift zu verspritzen. Der Einzige, der während der ganzen Mahlzeit nichts sagte, war ihr Ehemann. Blass und mit nervösem Blick stocherte Philipp in seinem Essen herum, und jeder sah ihm an, dass er sich ganz und gar nicht wohlfühlte in seiner Haut. Hätte einer der Familienangehörigen zur Küchentür gesehen, so hätte er bemerkt, dass sie einen Spalt breit offenstand. Bei näherem Hinsehen hätte er Lotti Krüger alias Elvira entdeckt und den Eindruck gewonnen, dass sie besonders neugierig sein musste, denn sie hielt mit geöffnetem Mund ein Ohr an den Spalt.

Nachdem sich die Gemüter beruhigt hatten, wandte Elvira sich an Katarina, die gerade das Dessert zubereitete, und fragte mit spitzbübischem Blick: „Sind die immer so am Kabbeln?"

Katarina zeigte sich gegenüber der Neugier ihrer Küchenhilfe nachsichtig. „Frau Wirt und Frau Westermann konnten sich noch nie gut leiden. Heute ist es besonders schlimm. Herr Wirt hat eine Detektei damit beauftragt, den Mord an seiner Frau aufzuklären."

„Ach was! Ist das nicht Aufgabe der Polizei?"

„Die tappt seit Monaten im Dunkeln. Deshalb hat Herr Wirt die Detektei Roth engagiert. Herr Roth ist der Sohn von Elvira Roth, stellen Sie sich vor."

„Was Sie nicht sagen!", zeigte Elvira sich zutiefst beeindruckt. Dann schüttelte sie sich wie jemand, der eine Gänsehaut bekommt, und sagte: „Ich glaube, das ist zu aufregend für mich. Brauchen Sie mich noch hier unten? Ich gehe sonst nach oben und wische Staub."

„Aber nein, machen Sie nur. Ich komme schon klar." Herr Wirt hatte ihr gesagt, dass sie Frau Roth freie Hand lassen sollte.

Elvira ließ sich einen Puschel geben und stieg zu Frau Adalbergs Arbeitszimmer hoch. Doch statt abzustauben, ging sie durch die Durchgangstür in das Arbeitszimmer des Hausherrn und setzte sich hinter den Schreibtisch. Sie setzte ihre Lesebrille auf und blätterte mit flinken Fingern die Unterlagen in der Ablage und in den Schubladen durch. Als sie fertig war, widmete sie sich den Aktenordnern in den Regalen. Unter den Kontoauszügen entdeckte sie zwei Belege, die ihr ein „Na sowas" entlockten. Der erste enthielt eine Überweisung von 3.000 Euro an die Detektei Spürfuchs. Der zweite eine Überweisung an das Institut für Humangenetik der Universität Hannover über 480 Euro für eine DNA-Analyse vom Februar des vergangenen Jahres. Ihre Augen suchten die Rücken der Ordner im Regal ab, bis sie einen mit der Aufschrift Krankenversicherung und Arztrechnungen entdeckte. Sie zog ihn aus dem Regal und blätterte ihn durch. Leider fand sie nicht, wonach sie suchte. Aber das würde sich herausfinden lassen. Mit gespitzten Lippen ließ sie ihren Blick durch das Zimmer schweifen. Im Bücherregal fiel ihr ein Buch auf, dessen Umschlag ein wenig glänzte. Sie ging näher heran, um den Titel zu entziffern. Die Jünger des Hippokrates vom Asklepios Verlag. „Sie einer an. Das gleiche Buch habe ich auch", murmelte sie, nahm es aus dem Regal und schüttelte es. Im Innern klapperte etwas. Sie schnalzte mit der Zunge, stellte die Attrappe zurück an ihren Platz und beschloss, dem Klappern später auf den Grund zu gehen. Die Familie musste jeden Augenblick mit dem Essen fertig sein.

Im Esszimmer widmete man sich dem Dessert.

Max bat Frau Westermann, sie als Erste befragen zu dürfen. Für Neele musste er sich erst aufwärmen.

Alexandra setzte eine gleichgültige Miene auf und erklärte, dass sie nichts zu verbergen habe.

„Möchten Sie heute Nachmittag gemeinsam Kaffee trinken?", fragte Katarina in die Runde, als sie das Geschirr abräumte.

„Nein, ich werde nach oben gehen und arbeiten", antwortete der Hausherr. „Bitte bringen Sie mir wie üblich um vier meinen Adalberg Cream."

„Und die anderen Herrschaften?"

„Ich werde mich auf die Dachterrasse legen", verkündete Neele.

Alexandra und Jens legten ebenfalls keinen Wert auf ein gemeinsames Kaffeetrinken. Jens wollte sich unten auf die Terrasse legen, und Max bat Alexandra, sich mit ihm in das Arbeitszimmer der Verstorbenen zu begeben.

Herr Wirt folgte ihnen nach oben, und als sich die Tür des Arbeitszimmers hinter ihnen geschlossen hatte, bat er seinen Schwiegersohn, für eine kurze Unterredung mit ihm zu kommen. Dann klopfte er bei Philipp und Neele.

„Was gibt's?", rief Neele.

Herr Wirt öffnete ohne eine Antwort die Tür und trat ein. Neele stand vor ihrem geöffneten Koffer und hatte ihre Bluse ausgezogen. Philipp hatte sich mit einem Buch in der Hand an den Kleiderschrank gelehnt und sah überrascht zur Tür.

„Kannst du nicht warten, bis ich herein sage?", fuhr Neele ihren Schwiegervater an.

Der Hausherr warf einen abfälligen Blick auf ihren BH, der wie ein schwarzer Panzer ihre drallen Brüste einzwängte, und antwortete schroff: „Sei nicht albern. Außer Philipp will hier niemand etwas von dir."

Neele stemmte empört die Hände in die Hüften, wodurch sich die gepanzerten Brüste ihrem Schwiegervater wie eine Gewaltandrohung entgegen reckten.

Hendrik ließ Jens ebenfalls eintreten, schloss die Tür und sagte verärgert: „Was sollte das eben? Wollt ihr, dass Herr Roth uns alle verdächtigt?"

„Was heißt hier ihr? Neele hat doch angefangen", verteidigte sich Jens.

„Ach, und wer hat mir unterstellt, dass ich Gabriele erwürgt hätte?"

„Schluss jetzt! Es ist mir egal, wer von euch angefangen hat. Reißt euch gefälligst zusammen."

„Man wird doch wohl noch einen Spaß machen dürfen", sagte Neele.

„Und wenn er dich für die Mörderin hält? Ist das dann auch noch ein Spaß?" Aus Hendriks Mund spritzte Speichel vor Erregung.

„Soll er doch. Ich hab Gabriele nicht umgebracht."

Philipp bückte sich zu ihrem Koffer und reichte ihr einen hellroten Pullover.

Sie zog ihn sich langsam über den Kopf, und reckte provozierend ihre Brüste nach vorn.

Hendrik wandte angewidert den Blick ab. „Keiner von uns hat sie umgebracht. Wenn es jemand aus der Familie war, dann Patrick. Das habe ich Herrn Roth schon gesagt. Aber ihr tut ja euer Bestes, damit er euch verdächtigt."

„Nun krieg dich wieder ein. Was soll er uns schon anhängen? Philipp und ich waren zuhause. Dafür gibt es Zeugen."

„Hendrik hat recht", stimmte Jens seinem Schwiegervater zu. „Hör auf, Alexandra und mich zu verdächtigen. Wir haben mit dem Mord nichts zu tun. Das weißt du genau."

„Gar nichts weiß ich", zischte Neele.

„Jetzt sei doch vernünftig", beschwor sie Herr Wirt. „Und sprecht um Gottes Willen leiser. Alles, worum ich euch bitte, ist, dass ihr mit den gegenseitigen Verdächtigungen aufhört. Das ist doch wohl nicht zu viel verlangt."

„Ich tu, was mir Spaß macht."

„Philipp, rede du mit deiner Frau. Sag ihr, sie soll vernünftig sein."

Unter dem fordernden Blick seines Vaters sah Philipp sie unsicher an. Mit großer Überwindung murmelte er: „Neele, ich denke Vater hat recht. Es wäre wirklich klüger …"

„Ach, willst du mir sagen, was klug ist? Meinst du etwa, ich bin dumm?" Neele keifte so laut, dass es das ganze Haus hören musste.

„Nein, natürlich nicht, ich …"

„Dann halt gefälligst den Mund! Du bist genau wie dein Vater. Bildet euch ein, ihr wärt was Besseres."

„Aber Neele, so war das doch nicht …"

„Ihr könnt mich alle mal!" Sie sah giftig in die Runde und stapfte zur Tür hinaus.

Philipp warf einen unglücklichen Blick auf seinen Vater und eilte ihr hinterher.

Jens sah den beiden kopfschüttelnd nach. „Widerlich!"

„Ich hoffe, sie sät nicht noch mehr Zwietracht. Wenigstens vor Herrn Roth könnte sie sich zusammenreißen", sagte Herr Wirt.

„Ja, das hoffe ich auch. Wie kommst du übrigens darauf, dass Patrick Gabriele umgebracht hat?"

„Na, du kennst ihn doch. Er ist ein Verbrecher, und das Erbe kommt ihm gerade recht."

„Genau wie dir."

„Ja, genau wie mir. Das gilt für jeden von uns."

„Durchaus, Hendrik, durchaus. Nur enthältst du uns vor, was uns zusteht. Hätten wir Gabriele für das Geld ermordet, dann müssten wir jetzt dich aus dem Weg räumen."

Hendrik sah ihn mit kalten Augen an. „Soll das eine Drohung sein?"

„Jedenfalls solltest du dich nicht zu sicher fühlen. Wer weiß, was noch alles passiert."

## Die hochnäsige Schöne
### Muttis Liebling oder durchtriebenes Biest?

„Sie scheinen nicht viel davon zu halten, dass Ihr Vater meine Mutter und mich engagiert hat."

„Ich sehe nicht, wohin das führen soll. Die Polizei hat die Familie bereits verhört und die Angestellten auch."

Max und Alexandra saßen in den wuchtigen Ledersesseln vor dem Bücherregal im Arbeitszimmer der Ermordeten. Er hatte sich zurückgelehnt und die Beine mit vorgeblicher Lässigkeit übereinandergeschlagen. Nur ein wippender Fuß und zwei umeinander rotierende Daumen verrieten, wie nervös er war. Alexandra saß auf der Kante, die Hände auf die Oberschenkel gestemmt, und sah ihn fordernd an.

Er hatte sich sorgsam überlegt, wo er die Vernehmungen stattfinden lassen sollte, und er hatte mit Bedacht diese Sessel gewählt. Zum einen sollte der Ort an die Verstorbene erinnern. Zum anderen, so sein Kalkül, würden die Vernommenen sich entweder zurücklehnen, entspannen und redselig werden. Oder sie würden wie Alexandra in unbequemer Haltung auf der Kante sitzen, was einen Teil ihrer Aufmerksamkeit erfordern und den Wunsch verstärken würde, die Vernehmung so schnell wie möglich hinter sich zu bringen. Das wiederum konnte sie dazu bewegen, ihr Wissen preiszugeben. Im Übrigen hoffte er, dass ihm bereits ihre Sitzhaltung Aufschluss darüber geben könnte, ob sie etwas zu verbergen hatten oder nicht.

„Natürlich", sagte er bedachtsam, „kann ich Ihnen nicht garantieren, dass Mutter und ich mehr herausfinden als die Polizei. Aber wir haben schon viele Fälle gelöst, bei denen die Polizei im Dunkeln tappte. Letztlich hängt alles davon ab, aus Indizien und Zeugenaussagen die richtigen Schlussfolgerungen zu ziehen. Polizisten machen Fehler, so wie alle Menschen. Fehler, die wir korrigieren können. Auch gibt es wie in jedem Beruf solche, die sorgfältig und gewissenhaft arbeiten, und andere, die sich Nachlässigkeiten erlauben. Nicht selten übersehen Polizisten etwas, das wir dann entdecken. Außerdem vertrauen uns Menschen Dinge an, die sie der Polizei gegenüber nicht zugeben würden. Wir sind keine Ordnungshüter. Unser Interesse besteht allein darin, den Mord aufzuklären. Über andere Fehltritte, die sprichwörtlichen Leichen, die jeder von uns im Keller hat, schweigen wir wie die Gräber. Sehen Sie Ihre Antworten auf meine Fragen also als zusätzliche Möglichkeit an, den Mörder Ihrer Mutter für den Rest seines Lebens ins Gefängnis zu bringen. Womöglich verhindern Sie damit auch weitere Morde." Max war froh, dass ihm seine Belehrung flüssig, und ohne die Hälfte zu vergessen, über die Lippen gekommen war. Mit Erleichterung beobachtete er, wie sich in Alexandras Miene Verständnis zeigte. Er ließ seine Worte wirken, dann sagte er: „Herr Schäfer hat mir erzählt, wie Sie Ihre Mutter im Schlafzimmer gefunden haben. Das muss ein großer Schock für Sie gewesen sein."

„Es war grauenhaft!" Alexandras Stimme nahm einen schrillen Klang an. „Ich habe immer noch Albträume davon. Ich hoffe, Sie finden das Scheusal, das ihr das angetan hat."

Er nickte zuversichtlich und sagte behutsam: „Bitte verzeihen Sie, wenn ich Sie etwas Intimes frage: Hatten Sie ein enges Verhältnis zu Ihrer Mutter?"

Alexandra sah ihn einen Moment lang unschlüssig an, dann antwortete sie: „Ich habe sehr gehangen an ihr. Ich kann immer noch nicht fassen, dass es einen Menschen gibt, der ihr das angetan hat. Sofern man überhaupt von einem Menschen sprechen kann."

„Sie verdächtigen niemanden?"

„Warum sollte ich?"

„Beim Essen sagten Sie, Ihre Schwägerin habe Ihre Mutter gehasst."

Alexandra richtete sich auf wie eine Hündin, der man das Bild einer Katze zeigte, und sagte: „Neele ist ein ordinäres und brutales Weib. Ich bedaure meinen Bruder, dass er ausgerechnet an sie geraten ist. An seiner Stelle hätte ich mich längst scheiden lassen. Aber er kommt nicht von ihr los. Er ist zu schwach, um allein mit seinem Leben fertig zu werden. Er neigt zu Depressionen und ist in psychiatrischer Behandlung. Es würde mich nicht wundern, wenn sie ihn schlägt. Ich würde ihm gerne helfen, aber er lässt außer ihr niemanden an sich heran. Rein körperlich wäre Neele bestimmt in der Lage, eine Frau zu erwürgen. Aber einen sorgfältig geplanten Mord zu begehen, ohne dabei Spuren zu hinterlassen, das übersteigt entschieden ihre Fähigkeiten. Jedenfalls ist das mein Eindruck. Sicher sein, kann man sich natürlich nie."

„Wie war denn Philipps Verhältnis zu Ihrer Mutter?"

„Er hat ebenso wie ich an ihr gehangen. Dass Neele nicht mit ihr klargekommen ist, hat ihn belastet. Er hat immer versucht, zu vermitteln zwischen den beiden."

„Und Patrick?"

Alexandra zögerte, bevor sie mit Nachdruck sagte: „Patrick hat Mutter ausgenutzt. Er wollte ständig Geld von ihr, und sie hat immer nachgegeben. Wie ein Fass ohne Boden. Zuletzt hatte sie nichts mehr, was sie ihm noch geben konnte. Da hat er sie bedroht und ist handgreiflich geworden. Aber ich glaube nicht, dass er sie umgebracht hat", fügte sie schnell hinzu.

„Warum nicht?"

„Ich kann mir nicht vorstellen, dass Patrick zu einem Mord fähig ist. Er ist kein schlechter Mensch. Er kommt nur nicht richtig klar mit seinem Leben."

Max rieb sich die Nase und dachte nach. Etwas stimmte an ihrer Antwort nicht. „Finden Sie es dann nicht merkwürdig", fragte er sanft, „dass Ihre Mutter ihn im Testament bevorzugt hat? Ich meine, Sie hatten offenbar ein sehr gutes Verhältnis zu ihr, während Patrick ihr Kummer bereitet hat. Warum hat Ihre Mutter nicht Sie bevorzugt – oder zumindest gleichbehandelt?"

Alexandra ließ sich Zeit mit der Antwort. Um es sich bequemer zu machen, rutschte sie im Sessel zurück und schlug die Beine übereinander. „Über die Frage habe ich schon oft nachgedacht. Es ist einfach ungerecht. Was Philipp anbelangt, so könnte ich mir vorstellen, dass Neele schuld daran ist. Mutter konnte sie genauso wenig ausstehen wie ich. Sie haben es ja erlebt. Es bereitet Neele Vergnügen, sich mit ihren Mitmenschen zu streiten. Mutter hatte sich Philipp zuliebe zurückgehalten, aber man merkte ihr an, wie sehr sie ihre Schwiegertochter verabscheute. Zu ihrem fünfzigsten Geburtstag hatte Neele ihr einen Schwiegermuttersitz geschenkt. Sie wissen schon, so einen großen stacheligen Kaktus. Sie fand das witzig. Bis letztes Jahr hat sie beim Friederikenstift als Krankenpflegerin gearbeitet. Dann hat die Stiftsleitung ihr fristlos gekündigt. Sie hatte einer alten Frau den Arm gebrochen. Die alte Dame brachte sie vor Gericht. Aber Neele hat es als Unfall dargestellt und wurde freigesprochen. Seitdem faulenzt sie herum und lässt sich von Philipp aushalten. Ich bin sicher, dass Mutter nicht wollte, dass so eine etwas von unserem Familienvermögen erbt." Alexandra machte eine Pause und fügte, mehr zu sich selbst als zu Max, hinzu: „Was mein Erbe anbelangt, so habe ich wirklich keine Erklärung. Wo ich doch immer zu ihr gestanden habe."

„Und wo Sie das Geld doch so gut gebrauchen können", sagte Max mit einem süßlichen Lächeln.

„Wie bitte?"

Er errötete und sah sie mit großen Augen an. Warum hatte er das gesagt? Noch dazu mit schnippischem Unterton. „Bitte entschuldigen Sie", sagte er schnell. „Ich weiß auch nicht, was in mich gefahren ist. Ich meine, äh, meine Recherchen haben ergeben, dass Sie einen größeren Kredit aufgenommen haben, um sich ein Haus zu kaufen."

„Woher wissen Sie …?" Alexandra verschränkte die Arme vor der Brust und sagte energisch: „Lassen Sie sich gesagt sein, dass Sie unsere finanziellen Verhältnisse nichts angehen. Ich möchte wirklich wissen, wer Ihnen davon erzählt hat."

„Oh, ein kleiner Spatz hat es mir gezwitschert."

„Werden Sie nicht unverschämt!"

War er völlig von Sinnen? Einen Moment lang konnte Max keinen Gedanken fassen. Nach einer Ewigkeit der Leere in seinem Kopf stammelte er verlegen: „Sie haben völlig Recht. Bitte entschuldigen Sie. Ich, äh, wollte Ihnen nichts unterstellen. Bitte verstehen Sie auch meine nächste Frage richtig." Mühsam erinnerte er sich an die zurechtgelegten Worte: „Hatten Sie erwartet, dass Ihr Vater Sie nach dem Tod Ihrer Mutter zur Geschäftsführerin ernennt?"

Alexandra betrachtete ihn wie ein missliebiges Insekt. Trotzig antwortete sie: „Allerdings. Er hat mir mehr als einmal gesagt, es würde ihn freuen, wenn ich eines Tages in der Geschäftsleitung mitarbeite. Von der Schlüter war nie die Rede.

Aber ich habe meine Mutter auch aus diesem Grund nicht umgebracht, wenn Sie das vermuten."

„Aber nicht doch! Ich wäre nie auf die Idee gekommen, dass Sie mit dem Mord etwas zu tun haben könnten", log Max in der Hoffnung, sie gnädig zu stimmen. „Ich versuche nur herauszufinden, wer auf welche Weise vom Tod Ihrer Mutter profitiert hat. Sie werden sicher einsehen, dass ich Ihren Mann nicht so einfach aus dem Kreis der Verdächtigen entlassen kann."

„Dann verdächtigen Sie uns also doch?"

„Nein, keineswegs. Dass die Kinder vom Tod einer wohlhabenden Mutter finanziell profitieren, liegt in der Natur der Sache. Nur wenn Sie mir etwas verheimlichen oder wenn ich feststellen sollte, dass Sie mich anlügen, würde ich misstrauisch werden." Er fuhr sich nervös durch die Haare und fragte: „Hat Ihr Vater Ihnen einen Grund für seine Entscheidung genannt?"

Sie nickte grimmig. „Er sagte, ich sei noch nicht so weit. Ich solle erst das Unternehmen besser kennenlernen. Er hat mir die Leitung der Produktentwicklung übertragen. Dafür war die Schlüter bisher zuständig."

Max war froh, dass sie die heiklen Fragen nicht boykottierte. Er lächelte sie dankbar an und sagte mutig: „Dann wünsche ich Ihnen, dass Sie Ihren Vater von Ihren Fähigkeiten überzeugen können. Erlauben Sie mir noch eine Frage: Wo waren Sie in der Nacht, in der Ihre Mutter ermordet wurde?"

„Im Bett", sagte Alexandra energisch. „Und da war auch mein Mann."

„Ihre Kinder haben ebenfalls geschlafen? Kein Aufwachen wegen Albträumen, kein nächtlicher Radau, wie das bei kleinen Kindern schon mal vorkommt?"

„Nein, unsere Kinder sind alt genug, um durchzuschlafen – und sie machen keinen Radau."

Max senkte reumütig den Kopf. Er hatte den roten Faden wiedergefunden und kam nun zum Ende. „Noch eine allerletzte Frage. Bitte entschuldigen Sie auch diese, aber ich müsste meinen Job an den Nagel hängen, wenn ich sie nicht stellte: Wussten Sie, dass Ihre Mutter sich scheiden lassen wollte?"

Alexandra war sichtlich verärgert. Widerwillig antwortete sie: „Sie hat es mir erzählt."

„Was war der Grund?"

„Sie hatte herausgefunden, dass mein Vater ein Verhältnis mit einer anderen Frau hatte."

„Wissen Sie mit wem?"

„Nein, ich habe keine Ahnung. Sie war schockiert und wollte mir den Namen nicht verraten."

„Bemerkenswert, finden Sie nicht? Ich meine, Ihre Mutter war offenbar sehr wütend. So wütend, dass sie sich scheiden lassen wollte. Sie muss diese Frau gehasst haben. Da hätte es doch eine Genugtuung für sie sein müssen, sie vor Ihnen schlecht zu machen."

„So war meine Mutter nicht. Sie wollte nicht, dass darüber getratscht wird. Sie sagte nur: Das werde ich dieser Person heimzahlen."

Max war ganz Ohr. „Aha. Sagte sie auch wie?"

„Nein."

„Und Sie? Wie haben Sie die Nachricht aufgenommen?" Er konnte seine Neugier kaum zügeln. Rache konnte die Büchse der Pandora geöffnet haben.

„Ich habe ihr zugeredet, es sich noch einmal zu überlegen. Schließlich hätte eine Trennung die Existenz der Firma gefährdet. Sag ihm, er soll Schluss machen mit der anderen. Gib ihm eine Chance, habe ich gesagt. Aber sie hat an ihrem Entschluss festgehalten. Sie wollte die Firma verkleinern und versuchen, sie ohne ihn fortzuführen."

„Wann war das, als sie Ihnen von der anderen Frau und ihren Scheidungsplänen erzählt hat?"

„Etwa vier Wochen vor ihrem Tod."

„Und Ihr Vater wusste, dass sie ihn aus der Firma drängen wollte?"

Max konnte sehen, wie es in Alexandra arbeitete. Einerseits wollte sie gegenüber ihrem Vater loyal sein, andererseits war sie wütend auf ihn.

„Sie sollten diese Frage meinem Vater stellen. Ich kann darüber nur spekulieren."

„Dann spekulieren sie – bitte! – es ist wichtig!" Darin, so dachte er, konnte der Schlüssel zur Lösung des Falles liegen.

Sie rang in ihrem Zwiespalt die Hände und sagte: „Ich nehme es an. Jedenfalls hat sie ihm gesagt, dass sie sich scheiden lassen wollte."

„Halten Sie es für möglich, dass Ihr Vater einen Anlass für sein Fremdgehen hatte? Ich meine, hatte Ihre Mutter möglicherweise einen Liebhaber?"

„Das kann ich mir nicht vorstellen. Es gab da eine Affäre mit unserem früheren Gärtner. Aber das ist bestimmt zwanzig Jahre her. Seitdem war sie ihm treu. Sonst hätte sie doch nicht so empfindlich reagiert."

„Ja, wenn es gerecht auf der Welt zuginge, müsste das so sein", dachte Max. Aber Eifersucht hatte nach seiner Erfahrung mit Gerechtigkeit so viel zu tun wie ein Autounfall. Derjenige, der am lautesten lamentierte, war oft alles andere als ein Unschuldslamm. Er hatte schon gegen Männer ermittelt, die ihre Frauen wegen eines Seitensprungs grün und blau geprügelt hatten, obwohl sie selbst hinter jedem Rock herjagten. Nach allem, was er über Gabriele Adalberg wusste, führte sie keine glückliche Ehe. Vielleicht, dachte er, hatte sie das veranlasst, bei einem rücksichtsvolleren Mann Trost zu suchen. „Sie haben sicher der Polizei etwas von den Scheidungsabsichten Ihrer Mutter erzählt?"

Alexandra schüttelte den Kopf. „Nein. Das hätte meinen Vater nur einem absurden Verdacht ausgesetzt. Er hat meine Mutter nicht umgebracht. Er hätte ihr niemals so etwas Schreckliches antun können."

„Das scheint nach Ihrer Ansicht auf Ihre gesamte Familie zuzutreffen. Ich wünsche Ihnen, dass Sie recht haben." Er versicherte ihr, wie aufschlussreich ihre Aussagen für ihn waren und geleitete sie zur Tür.

Endlich allein stieß er einen Seufzer der Erleichterung aus. Er ließ sich in den Sessel sinken und schloss die Augen, um neue Kraft zu schöpfen. Obwohl er einige Ratgeber über den Umgang mit schwierigen Menschen durchgearbeitet hatte, empfand er ein Gespräch wie dieses als anstrengend. In seinen kühnen Phantasien war er ein souveräner Ermittler, ein charmanter und weltgewandter Hercule Poirot, der mit seinem messerscharfen Verstand Wahrheit und Lügen mühelos voneinander trennte und stets die richtigen Worte fand. Auf dem holprigen Boden der Realität war der Weg zur Wahrheit jedoch mit Fettnäpfchen und Stolpersteinen gepflastert. Max war ein Bücherwurm, der vor jedem Wortabtausch mit Zeugen und Verdächtigen mit seinem Lampenfieber rang. Er musste sich mit großer Anstrengung konzentrieren, um über seine Gefühle, sein Auftreten und den Verlauf des Gesprächs die Kontrolle zu bewahren. Und sobald ihm Widerstand begegnete, musste er all sein taktisches Geschick aufwenden, um ihn zu überwinden. Zwar half es, auf zurechtgelegte Vorträge, Formulierungen und Fragen zurückzugreifen. Aber leider reagierten die Menschen immer wieder überraschend, sagten unvernünftige Dinge oder wurden unverschämt. Und in seiner Anspannung neigte er dazu, die Beherrschung zu verlieren. Dann kamen ihm Flausen in den Kopf, und er provozierte oder beging Dummheiten, wie die Hand einer schönen Frau zu ergreifen. Womöglich hatte er auch einen Blackout und vergaß seine Fragen. Manchmal fragte er sich, warum er sich das antat. Dann rief er sich seinen Antrieb in Erinnerung: Er wollte seinen Mitmenschen Gutes tun, so wie sie mit ihrer Arbeit ihm Gutes taten. Und trotz aller Schwernisse tat er seine Arbeit gern. Er wollte Mördern auf die Schliche zu kommen und sie hinter Gitter zu bringen. Darin lagen sein Ehrgeiz und sein innerer Lohn. Meistens jedenfalls. Im Moment hätte er sich lieber in sein Bett gelegt und die Decke über den Kopf gezogen.

*Ein Alibi gerät ins Wanken*

Jens Westermann nahm mit trotziger Miene den Platz ein, auf dem seine Frau gesessen hatte. Er lehnte sich zurück, verschränkte die Arme vor der Brust und sagte: „Um die Antwort auf die Frage, die Sie mir sicher stellen wollen, gleich vorwegzunehmen: Ich habe mit meiner Frau im Bett gelegen und geschlafen, als der Mord begangen wurde. Ich nehme an, das hat sie Ihnen bereits erzählt."

„Wir hatten ein sehr aufschlussreiches Gespräch", antwortete Max und setzte eine Maske kühlen Lächelns auf. Westermanns trotziges Auftreten hatte er befürchtet. Der Erfolg des Gesprächs hing davon ab, seinen Widerstand zu überwinden. Er nahm an, dass ein empörter Lehrer und Stadtrat, der um seinen Ruf besorgt war, gegen freundliche Appelle immun sein würde. Deshalb hatte er beschlossen, es mit Einschüchterung zu versuchen: „Ich würde mich freuen, wenn Sie in der gleichen Weise mit mir kooperieren. Als Erstes sollten wir die Verdachtsmomente gegen Sie ausräumen."

„Verdachtsmomente? Ich wüsste nicht, was es für Verdachtsmomente gegen mich geben könnte."

„Dann will ich Sie von Ihrer Unwissenheit erlösen", erbot sich Max mit wohl dosierter Überheblichkeit. „Zunächst einmal wäre da das Alibi. Ihre Frau hat mir erzählt, dass Ihre Kinder in ihren Zimmern geschlafen haben, sodass es niemanden gibt, der Ihre Aussage bestätigen kann."

„Das ist kein Verdachtsmoment, sondern ein nicht überprüfbares Alibi. Und ich sehe nicht, was daran verdächtig sein sollte. Menschen pflegen nun einmal zu schlafen in der Nacht."

„Ganz ohne Zweifel. Ich war auch noch nicht fertig. Sie haben ein nicht überprüfbares Alibi und ein überzeugendes Motiv: einen Hypothekarkredit über 600.000 Euro, von dem Sie vor dem Tod Ihrer Schwiegermutter nicht wussten, wie Sie ihn zurückzahlen sollen. Außerdem hat Ihre Frau einen Schlüssel für die Villa. Sie werden vielleicht zugeben, dass diese Kombination von Umständen durchaus die Bezeichnung Verdachtsmomente verdient." Er fühlte sich nicht wohl dabei, den hochnäsigen Klugscheißer zu spielen. Aber er hatte in einem Ratgeber etwas von der „grober-Klotz-grober-Keil-Taktik" gelesen. Mit Erleichterung beobachtete er, wie der Hochmut in Westermanns Gesicht Überraschung wich. Ehe der Lehrer sich eine schlagfertige Antwort überlegt hatte, sagte Max: „Die beste Möglichkeit, sich von jedem Verdacht zu befreien, besteht darin, dass Sie meine Fragen offen und ehrlich beantworten und mir helfen, den wahren Täter zu finden. Also: Wissen Sie etwas, das mich bei der Aufklärung des Falles weiterbringen könnte?"

Westermann sah ihn einige Sekunden lang ungnädig an. Dann antwortete er: „Was Ihre Theorie mit dem Hypothekarkredit angeht, so muss ich Sie enttäuschen. Wir können die Raten problemlos aufbringen. Außerdem hatte meine Schwiegermutter uns für die Anzahlung eine größere Summe zukommen lassen. Wir hatten also allen Grund, ihr dankbar zu sein."

„In diesem Fall räume ich ein, dass meine Informationen unvollständig waren", sagte Max und senkte den Kopf wie ein reumütiger Schüler. „Bitte entschuldigen Sie meinen Irrtum. Der Weg zur Wahrheit ist leider gepflastert mit falschen Hypothesen. Was ist mit Ihrem Schwiegervater? Hat er Ihnen keine Hilfe angeboten?" Er hoffte, dass Demut gepaart mit Freundlichkeit Westermann nun gnädig stimmen würden. Seine Überheblichkeit interpretierte er als ein Einigeln, das ihn davor schützen sollte, sich eine Blöße zu geben.

„Mein Schwiegervater ist nicht gerade ein Mensch, den man als großzügig bezeichnen könnte", antwortete Westermann knapp.

„Das tut mir leid. Hat er sich bei der Abfindung, die er Ihrer Frau für das Erbe gezahlt hat, ebenfalls zugeknöpft gegeben?"

In Westermanns Augen flackerte Empörung auf. „Als großzügig kann man die Abfindung wahrhaftig nicht bezeichnen. Anders als meine Frau hätte ich auf dem Pflichtteil bestanden."

„Das hört sich an, als gäbe es Streit zwischen Ihnen und Ihrem Schwiegervater."

„Das Verhältnis zwischen Hendrik und mir ist nie besonders herzlich gewesen", gestand Westermann ein. „Obwohl ich mich im Gegensatz zu Neele immer bemüht habe, nicht in Streit mit ihm zu geraten. Schon Alexandra und der Kinder wegen. Mein Schwiegervater ist sehr auf sich fixiert und nimmt wenig Rücksicht auf andere."

„Das höre ich nicht zum ersten Mal. Hat er mit Ihnen darüber gesprochen, dass seine Frau sich scheiden lassen wollte?"

Westermann schüttelte den Kopf. „Alexandra hat ihn darauf angesprochen. Er war sehr ungehalten und meinte, dass Gabriele überreagieren würde." Zögernd fügte er hinzu: „Kann ich mich darauf verlassen, dass mein Schwiegervater nichts von dem erfährt, was ich Ihnen anvertraue?"

„Sie haben mein Wort."

Westermann löste seine verschränkten Arme, und seine Stirn glättete sich. „Sie werden verstehen", sagte er in vertraulichem Ton, „dass ich in dieser Angelegenheit niemanden ungerechtfertigt belasten möchte. Deshalb habe ich auch der Polizei nichts von diesen Dingen erzählt. Gabriele hat sich gelegentlich bei Alexandra beklagt, dass Hendrik sie grob und abweisend behandle. Sie wusste, dass er fremdgeht. Wenn sie ihn damit konfrontierte, hat er nur mit Spott reagiert."

„Wie hat sie von seinen Seitensprüngen erfahren?"

„Eines Abends, vor einem Jahr etwa, rief sie bei ihm im Hotel an. Er war geschäftlich unterwegs, und statt seiner ging die andere ans Telefon. Sie dachte, es sei der Zimmerservice und wollte eine Flasche Champagner bei meiner Schwiegermutter bestellen. Böse Ironie, nicht wahr? Als Gabriele ihm Vorhaltungen machte, hat er sie ausgelacht und behauptet, sie habe eine blühende Phantasie."

Max seufzte und sagte: „Wie sollen die Menschen einander vertrauen, wenn sie so miteinander umgehen? Wissen Sie, um wen es sich bei der Geliebten handelt?"

„Da bin ich überfragt. Aus verständlichen Gründen hat mein Schwiegervater es nicht ausposaunt. Ich hatte schon Frau Kaufmann in Verdacht. Aber ich tue ihr sicher Unrecht. Hendrik hat Gabriele womöglich auch in der Firma betrogen. Sie deutete Alexandra gegenüber an, dass sie ihn verdächtigte, heimlich Geld entnommen zu haben. Möglicherweise am Finanzamt vorbei. Millionenbeträge. Meine Schwiegermutter konnte es nicht beweisen. Um die Buchführung hat er sich gekümmert. Aber Philipp könnte etwas wissen."

Westermann äußerte seine Verdächtigungen ganz unbeschwert, so als stünde er den Angehörigen der Familie, in die er eingeheiratet hatte, teils mit Gleichgültigkeit, teils mit Abneigung gegenüber.

„Aber hätte er dann nicht mit seiner Mutter darüber gesprochen?"

„Möglicherweise hat er das. Möglicherweise auch nicht. Ich möchte Philipp nichts unterstellen. Aber meine Schwägerin hat großen Einfluss auf ihn. Und sie ist hinter dem Geld her wie der Teufel hinter der armen Seele. Mein Schwiegervater könnte das ausgenutzt haben. Außerdem hatte er zu Philipp immer ein enges Verhältnis. Er hat ihn schon als Kind mit zur Arbeit genommen, um ihn für das Geschäft zu interessieren. Als sein erstgeborener Sohn sollte er eines Tages die Leitung der Firma übernehmen. Dass Philipp sich aufgrund seiner psychischen Krankheit als ungeeignet erwies, hat ihn sehr enttäuscht. Alexandra hat er nie für voll genommen. Er hat gelegentlich durchblicken lassen, dass er von Frauen in höheren Führungspositionen nicht viel hält."

„Aber er hat doch Frau Schlüter zur Geschäftsführerin ernannt."

„Frau Schlüter tut, was er ihr sagt. Deshalb hat er sie auch meiner Frau vorgezogen. Alexandra hat ihren eigenen Kopf. Sie könnte seinen Unterschlagungen auf die Schliche kommen, wenn sie Einsicht in alle Geschäftsvorgänge hätte. Frau Schlüter würde ihm keine Schwierigkeiten machen. Das ist jedenfalls Alexandras Erklärung, und ich denke, sie hat recht."

Eine Weile herrschte Schweigen. Dann fügte Westermann hinzu: „Aber das hat nichts mit dem Mord zu tun. Die entscheidende Frage ist doch, wer hat meine Schwiegermutter umgebracht. Da mein Schwiegervater in der Mordnacht in Zürich war, scheidet er aus." Er hielt inne, und sein Blick nahm einen nachdenklichen Ausdruck an. „Es sei denn ... Er hat einen Pilotenschein."

Als Westermann gegangen war, schlenderte Max mit den Händen auf dem Rücken im Zimmer auf und ab. Westermann hatte Herrn Wirt von sich aus als möglichen Mörder ins Spiel

gebracht. Aber aus welchem Motiv? Erst gab er sich zugeknöpft, dann breitete er die dreckige Wäsche seines Schwiegervaters vor ihm aus. So war es auch mit Patrick und Alexandra gewesen. Das Ärgerliche war, dass er niemandem
trauen konnte. Zwar hatten alle drei ihm übereinstimmend erzählt, dass Herr Wirt seine Frau hinterging. Aber war das die
richtige Fährte? Er konnte ein Mordkomplott nicht ausschließen. Wenn der Mörder oder die Mörderin zur Familie gehörte,
würde es Mitwisser, vermutlich sogar Mithelfer geben. Nur
wer paktierte mit wem? Bisher konnte er nur eines mit Sicherheit sagen: Er musste alles hinterfragen, auch das scheinbar
Offenkundige. Wenn sein Auftraggeber verwegen genug war,
konnte er selbst den Mord begangen haben. Falls nicht, war er
womöglich in Gefahr.

*Schnüffeldischnüffeldischnüff!*
*Die Schlange treibt ihre Spielchen*

Elvira kam es seltsam vor, dass ein derart stattliches Haus so
hellhörig sein sollte. Sie bereitete in der Küche Kaffee und Ge-
bäck vor und konnte aufgeregte Stimmen hören. Katarina war
in den Keller gegangen, um den Wein für das Abendessen in
den Weinkühlschrank zu legen. Die Stimmen gehörten zu einem Mann und einer Frau. Leider konnte Elvira sie nur als un-
deutliches Murmeln hören. Aber es war unverkennbar, dass
beide erregt waren. Durch angestrengtes Horchen fand sie heraus, dass die Stimmen aus dem Speiseaufzug kamen. Sie öffnete die Schiebetür und stellte zu ihrer Freude fest, dass sie
nun jedes Wort verstehen konnte.

„Wenn Vater nur nicht diese Detektive engagiert hätte.
Meinst Du, sie könnten etwas herausfinden?", fragte der Mann
mit einem Anflug von Verzweiflung in der Stimme.

„Warum sollten sie? Die tappen genauso im Dunkeln wie die Bullen. Dein Vater soll lieber zusehen, dass er endlich die Kohle rüberwachsen lässt. Sonst wird er nicht mehr lange Spaß an seiner Erbschaft haben."

„Ach, der wird schon zahlen. Du hast ihm ja klar gemacht, was passiert, wenn nicht."

„Allerdings. Als ich ihm den Brief gezeigt hab, ist er blass wie ne' Leiche geworden. Der soll bloß nicht ..."

„Ach, sieh mal einer an!"

Ohne dass Elvira es bemerkt hatte, war Alexandra Westermann in die Küche getreten. „Das nenne ich mal eine neugierige Küchenhilfe! Spionieren Sie uns etwa hinterher?" Sie hatte die Hände in die Hüften gestemmt und funkelte Elvira mit hochgereckter Nase an.

„Aber nicht doch!" Elvira errötete vor Verlegenheit. „Ganz im Gegenteil. Der Speiseaufzug stand offen, und ich konnte Stimmen hören. Da dachte ich mir, ich schließe ihn lieber. Es wäre den Herrschaften sicher nicht recht, wenn jemand ihr Gespräch mithört."

„Lügen Sie mich nicht an! Ich stehe schon eine ganze Weile hinter Ihnen. Sie haben Ihren Kopf in den Aufzug gesteckt und gelauscht."

„Aber ich bitte Sie! Was für einen Grund sollte ich haben, in diesem Haus Gespräche zu belauschen?"

„Das würde mich allerdings auch interessieren. Ich werde meinem Vater davon berichten. Ich frage mich ohnehin, warum die Agentur Sie geschickt hat. Mir scheint, man rekrutiert dort neuerdings das Personal im Altersheim."

„Werden Sie nicht unverschämt! Und was, wenn ich gelauscht hätte? Haben Sie etwas zu verbergen?"

Alexandra warf angriffslustig ihr flammendes Haar zurück. „Mit Dienstboten debattiere ich nicht. Ich werde dafür sorgen, dass mein Vater Sie umgehend vor die Tür setzt."

Im nächsten Moment kam Neele in die Küche gestürmt. „Was ist hier los?"

„Was hier los ist? Ich habe die alte Schnüfflerin dabei erwischt, wie sie durch den Speiseaufzug euer Gespräch belauscht hat."

„Ich habe nicht gelauscht! Ich wollte nur die Tür zum Aufzug schließen!", gab sich Elvira empört.

Neele sah sie giftig an. „Sieh mal einer an. Da ist wohl jemand neugierig. Schnüffeldischnüffeldischnüff. Was haben wir denn gehört, das uns so brennend interessiert hat?"

„Ich sage doch, ich habe gar nichts gehört!"

„Ach wirklich? Na, das werden wir gleich herausfinden. Du bist nicht die erste alte Schachtel, die sich einbildet, dass sie mir auf der Nase rumtanzen kann." Sie schoss auf Elvira zu und streckte ihre Arme nach ihr aus.

„Aber meine Damen! Was ist denn hier los?" Von den lauten Stimmen alarmiert, war Max in die Küche geeilt. Hinter ihm erschien Jens Westermann und registrierte erstaunt, dass seine Frau und seine Schwägerin die Haushaltshilfe vor dem Speiseaufzug in die Enge getrieben hatten.

„Nichts, was Sie angeht", sagte Neele.

„Dann will ich mich auch nicht einmischen", erwiderte Max. Er hatte gewusst, dass der Leichtsinn seiner Mutter sie in Schwierigkeiten bringen würde. Nun musste er ihr aus der Patsche helfen. Mit dem Heldenmut des Retters wandte er sich an Neele und sagte herausfordernd: „Ich würde jetzt Ihnen gern ein paar Fragen stellen, Frau Wirt. Würden Sie mit mir nach oben kommen? Dort wird uns bestimmt niemand belauschen."

Sie funkelte Max böse an und verzog ihren Mund zu einem höhnischen Grinsen. „Von mir aus. Schließlich bekommt man nicht jeden Tag Gelegenheit, vom Sohn der berühmten Elvira Roth verhört zu werden."

Max wurde mulmig bei dem Gedanken, sich mit der Schlange allein in ein Zimmer zu begeben. Als sie in den ersten Stock stiegen, sah er sich in wallendem Gewand mit schwingender Peitsche auf einem Schlachtross in die Lüfte steigen, untermalt von Wagners Musik. Eine Vision, die er dank zahlreicher Meditationen auch beim Treppensteigen heraufbeschwören konnte.

„Ich hatte beim Mittagessen den Eindruck, dass Sie mit Ihrer Schwägerin und Ihrem Schwiegervater nicht gerade ein Herz und eine Seele sind. Ich vermute, es ist nicht leicht, von dieser Familie akzeptiert zu werden?", begann Max die Vernehmung, als sie in den Sesseln saßen. Er verschlang die Hände ineinander, um ihr Zittern zu unterdrücken. Hoffentlich, fiel ihr das Zucken seiner Mundwinkel nicht auf, dachte er nervös. Neele sollte seine Unsicherheit nicht bemerken. Wenn sie ihn nicht für voll nahm, würde sie sich nur lustig machen über ihn, und er hatte nicht vor, ihr diese Genugtuung zu verschaffen. Sie musste ihn respektieren, sonst würde er nie etwas aus ihr herausbekommen.

„Haarscharf kombiniert, Herr Meisterdetektiv", entgegnete sie höhnisch. Sie hatte sich genüsslich zurückgelehnt und die Arme so verschränkt, dass ihre Brüste darüber hinweg quollen. „Die haben mir von Anfang an gezeigt, dass sie von einer wie mir nicht viel halten. Bilden sich ein, sie sind was Besseres. Nur weil mein Vater auf dem Bau arbeitet und ich weder reich noch studiert bin. Aber da sind sie bei mir schiefgewickelt. Ich lass mir nichts gefallen. Von denen nicht und von niemand anderem."

„Aber ich nehme an, Ihr Mann behandelt Sie nicht so?", sagte Max bemüht, statt auf ihre Fleischmassen freundlich in ihr Gesicht zu sehen, auch wenn ihm dies nicht behagte. Er starrte nicht gerne in Gesichter, schon gar nicht in dieses. Aber an ihr vorbeizustarren, wäre auch unhöflich gewesen und sicher nicht geeignet, eine vertrauensvolle Beziehung zu ihr aufzubauen. „Wie ich es mache, mache ich es verkehrt", dachte er. Dabei wollte er ihr nur vermitteln, dass er sie verstand und respektierte. Appelle an ihr Gewissen hielt er für sinnlos.

„Das würd ich ihm auch nicht raten. Philipp ist der Einzigste von der Bagage, der die Nase nicht hoch trägt. Sein Vater hält ihn für ein Weichei. Aber das ist nicht richtig. Er braucht nur jemand, der ihm zeigt, wo's lang geht. Das haben seine Eltern nämlich vergessen."

„Und das übernehmen Sie jetzt?"

„Er tut, was ich sage. Er weiß eben, was gut für ihn ist."

„Sie helfen ihm also, sich im Leben zurechtzufinden. Ich nehme an, dafür ist Philipp Ihnen dankbar?"

Neele grinste. „Aber sicher. Ich sag doch: Er weiß, was gut für ihn ist."

„Wie war Ihr Verhältnis zu Ihrer Schwiegermutter?"

„Ich konnte sie nicht ausstehen. Eine hochnäsige Schnepfe. Genau wie ihre Tochter. Aber ich hab ihr ihre Arroganz heimgezahlt."

„Mit einem Schwiegermuttersitz zum Beispiel."

Neele lachte bei der Erinnerung. „Zum Beispiel."

Max nickte, als verdiene dies Anerkennung, und sagte: „In Frau Adalbergs Testament sind Sie und Philipp übergangen worden. Haben Sie damit gerechnet?"

„Überrascht hat's mich jedenfalls nicht. Gabriele konnte mich von Anfang an nicht ausstehen. Und von Philipp hat sie nie viel gehalten. Genau wie sein Vater. Ihr Liebling war immer Alexa. Weil sie angeblich so eine Überfliegerin ist. Für Gabriele war immer klar, dass Alexa nach ihrem Abgang ihre Nachfolgerin werden sollte."

„Ist es da nicht merkwürdig, dass Patrick das Meiste erbt?"

„Oh ja, das ist allerdings merkwürdig. Weiß der Geier, welcher Teufel sie da geritten hat. Aber mir kann's egal sein. Wenn die feine Bagage sich darüber aufregt, dass ihr krummer Vogel das Familienvermögen auf den Kopf haut, hab ich wenigstens was zu lachen. Ich hab dafür gesorgt, dass ich und Philipp kriegen, was uns zusteht."

„Sie meinen die Abfindung, die Herr Wirt Ihnen zahlt?" Max war erfreut, wie gut sich das Gespräch entwickelte. Offenbar verabscheute Neele die Familie ihres Mannes so sehr, dass sie hemmungslos über sie herzog.

„Haarscharf erraten."

„Fühlen Sie sich nicht ungerecht behandelt?"

„Ich sag doch. Ich hab dafür gesorgt, dass wir kriegen, was uns zusteht. Sollen mein Schwiegervater und sein krimineller Sohn sich den Rest ruhig teilen."

„Ihre Schwägerin ist mit ihrer Entschädigung nicht gerade zufrieden."

„Dann haben sie und ihr Oberlehrer wohl weniger rausgeholt als ich. Bei Hendrik darf man nicht zimperlich sein."

„Sie Füchsin!" Max sah sie bewundernd an. „Dann waren Sie raffinierter als Ihre Schwägerin. Das dachte ich mir schon. Darf ich so indiskret sein zu fragen, was für eine Abfindung Sie rausgeholt haben?"

Neele zog misstrauisch die Augenbrauen zusammen. Ihr grobes Gesicht ließ erkennen, dass ihr etwas dämmerte. Sie grinste höhnisch und sagte: „Klar dürfen Sie. Sie kriegen nur keine Antwort. Ich hab meinem Schwiegervater versprochen, niemandem zu sagen, was er uns zahlt. Er hat nämlich keine Lust, für Alexa und Jens das Gleiche rauszurücken."

„Verraten Sie mir wenigstens, wie Sie Ihre großzügige Abfindung aus Herrn Wirt herausgeholt haben?"

Neele schob mit einem drohenden Funkeln ihren Kopf nach vorn und sagte: „Aber sicher doch. Es war ganz einfach: Ich habe ihm gesagt, wenn er mir nicht gibt, was ich will, dann geht es ihm genauso wie seiner Frau." Mit feixendem Grinsen registrierte sie Max' verblüfftes Gesicht. Ohne ihn weiter zu beachten, stand sie auf und ging zur Tür.

„Einen Augenblick, ich bin noch nicht fertig!", rief Max verärgert.

„Aber ich", schnappte sie und marschierte lauthals lachend in den Flur hinaus.

Max sah ihr überrumpelt nach. Die Schlange trieb ihre Spielchen mit ihm. Das machte ihn wütend. Wütend auf Neele und auf seine Hilflosigkeit. Was hatte er falsch gemacht? Er konnte es sich nicht erklären, und er konnte im Moment auch nicht darüber nachdenken. Er durfte sich von Neeles Grobheiten nicht verunsichern lassen. Das Lachen sollte ihr noch im Hals stecken bleiben. Was für ein Druckmittel sie auch immer gegen ihren Schwiegervater eingesetzt hatte – er würde es schon herausfinden. Er stand auf, um Philipp zu holen, als ein Anruf auf seinem Handy ihn innehalten ließ. Schulze hatte die Fingerabdrücke auf dem Liebesgedicht untersucht. Auf dem Umschlag und dem Briefbogen befanden sich Abdrücke von fünf Personen: Gabriele Adalberg, Hendrik Wirt, Katarina Kaufmann, Johann Schäfer – und von einem Unbekannten.

*Eine Lüge wird entlarvt,*
*was Max ein neues Rätsel aufgibt*

Er änderte seinen Plan und ging in den Garten, wo Johann Schäfer mit einem Kescher Laub und Algen aus dem Zierteich fischte. Johann stand im Wasser und hatte hohe Gummistiefel an.

„Sind da Fische drin?", fragte Max.

Johann hörte auf zu keschen und sagte: „Goldfische. Fünf Stück. Sehen Sie, da schwimmt einer. Die anderen verstecken sich."

Max beugte sich vor und sah einen Goldfisch durch den Teich huschen. Dann richtete er sich wieder auf und sagte: „Arbeiten Sie jeden Samstag?"

„Jau, sechs Tage die Woche. Mir macht die Arbeit Spaß."

„Ich wollte mich noch einmal für Ihren Tipp bedanken. Ich habe meine Rosen von den kranken Blättern und Trieben befreit und sie mit Schachtelhalmsut abgespritzt. Bin gespannt, ob's wirkt."

„Warten Sie's ab. Damit werden Sie den Schiet wieder los. Und denken Sie an den Kalidünger!"

„Ganz bestimmt. Ich möchte Sie noch etwas fragen. Ich habe in Frau Adalbergs Schreibtisch dieses Liebesgedicht gefunden. Eine Analyse hat ergeben, dass sich Ihre Fingerabdrücke auf dem Original befinden."

Johann sah sich überrascht das Gedicht an und sagte: „Ach das. Das hat in der Küche gelegen. Ich kann mich dunkel dran erinnern. Muss so ein Jahr her sein."

„Es lag auf dem Küchentisch, und Sie haben es gelesen?" Ohne dass Max es wollte, hatte die Frage vorwurfsvoll geklungen. Sogleich schalt er sich dafür. Vertrauen war ein zartes Pflänzchen, das gehegt und gepflegt werden wollte.

Johann sah betreten zu Boden. „Naja, es lag da offen rum. Ich hatte mir was zu trinken genommen. Da hab ich einen Blick draufgeworfen."

„Das ist verständlich, wer hätte das nicht", sagte Max begütigend. „Sie wissen nicht zufällig, von wem es stammt oder für wen es bestimmt war?"

„Nee, ich hab wirklich nur einen Blick drauf geworfen."

„Das glaube ich Ihnen. Ich möchte nur etwas über seinen Urheber erfahren. Oder wer der glückliche Empfänger war. Haben Sie mit Frau Kaufmann über das Gedicht geredet?"

„Die war nicht in der Küche. Es ist auch sonst nicht meine Art, irgendwelche Papiere im Haus zu lesen."

„So habe ich Sie auch nicht eingeschätzt. Ich hoffte nur, Sie wüssten etwas. An Sie war das Gedicht also nicht gerichtet?"

„An mich?" Johann lachte vergnügt. „Kann ich mir kaum vorstellen. Aber wer weiß? Da bringen Sie mich auf einen Gedanken."


„Ich möchte Sie bitten, mir etwas aufzuschreiben", sagte Max, als er die Tür zu Frau Adalbergs Arbeitszimmer hinter Frau Kaufmann geschlossen hatte. Mit ernster Miene wies er auf einen Federhalter und ein Blatt Papier, die er auf dem Schreibtisch bereitgelegt hatte. Dass er sie in eine unangenehme Lage bringen musste, missfiel ihm, aber er hatte keine Wahl. „Schreiben Sie bitte Folgendes: Ich liebe Dich. Ich liebe Dich, Du Seele, die da irrt."

Katarina sah ihn überrascht an.

„Bitte, schreiben Sie."

Sie folgte seiner Anweisung, und er verglich die Handschrift mit der Kopie des Gedichts. „Dachte ich mir's doch! Sie haben das Gedicht aufgeschrieben!", rief er streng.

Sie senkte schuldbewusst den Blick.

„Ich habe das Original untersuchen lassen und verschiedene Fingerabdrücke darauf gefunden. Außer Ihnen hatten es Frau Adalberg, Herr Wirt, Herr Schäfer und ein Unbekannter in den Händen. Herr Schäfer hat mir versichert, dass das Gedicht nicht für ihn bestimmt war. Das Gegenteil hätte mich auch gewundert. Also kommen nur Herr Wirt und der Unbekannte als Empfänger infrage. Herr Wirt hat wie Sie geleugnet, es vorher schon einmal gesehen zu haben. Seine Fingerabdrücke beweisen jedoch das Gegenteil. Das lässt für mich nur eine Schlussfolgerung zu: Sie haben ein Verhältnis mit ihm, und er war so leichtfertig, ihr Gedicht irgendwo liegen zu lassen, wo seine Frau es gefunden hat."

„Aber nein, Sie irren sich!", rief sie erschrocken.

„Für wen war das Gedicht dann bestimmt? Sagen Sie es mir!" Er empfand Mitleid, weil er sie in Gewissensnöte brachte. Aber er durfte ihr nicht vertrauen. Vielleicht war sie die Komplizin eines Mörders und ihre Liebenswürdigkeit nur Fassade.

„Das kann ich nicht!"

„Aber warum nicht? Sie müssen mir nur den Namen nennen. Wer ist der Unbekannte, von dem die Fingerabdrücke stammen?"

„Ich kann Ihnen den Namen nicht nennen. Bitte glauben Sie mir", sagte sie verzweifelt.

„Können oder wollen Sie nicht? Warum stellen Sie sich so stur?" Das musste er wissen. „Wenn das Gedicht nicht für Herrn Wirt war, kommt nur der Unbekannte als Empfänger infrage. Aber warum streitet Herr Wirt dann ab, es je gesehen zu haben? Ich rate Ihnen, mir die Wahrheit zu sagen. Der Brief macht Sie verdächtig. Ich hoffe, Sie sind sich darüber im Klaren."

Sie fuhr erschrocken zusammen. „Verdächtig? Aber warum?"

Max hatte das Gefühl, sein Herz würde zerfließen. Er wollte nicht glauben, dass dieses bezaubernde Wesen mit Frau Adalbergs Mörder gemeinsame Sache machte. Aber er durfte sich nicht um den Finger wickeln lassen. Dass sie schwieg, machte sie verdächtig. „Kommen Sie nicht von selbst darauf? Vielleicht sind Sie in die Villa eingebrochen. Zusammen mit Ihrem Geliebten!"

„Aber nein – nein!" Ihre Augen füllten sich mit Tränen. „Ich hätte Frau Adalberg niemals etwas antun können."

„Sie sicher nicht. Aber womöglich Ihr Geliebter."

„Aber nein, so war es nicht! Bitte glauben Sie mir! Ich habe mit dem Mord nichts zu tun."

„Dann sagen Sie mir die Wahrheit!"

Katarina barg ihr Gesicht in den Händen und schluchzte mitleiderregend.

Max kam sich erbärmlich vor. Flehentlich sagte er: „Was verheimlichen Sie? Für wen war der Brief bestimmt? Sagen Sie es mir! Wenn die Antwort nichts mit dem Mord zu tun hat, wird es niemand erfahren. Das verspreche ich Ihnen."

Doch aus Katarina war kein Wort mehr herauszubringen. Er redete noch eine Weile begütigend auf sie ein, dann öffnete er ihr die Tür und bedankte sich für das Gespräch.

Katarina ging hinunter in die Küche, wo Johann vor dem Kühlschrank stand und eine Flasche Apfelsaft an den Mund setzte.

„Johann, du sollst doch nicht aus der Flasche trinken!", rief sie empört. Sie hatte ihre Stimme gesenkt, damit niemand sie hörte. Ihre Verzweiflung war für einen Moment wie weggeblasen. „Wenn jemand hereinkommt."

Johann setzte die Flasche ab und sagte: „Na und? Die sollen sich nich so anstellen."

„Aber das ist ekelhaft. Wer soll denn davon noch trinken?"

„Nun hab dich doch nicht so. Ich hab die Flasche gleich leer." Er setzte sie an den Mund und trank den Rest Saft in einem Zug aus. „Siehste Katrinchen. Kein Grund zur Aufregung."

Sie sah mit Sorge auf die Flasche und fragte: „Wo ist denn Frau Krüger?"

„Wer?"

„Die Haushaltshilfe, die Herr Wirt engagiert hat."

Johann zuckte mit den Schultern. „Is mir nich begegnet. Vielleicht musste sie mal für kleine Mädchen."

Katarina setzte sich an den Tisch und barg seufzend ihr Gesicht in den Händen. „Wie soll ich das nur aushalten."

„Ach Katrinchen, nun gräm dich mal nicht. Hat doch keiner gesehen, wie ich ausser Flasche getrunken hab."

„Ach, das mein ich doch nicht", sagte sie und massierte sich mit den Fingerspitzen die Schläfen.

„Was denn dann?"

„Ich meine Herrn Roth und seine Fragen."

„Wieso, was will er denn von dir? Glaubt der etwa, du hättest was mit dem Mord zu tun?"

„Ich weiß nicht." Ihre geröteten Augen sahen Johann unglücklich an.

„Ach, so ein Unsinn! Du könntest doch keiner Fliege was zuleide tun. Außerdem hat eine schöne Frau wie du das doch gar nicht nötig. Die sucht sich einfach einen, der Geld hat."

Sie lächelte über seinen Versuch, sie zu trösten. „Du bist lieb", sagte sie.

„Das liegt nur an dir."

„Es ist alles so beängstigend."

„An deiner Stelle würd ich mir keine Gedanken machen. Du hast doch nichts zu befürchten. Hat dich Herr Roth eigentlich auch auf den Liebesbrief angesprochen?"

Katarina zuckte zusammen. „Brief? Ach so, ja. Er fragte, ob ich wüsste, wer ihn geschrieben hat."

„Und, konntest du's ihm sagen?"

„Nein – ich habe keine Ahnung. Frau Adalberg nehme ich an."

„Aber für wen? Für ihn doch bestimmt nich. Wenn ich an Stelle von dem Jungchen wär, würd ich die Bagage ordentlich in die Mangel nehmen. Ich hab ihm schon gesagt, dass es mich nich wundern tät, wenn die alle unter einer Decke stecken."

„Du hast was?"

„Ich hab ihm gesagt, dass die womöglich alle unter einer Decke stecken."

„Aber Johann, das ist nicht recht von dir. Du kannst doch nicht einfach jemanden verdächtigen."

„Warum denn nich? Mich verdächtigen doch auch alle. Als ob die hohen Herrschaften kein Wässerchen trüben könnten. Dass es die Einbrecherbande war, glaub ich keinen Augenblick. Dafür hat sich der Mörder viel zu gut ausgekannt. Das war die Familie. Die sind doch hinter dem Erbe her wie die Schweine hinter der Haferkleie."

„Psst, nicht so laut! Es ist einfach nicht in Ordnung, jemanden zu verdächtigen."

„Na, soll ich etwa sagen, dass die alle Engel sind? Du glaubst doch auch, dass einer von denen Frau Adalberg umgebracht hat, oder etwa nicht?"

Katarina seufzte unglücklich. „Ich wünschte, ich wüsste es."

Sie zuckte zusammen, als sich Elvira hinter ihr räusperte. Die Tür zum Flur hatte einen Spalt offen gestanden, und die beiden hatten ihr Eintreten nicht bemerkt.

„Wir kennen uns noch gar nicht", sagte Elvira fröhlich und streckte Johann eine Hand entgegen. „Lotti Krüger. Herr Wirt hat mich engagiert, damit ich Frau Kaufmann zur Hand gehe."

Johann stellte sich ebenfalls vor, und Elvira sagte verschwörerisch: „Als ich hereinkam hörte ich, wie Sie über den Mord sprachen. Sie glauben also tatsächlich, jemand aus der Familie hat Frau Adalberg umgebracht?"

Johanns Stirn legte sich in misstrauische Falten. Dann lachte er und antwortete: „Die Wände haben wohl Ohren gekriegt. Aber Sie müssen sich verhört haben. Ich habe keinen blassen Schimmer, wer Frau Adalberg umgebracht hat."

*Die Ereignisse überschlagen sich:*
*Ein Erpresser mit Depressionen, ein skandalöser Auftritt und*
*Elvira in Panik*

Philipp Wirt starrte auf ein Mosaik im Parkett und fummelte mit nervösen Fingern an seiner Hose herum. Er hatte sich in seinem Sessel zurückgelehnt und vermittelte den Eindruck, als würde er am liebsten darin versinken.

Dem Vater wie aus dem Gesicht geschnitten, dachte Max. Philipps Nervosität verringerte seine eigene. Er spürte eine Art Seelenverwandtschaft, wenn auch eine entfernte. Philipp war depressiv, während er selbst lediglich schüchtern und unsicher war. Ein wenig zu zart besaitet für diese Welt. „Sie machen den Eindruck, als würde Sie etwas beunruhigen. Das ist mir schon beim Essen aufgefallen. Gibt es etwas, dass Sie mir sagen möchten?", fragte er freundlich.

Philipps gesenkte Augenlider flatterten nervös. „Nein, nein, ich fühle mich nur nicht ganz wohl."

„Ich hoffe, dass nicht ich die Ursache für Ihr Unbehagen bin. Wie ich sehe, haben Sie sich am Kinn verletzt."

„Ach, das ist nichts. Ich habe mich beim Rasieren geschnitten."

„Sie haben nichts von mir zu befürchten", sagte Max besänftigend. „Ich will nur den Mord an Ihrer Mutter aufklären. Deshalb hat Ihr Vater mich engagiert. Möchten Sie mir wirklich nichts anvertrauen?"

„Nein, das habe ich Ihnen doch gesagt", fuhr Philipp ihn an. „Ich weiß nichts über den Mord, und ich habe auch keine Ahnung, wer ihn begangen hat. Ich verstehe ohnehin nicht, was das alles soll. Die Einbrecher haben meine Mutter umgebracht. Lesen Sie keine Zeitung?"

„Doch, doch. Ich halte nur nicht alles für wahr, was dort gedruckt wird. Wo waren Sie, als der Mord begangen wurde?"

„Im Bett. Wo sonst?"

„Und Ihre Frau?"

„Lag selbstverständlich neben mir."

„Sind Sie sicher? Ihre Nachbarn haben ausgesagt, sie hätten sich gestritten um zwei Uhr morgens. Ihre Frau habe Sie aus dem Schlafzimmer geworfen."

Philipps rechte Hand fuhr zum Mund, und seine Zähne schabten über den Daumennagel. Schon beim Essen waren Max seine zerbissenen Fingernägel aufgefallen.

„Wenn Sie es wissen, warum fragen Sie dann?", stieß er hinter seiner Hand hervor.

„Weil ich herausfinden will, ob Sie mir die Wahrheit sagen. Haben Sie am Abend vor dem Mord noch mit Ihrer Mutter gesprochen?"

„Nein."

„Wussten Sie, dass Sie sich scheiden lassen wollte?"

Philipps Hand fuhr vom Mund über die Stirn und wieder zurück. „Ja, sie hat es mir gesagt."

„Ihre Mutter hat in ihrem Testament Ihren Vater und Ihren Bruder Patrick als Haupterben eingesetzt. Ihnen steht dagegen nur ein Pflichtteil zu. Was, meinen Sie, hat sie zu einem solchen Testament bewogen?"

„Woher soll ich das wissen? Sie hat nicht mit mir über ihr Testament gesprochen."

„Liegt der Grund vielleicht darin, dass Sie sich mit Ihrer Frau nicht vertrug?"

Philipps Gesichtsmuskeln zuckten unkontrolliert, wodurch ein Augenlid flatterte. „Die beiden kamen nicht besonders gut miteinander klar, das ist richtig. Aber ich weiß es wirklich nicht. Das Testament kam völlig überraschend für uns."

Max glaubte nicht, dass dies der Wahrheit entsprach. Er vermutete, dass Philipps Unbehagen nicht nur von seinen Depressionen herrührte. „Irgendeine Ahnung müssen Sie doch haben. Dass Eltern ein Kind bevorzugen, kommt häufig vor. Aber so auffällig? Wie war denn Ihr Verhältnis zu Ihrer Mutter?"

„Wir … Wir kamen gut miteinander aus."

„Das klingt distanziert."

„In gewisser Weise war es das auch. Die Firma hat Mutter kaum Zeit gelassen für uns Kinder. Sie hat von morgens bis abends gearbeitet, auch an den Wochenenden. Aber ich habe meine Mutter geliebt, falls Sie darauf hinauswollen. Jetzt, wo sie tot ist, wird mir das erst richtig bewusst."

Wenigstens das klang aufrichtig. Max fragte verständnisvoll: „Fühlten Sie sich von ihr vernachlässigt?"

Philipp dachte über die Frage nach. Er war jetzt ganz konzentriert. „Als Kind schon. Genau wie Alexandra und Patrick, denke ich. Wir hatten eine Erzieherin, die sich um uns gekümmert hat. Heute habe ich dafür Verständnis. Mein Urgroßvater hatte Adalberg gegründet, und meine Mutter sah es als ihre Lebensaufgabe an, das Unternehmen fortzuführen. Vater ist genauso. Als ich zehn war, hat er mich zum ersten Mal mit in die Firma mitgenommen. Er wollte, dass ich eines Tages seine Nachfolge antrete." Philipp lachte resigniert. „Aber in der Buchhaltung bin ich besser aufgehoben."

Max hörte den Sarkasmus in seiner Stimme. Offenbar sah Philipp einen Versager in sich, und er hegte keinen Zweifel daran, dass seine Frau ihn in diesem Glauben bestärkte. „Na, das ist doch eine ehrenwerte Tätigkeit", sagte er aufmunternd. „Aber noch einmal zu Ihrer Kindheit: Mochten Sie Ihre Erzieherin?"

Philipp schnaubte erregt. „Herrje, Sie stellen Fragen! Nein, ich habe sie verabscheut, wenn Sie es genau wissen wollen! Sie war eine vertrocknete alte Zicke, die mich tyrannisiert hat. Vater hatte sie eingestellt. Sie unterrichtete uns in Portugiesisch. Wir besitzen eine Plantage in Brasilien, auf der wir Kakao und

Kaffee anbauen. Deshalb war es ihm wichtig, dass wir die Sprache lernen."

Max nickte. Von den Eltern vernachlässigt und von einer vertrockneten Zicke tyrannisiert. Der Vater erwartete Leistungen, die er nicht erbringen konnte, ließ seine Enttäuschung und seinen Ärger an ihm aus. In seiner Verzweiflung unterwarf er sich der Tyrannei Neeles, die seine Unselbständigkeit für ihren sozialen Aufstieg ausnutzte. Max wunderte es nicht, dass dieser Mann in psychiatrischer Behandlung war. Auf einmal war ihm zum Weinen zumute. Er empfand Mitleid mit diesem Menschen. „Reiß dich zusammen!", schalt er sich in Gedanken. Das passierte ihm immer wieder. Was sollte Philipp von ihm denken, wenn er jetzt flennte? Ein Detektiv, der heulte wie ein Schulmädchen. Seine Autorität wäre mit einem Schlag perdu. Und wenn der Rest der Bagage davon erfuhr, würde ihn niemand mehr ernst nehmen. Nein, das ging auf keinen Fall. Ohnehin war Mitleid fehl am Platz. Schwere Kindheit hin, schwere Kindheit her – vor ihm saß ein Mann, der womöglich in einen Mord verwickelt war. Vielleicht spielte er ihm etwas vor, so wie die ganze Familie. Er musste sich zusammenreißen und an seine Aufgabe denken. Vielleicht konnte er mit etwas Druck die Wahrheit aus ihm herausholen. „Ihre Frau sagte mir, Sie hätten eine großzügige Abfindung bei Ihrem Vater herausgehandelt", sagte er in strengem Ton. „Man dürfe bei ihm nicht zimperlich sein. Ich rate Ihnen, mir auf diese Frage aufrichtig zu antworten, wenn Sie nicht ernsthaft in Schwierigkeiten geraten wollen: Haben Sie und Ihre Frau Ihren Vater bedroht oder erpresst?"

Philipp hielt seinen flatternden Blick auf das Parkett geheftet. Seine Zähne kratzten hörbar über den Daumennagel. „Ich weiß nicht, was Sie meinen."

„Dann will ich mich deutlicher ausdrücken. Hat es in der Firma Unregelmäßigkeiten gegeben, mit denen Sie Ihren Vater erpressen?"

Philipp sah beinahe panisch zu Max auf. „Wie kommen Sie darauf?"

„Hat es in der Firma Unregelmäßigkeiten gegeben?", wiederholte Max scharf. Offenbar ein Treffer ins Schwarze. „Unregelmäßigkeiten, für die Ihr Vater verantwortlich war?"

„Ich weiß wirklich nicht, wovon Sie reden."

„Ach, kommen Sie! Spielen Sie mir nicht den Unwissenden vor!"

Bevor Philipp etwas erwidern konnte, tönte ein ohrenbetäubendes Schrillen durch das Haus. Die beiden sprangen auf und eilten in den Flur.

Herr Wirt drängte sich an ihnen vorbei und lief die Treppe hinunter.

Sie folgten ihm in die Küche, wo er in der Speisekammer den Alarm abstellte.

„Das Bild!", rief er als Antwort auf ihre fragenden Blicke und stürzte ins Wohnzimmer, aus dem aufgebrachte Stimmen zu hören waren.

„Lass mich durch! Ich warne dich!"

„Nur über meine Leiche! Du kommst hier nicht raus! Nicht mit dem Gemälde!"

Im Wohnzimmer stand Patrick Wirt mit dem Gemälde von Frida Kahlo in den Händen. Er wollte durch die Terrassentür in den Garten. Jens Westermann versperrte ihm den Weg.

„Häng das Bild wieder an seinen Platz!", rief Herr Wirt.

Patrick ignorierte ihn und sprang zur Terrassentür.

Jens packte das Gemälde und versuchte, es ihm aus den Händen zu reißen. Der schmuckvolle Rahmen knackte bedenklich.

„Seid ihr verrückt geworden? Das Bild ist Millionen wert!", rief Herr Wirt.

Patrick und Jens hörten auf zu zerren, behielten jedoch beide die Hände am Rahmen.

„Lass los!", forderte Jens seinen Schwager auf. „Das Gemälde bleibt hier!"

Patrick sah von Jens zu seinem Vater und wog seine Chancen ab.

„Patrick, sei vernünftig!", sprang Alexandra ihnen bei. „Auf diese Weise wirst du das Bild nicht bekommen."

„Frau Kaufmann, rufen Sie die Polizei", wies Herr Wirt die Haushälterin an.

„Oh ja, ruf die Bullen. Die werden dafür sorgen, dass ich mein Erbe mitnehmen kann", sagte Patrick wütend.

„Red keinen Unsinn. Du bist in mein Haus eingebrochen. Ich werde dich festnehmen lassen. Das hätte die Polizei schon längst tun sollen. – Wie ist er überhaupt hereingekommen?"

„Er muss über die Terrasse gekommen sein", antwortete Jens. „Die Tür stand offen. Ich habe im Liegestuhl geschlafen."

„Ich denke, Ihr Vater hat recht, Herr Wirt", mischte Max sich ein. Er bangte um das schöne Gemälde. „Sie sind widerrechtlich in sein Haus eingedrungen. Die Polizei wird Sie eher festnehmen, als Sie das Gemälde mitnehmen lassen. Ich empfehle Ihnen, sich einen Rechtsanwalt zu nehmen."

Patricks Gesicht verhärtete sich zu einer steinernen Fassade. Dann überließ er das Gemälde seinem Schwager und sagte zu seinem Vater: „Na schön. Ich werde mir das Bild ein anderes Mal holen. Aber lange wirst du keine Freude mehr daran haben. Das verspreche ich dir!"

Er machte eine schnelle Drehung, sprang an die Wand zu seiner Linken, packte die Vitrine voll Gläser und Karaffen und riss sie mit einem kräftigen Ruck nach vorn. Das Glas zerschepperte auf dem Parkettboden und übersäte ihn mit

Scherben. Patrick verpasste Jens einen Fausthieb, der ihn mit dem Gemälde in den Händen über die Türschwelle auf die Terrasse stürzen ließ, und lief durch den Garten davon.

Alexandra eilte zu ihrem Mann und half ihm auf die Beine. „Mein Gott, wie das blutet", sagte sie besorgt. „Deine Lippe ist aufgeplatzt. Katarina, schnell, hol ein Taschentuch."

„Und danach räumen Sie die Scherben weg", sagte Herr Wirt wütend. Er holte das Gemälde, das in ein Rosenbeet geflogen war, und untersuchte es auf Schäden. Erleichtert hängte er es wieder an seinen Platz und sagte: „Ich sollte gleich die Polizei rufen. Dieser Nichtsnutz gehört hinter Gitter."

Doch er unternahm nichts weiter, und die aufgeregte Gesellschaft, begann sich aufzulösen. Als Philipp sich zum Gehen wandte, sagte Max: „Haben Sie etwas dagegen, wenn wir unser Gespräch fortführen?"

Philipp warf einen kurzen Seitenblick auf das grimmige Gesicht seiner Frau und antwortete mit ungewöhnlicher Entschiedenheit: „Allerdings. Ich werde mich zu meiner Frau auf die Dachterrasse legen. Ich denke nicht, dass ich Ihnen weiterhelfen kann."

Max stieß einen stillen Fluch aus. Wie die Dinge lagen, würde er auf eine andere Gelegenheit warten müssen. Er ging hoch ins Arbeitszimmer und überdachte sein weiteres Vorgehen.

Unterdessen sammelte Frau Kaufmann im Wohnzimmer die Scherben auf.

Elvira bereitete die Kaffeegedecke vor. Den Adalberg Cream für Herrn Wirt hatte Katarina bereits vor dem Alarm zubereitet. Inzwischen war er lauwarm, und Elvira rührte einen neuen zusammen. Sie servierte der verstreuten Familie den Kaffee, dann brachte sie Max eine Tasse. „Hast du schon etwas herausbekommen, Hase", fragte sie mit gesenkter Stimme.

Max räusperte sich verlegen. Die Frage hatte er erwartet, doch er hatte noch keine Antwort vorbereitet. Was hatte er herausgefunden? Wie konnte er das in wenigen Sätzen zusammenfassen? Mit unbegründeten Vermutungen brauchte er seiner Mutter nicht zu kommen. Was war das Handfesteste, das er ihr zu bieten hatte? Die Notwendigkeit, aus dem Stehgreif eine kluge Antwort auf eine derart komplexe Frage zu geben, wirbelte seine Gedanken durcheinander. „Diese Familie ist eine Schlangengrube", sagte er, um Zeit zu gewinnen. „Jeder von ihnen könnte etwas mit dem Mord zu tun haben." Eine belanglose Aussage wie er fand.

Doch Elvira störte sich nicht daran. „Durchaus möglich", sagte sie. „Aber es würde mich wundern. Ich hatte beim Mittagessen nicht den Eindruck, als würde eine Bande von Komplizen am Tisch sitzen. Aber erzähl doch. Was hast du herausgefunden?" Sie stöhnte, als sie sich zu ihrem Sohn in den freien Sessel vor dem Regal setzte. Ihre Knie schmerzten, doch das war jetzt Nebensache.

Mit einem Mal wusste Max, was er ihr erzählen wollte. Erleichtert berichtete er von Frau Adalbergs Scheidungsabsichten, von den Unterschlagungen, die Herr Wirt nach Aussage seines Schwiegersohns begangen hatte, von seinem Pilotenschein und davon, dass er Neele und Philipp verdächtigte, ihn zu erpressen. Katarinas Liebesbrief behielt er für sich. Er wollte erst herausfinden, für wen er bestimmt war, bevor er seiner Mutter davon erzählte.

Als er geendet hatte, trat Herr Wirt durch die Verbindungstür ins Arbeitszimmer und sagte: „Ich habe Sie reden gehört und wollte fragen, ob Sie irgendwelche Erkenntnisse gewonnen haben."

Beide sahen ertappt zu ihm auf.

Elvira besann sich als erste. „Ja, das haben wir tatsächlich. Jeder im Haus hatte ein Motiv, Ihre Frau umzubringen, einschließlich der Angestellten. Das vereinfacht den Fall nicht gerade."

„Wenn der Fall einfach wäre, hätte ich Sie nicht beauftragen müssen", sagte Herr Wirt verärgert. „Aber die Alibis sollten doch helfen, den Kreis der Verdächtigen einzuengen. Ich war in Zürich, Philipp und Neele in Hannover. Dafür gibt es Zeugen. Alexandra und Jens waren mit ihren Kindern zuhause. Natürlich hätte Jens die Tat begehen können. Aber ich kann Ihnen versichern, dass meine Tochter das niemals zugelassen hätte. Mein krimineller Sohn Patrick ist der Einzige aus der Familie, der für den Mord infrage kommt und der kein glaubwürdiges Alibi hat."

„In der Tat, alles scheint auf Patrick hinauszulaufen", bestätigte Elvira. „Aber genau das macht mich stutzig. Warum hat er sich kein stichhaltiges Alibi verschafft, wenn er der Mörder ist?"

Herr Wirt sah sie erstaunt an. „Na, wenn es stichhaltig wäre, hätte er meine Frau nicht umbringen können. Er war clever genug, keine Spuren zu hinterlassen, da kann er sich sicher fühlen. Jeder in der Familie ist genauso verdächtig wie er."

„Aber das sage ich ja! Jeder könnte es getan haben", bestätigte Elvira.

Herr Wirt schüttelte energisch den Kopf. „Sie verschwenden Ihre Zeit. Ich will Ihnen ja nicht Ihr Handwerk erklären. Aber ich habe Sie engagiert, um Patricks Schuld zu beweisen, nicht damit Sie gegen die ganze Familie ermitteln. Niemand von uns legt Wert darauf, dass Detektive hinter ihm her spionieren. Das werden Sie sicher verstehen."

„Aber selbstverständlich", sagte Elvira unbeeindruckt. Ihr Auftraggeber hatte an der Tür gelauscht und nun wurde ihm mulmig, dachte sie. „Aber nach meiner Erinnerung haben Sie uns engagiert, um den Mord an Ihrer Frau aufzuklären. Und daran arbeiten wir. Wir befragen Zeugen und potenzielle

Verdächtige und sammeln Hinweise und Indizien. Das müssen wir. Denn wenn wir Patrick nicht als Mörder überführen können, dann kommt er ungestraft davon. Daran dürfte auch Ihnen nicht gelegen sein."

„Natürlich nicht", sagte Herr Wirt verärgert. „Verraten Sie mir wenigstens, wie Sie weiter vorgehen wollen?"

„Ich würde gerne bis zum Abendessen bleiben und der Familie noch einige Fragen stellen", sagte Max. „Ich konnte noch nicht mit allen sprechen."

„Und ich gehe wieder in die Küche", sagte Elvira. „Vielleicht kann ich noch das eine oder andere von Frau Kaufmann erfahren. Obwohl sie sehr verschwiegen ist. Zu einer derart tüchtigen Haushälterin kann ich Sie nur beglückwünschen. Am Abendessen würde ich auch gerne teilnehmen. Sie haben niemandem gesagt, wer ich bin?"

„Selbstverständlich nicht. Das hatte ich Ihnen ja versprochen." Herr Wirt begann sich zu fragen, ob er besser die Detektei Spürfuchs beauftragt hätte. Dieser Mummenschanz erschien ihm lächerlich. Zudem missfielen ihm die Vernehmungen. Er hatte erwartet, dass seine Kinder und ihre Anhänge sich einen Tag lang zusammenreißen könnten. Offenbar hatte er sie überschätzt. Nun, für den Rest des Tages würde er den Detektiven noch Narrenfreiheit geben. Dann würde er sie von ihrem Auftrag entbinden. Er war sich sicher, dass sie nichts von dem, was sie erfuhren, an die Öffentlichkeit weitergeben würden. Auch Elvira Roth hatte einen Ruf zu verlieren.

Elvira fand die Küche leer vor und machte sich daran, die Spülmaschine auszuräumen. Auf der Ablage des Küchenschranks stand noch die Tasse Adalberg Cream, die Katarina vor dem Zwischenfall mit Patrick zubereitet hatte. Neugierig nahm sie einen Schluck. Kaum war er im Mund, da riss sie die Augen auf und erstarrte. Mit einem Laut des Abscheus beugte sie sich über die Spüle und spuckte ihn aus. Sie spülte sich den Mund aus und steckte ihre Nase in die Tasse. Der Geruch war unverkennbar. Wenn auch schwach, so roch es ganz eindeutig – nach Mäuseurin! Dazu der bittere Geschmack, die Schärfe. Jemand Unbedarftes hätte geglaubt, der Kaffee sei zu stark und ein scharfes Gewürz hineingeraten. Aber Elvira wusste es besser. „Mein Gott!", rief sie entsetzt und rannte, so schnell es ihre wehen Knie zuließen, die Treppe hinauf. Ohne anzuklopfen, riss sie die Tür von Frau Adalbergs Arbeitszimmer auf und rief ganz außer Atem: „Nicht trinken! Der Kaffee ist vergiftet!"

### *Die Familie ist bestürzt*

Max sah überrascht von der Indizienliste in seinem Smartphone auf, dann zu der halbleeren Tasse vor ihm. Elvira hielt sich nicht mit einer Erklärung auf. Sie stürzte in das Arbeitszimmer von Herrn Wirt und wiederholte ihre Warnung. Er hatte gerade seine Lippen an die Tasse gesetzt, um den letzten Schluck zu trinken. Elvira beachtete ihn nicht weiter und eilte auf die Terrasse, wo Neele und Philipp in der Sonne lagen.

„Nicht von dem Kaffee trinken!", schreckte sie die beiden auf.

Neele fuhr wütend in ihrem Liegestuhl hoch. „Was zum Teufel …"

Elvira nahm die Kanne mit dem restlichen Kaffee und roch daran.

„Was ist denn los?", fragte Max, der ihr beunruhigt hinterhergeeilt war.

„Der Kaffee ist mit Koniin vergiftet", antwortete sie außer Atem.

„Koniin?"

„Das Gift des gefleckten Schierlings."

Sie griff nach Neeles Tasse und nippte vorsichtig daran. „Hm! Hier scheint alles in Ordnung zu sein."

Ohne die fragenden Blicke zu beachten, hastete sie zurück in das Arbeitszimmer von Frau Adalberg. Sie roch an der Tasse, aus der Max getrunken hatte, und probierte einen kleinen Schluck. Dann lief sie nach nebenan und tat das Gleiche bei Herrn Wirts Adalberg Cream.

„Würden Sie mir bitte sagen, was das zu bedeuten hat?", fragte der Hausherr erregt.

Alle Familienangehörigen standen in seinem Arbeitszimmer vor dem Schreibtisch und sahen Elvira fragend an.

„Selbstverständlich", antwortete sie und ließ sich erschöpft in den Schreibtischstuhl fallen. „Bitte entschuldigen Sie mein unhöfliches Benehmen. Ich musste nur sichergehen, dass sich niemand von Ihnen vergiftet hat. Ich habe soeben in der Küche aus einer Tasse getrunken, die Kaffee mit einem Schuss Adalberg Cream enthielt – vergiftet mit Koniin. Das ist ein Alkaloid, das im gefleckten Schierling vorkommt. Aber seien Sie unbesorgt. In Ihren Tassen war kein Gift, da bin ich mir sicher."

„Dann hat jemand versucht, Sie zu vergiften?", fragte Herr Wirt ungläubig.

„Nicht mich", erwiderte Elvira, der immer noch der Schreck in den Gliedern saß. „Sie! Der Adalberg Cream war für Sie bestimmt. Dass ich davon trinken würde, konnte niemand wissen. Ich glaube auch nicht, dass mich in diesem Haus jemand umbringen will. Noch nicht, jedenfalls. Sie müssen die Polizei rufen. Wir dürfen keine Zeit verlieren."

Wenige Minuten später telefonierte Herr Wirt mit Hauptkommissar Strack von der Mordkommission. Dann ließ er auf Elviras Wunsch die Familie im Esszimmer zusammenkommen.

Katarina Kaufmann und Johann Schäfer standen abseits an der Küchentür.

Herr Wirt erhob sich von seinem Stuhl und sagte: „Für die, die es noch nicht wissen: Ich habe euch zusammenkommen lassen, weil ein Mordanschlag auf mich verübt wurde. Jemand hat versucht, mich zu vergiften." Während er sprach, sah er mit ernster Miene in die Runde. In seiner Stimme schwang ein kaum merkliches Zittern mit.

„Mein Gott!", rief Alexandra und schlug sich die Hand vor das Gesicht.

„Das ist doch nicht möglich!", rief Jens. Er ergriff den Arm seiner Frau und sah seinen Schwiegervater mit einer Mischung aus Erstaunen und Erschrecken im Blick an.

Katarina und Johann reagierten gleichfalls überrascht.

„Es besteht kein Anlass zur Beunruhigung. Wie ihr sehen könnt, ist der Anschlag fehlgeschlagen. Die Polizei wird jeden Augenblick hier eintreffen. Ich denke, alles Weitere erklären am besten Sie", forderte er Elvira auf.

Während der Hausherr sich mit blasser Miene setzte, erhob sich Elvira und sagte: „Sie werden sich vielleicht wundern, dass Herr Wirt gerade mich bittet, in dieser Sache eine Erklärung abzugeben. Ich will das Rätsel gleich lösen. Mein Name ist nicht Lotti Krüger. Mein wahrer Name ist …"

Sie machte eine theatralische Pause.

„… Elvira Roth!"

Ihre Offenbarung rief erstaunte Gesichter und Ausrufe der Überraschung hervor.

Max hätte zu gern gewusst, ob das Erstaunen echt oder nur vorgetäuscht war.

Elvira sagte: „Herr Wirt hat mich gemeinsam mit meinem Sohn engagiert, damit ich den Mord an seiner Frau aufkläre. Angesichts der Bedrohung, die von dem Täter ausgeht, halte ich es für das Beste, die Wahrheit offen auszusprechen: Das

Gift kann nur von einer Person in den Adalberg Cream getan worden sein, die sich entweder hier im Raum befindet oder Gelegenheit hatte, das Haus am heutigen Nachmittag zu betreten." Sie sah Max auffordernd an, und der erhob sich ebenfalls und sagte:

„Während Herr Wirt die Polizei alarmiert hat, habe ich die Küche durchsucht. Dabei habe ich im Mülleimer diese Flasche gefunden. Sie enthält den Rest von dem Gift, das in dem Adalberg Cream war, den Herr Wirt trinken sollte." Er hielt eine milchig-weiße Plastikflasche in einem Gefrierbeutel hoch. „Dem Etikett nach hat sie ursprünglich Balsamico-Creme enthalten. Jetzt ist noch ein Rest vom Saft des gefleckten Schierlings darin. Der Saft enthält ein Alkaloid namens Koniin, das in ausreichender Dosis tödlich ist. Hat jemand von Ihnen so eine Flasche hier schon einmal gesehen?"

„Ich verwende Balsamico-Creme", sagte Katarina erschrocken. „Die Flasche steht in der Speisekammer."

Alle richteten ihre Augen auf Katarina, als erwarteten sie eine weitere Erklärung von ihr.

Die Haushälterin errötete und senkte verlegen den Blick.

„Und wenn schon!", rief Jens Westermann. „Balsamico-Creme kann man in jedem Supermarkt kaufen. Anstatt mit Plastikflaschen unsere Zeit zu verschwenden, sollten wir uns lieber klar machen, wer überhaupt infrage kommt."

„Hört, hört! Und wer kommt nach Meinung des Herrn Oberlehrers infrage?", fragte Neele.

„Dass gerade du diese Frage stellst, wundert mich nicht im Geringsten", sagte Jens und bedachte seine Schwägerin mit einem Blick, in dem alle Verachtung dieser Welt lag. „Mich täuschst du allerdings nicht. Man braucht kein großer Detektiv zu sein, um die richtigen Schlussfolgerungen zu ziehen. Erstens: Gabriele ist nicht von der Einbrecherbande ermordet worden, sondern von einem Mitglied der Familie. Zweitens:

Dieses Familienmitglied ist darauf aus, einen Anteil an der Firma zu erben. Drittens: Da ich sicher weiß, dass weder Alexandra noch ich das Gift in den Kaffee getan haben, kommt nur eine Person hier im Raum dafür infrage."

„Und wer soll das sein?", fragte Neele mit drohendem Unterton.

„Ich denke, du kennst die Antwort selbst, werte Schwägerin. Da ich mir sicher bin, dass Philipp kein Mensch ist, der seine Eltern umbringt ... kannst nur du es gewesen sein."

„Das nimmst du zurück!" Neele und sprang auf und richtete drohend eine Faust gegen Jens.

Philipp sprang ebenfalls auf und warnte seinen Schwager, mit seinen Anschuldigungen vorsichtig zu sein.

Jens blieb unbeeindruckt sitzen. „So sind nun einmal die Fakten", entgegnete er. „Dass es euch nicht passt, wenn sie jemand offen ausspricht, liegt auf der Hand. Aber ehe wir uns die Köpfe einschlagen, fragen wir doch Frau Roth und ihren Sohn. Wer könnte kompetenter beurteilen als sie, wer von uns als Mörder infrage kommt."

„Ihr Vertrauen ehrt uns", sagte Max, verärgert über die Ironie in Westermanns Stimme. „Und Sie können sicher sein, dass wir es nicht enttäuschen werden. Im Gegensatz zu Ihnen sind wir allerdings noch nicht in der Lage, den Schuldigen zu benennen."


### Die Mordkommission rückt an

Wie immer, wenn sie mit ihm zusammentraf, musste Elvira widerwillig anerkennen, dass Kriminalhauptkommissar Kristoff Strack die Autorität seines Amtes perfekt verkörperte. Er war ein großer, stämmiger Mann mit kantigem Kinn und kurz geschorenen, dunklen Haaren. Seine stahlblauen Augen nahmen ihr Gegenüber durch eine eckige Brille kritisch ins Visier.

Seine schmalen Lippen und die grimmigen Falten unter den bebenden Nasenflügeln verstärkten den Eindruck, dass man es bei dem Hauptkommissar mit einem Alphatier zu tun hatte, mit dem man sich besser nicht anlegte.

Er war alles andere als erfreut darüber, die aufgeblasene Schriftstellerin und ihren pubertären Sohn am Tatort anzutreffen. Zu oft hatten sie ihm bei seinen Ermittlungen einen Strich durch die Rechnung gemacht. Hätten die zwei Plagegeister ihn nicht um so viele verdiente Lorbeeren gebracht, hätte er schon längst seinen Erbsenzähler von Vorgesetzten, den Kriminaloberrat Zänk, vom Sockel stoßen können. Dann wäre er der Leiter des FK 1, des Fachkommissariats für Straftaten gegen Leben und Gesundheit, Sexual- und Branddelikte. Davon war er überzeugt, und diese Überzeugung nährte den Groll gegen Elvira Roth und ihren Sohn in ihm. Er hatte jedoch nicht vor, sich schon wieder den Ruhm vor der Nase wegschnappen zu lassen. Der Mord an Gabriele Adalberg, einer der reichsten Unternehmerinnen Birkenbrücks, war der spektakulärste Mordfall seit Jahren. Mit dem versuchten Giftmord an ihrem Ehemann gewann er noch mehr Brisanz. Würde ihm die Aufklärung gelingen, würde sein Name neben seinem Foto in der Birkenbrücker Zeitung auf der Titelseite stehen. Und dass er den Fall aufklären würde, daran bestand kein Zweifel für ihn. Seine Leute verfolgten eine heiße Spur. Bis vor einer halben Stunde war er sich sicher gewesen, dass sie den Mörder noch heute überführen würden. Dummerweise schien der vergiftete Kaffee dem Fall eine neue Wendung zu geben. Aber das konnte ihn in seiner Zuversicht nicht erschüttern. Er stand kurz davor, dem Mörder von Gabriele Adalberg das Handwerk zu legen.

Sein Assistent, Kommissar Ernst, von Gesicht, Statur und Gemüt eine misslaunige Bulldogge mit Hängebacken, teilte seinen Optimismus nicht. Man hatte schon Pferde kotzen sehen und das direkt vor der Apotheke. Seine mangelnde Zuversicht und sein Missmut rührten daher, dass er mit Anfang fünfzig seine Chancen auf eine Beförderung als nicht besonders groß ansah. Schuld daran war ihre mittelmäßige Aufklärungsbilanz. Dabei hielt er sich für einen guten Polizisten. Er glaubte, nur zu wenig Glück gehabt zu haben – und auch er gab Elvira Roth und ihrem Sohn einen guten Teil der Schuld daran.

Elvira führte die Polizisten in die Küche und erklärte, wie sie von dem vergifteten Kaffee getrunken hatte. Strack hörte ihr mit ernster Miene zu und sagte: „Und Sie sind sicher, dass es sich um Schierling handelt?"

„Ganz sicher. Ich habe mich für meinen Roman Der Sokratesmord mit Geruch und Geschmack vertraut gemacht. Es besteht kein Zweifel, dass die Essigflasche den Saft des gefleckten Schierlings enthält. Um das Gift in Reinform zu erhalten, müsste man es destillieren. Aber den Aufwand hat sich der Täter nicht gemacht. Vermutlich fehlt es ihm an den nötigen Kenntnissen."

Der Hauptkommissar kniff angestrengt die Augenbrauen zusammen. Er war sich nicht sicher, ob er einem Fehler erster oder zweiter Ordnung riskieren sollte. Einen Fehler erster Ordnung ginge er ein, wenn er die alte Schachtel für plemplem erklärte, obwohl tatsächlich jemand versucht hatte, Herrn Wirt zu vergiften. Einen Fehler zweiter Ordnung würde er begehen, wenn er die Angelegenheit untersuchte und sich hinterher herausstellte, dass die Alte doch plemplem war. Er kam zu dem Schluss, dass es das Beste war, sich abzusichern. Im Befehlston wies er Kommissar Ernst an, den Gerichtsmediziner Dr. Spengler anzurufen. Wenig später hatte er ihn am Telefon und beschrieb ihm Beschaffenheit und Geruch der Flüssigkeit in der Essigflasche. Dr. Spengler bestätigte, dass es sich vermutlich um den Saft des gefleckten Schierlings handele. Als Strack das Telefonat beendet hatte, wies er Kriminalhauptmeister Schulze an, die Küche nach Spuren abzusuchen.

Elvira nickte befriedigt und sagte: „Ich empfehle Ihnen, das Fläschchen mit dem Gift gleich auf Fingerabdrücke zu untersuchen."

„Das hat Zeit. Der Täter wird Handschuhe getragen oder die Flasche abgewischt haben", entgegnete Strack verärgert darüber, dass die alte Schachtel ihm sein Handwerk erklären wollte.

„Eben deshalb. Wenn der Täter Handschuhe getragen hat, müssen sie noch im Haus oder auf dem Grundstück sein."

Strack musste sich widerwillig eingestehen, dass die alte Schachtel recht hatte. Er wies Schulze an, die Flasche auf Fingerabdrücke zu untersuchen. Dann ordnete er an, dass niemand das Haus verlassen dürfe, bis er sämtliche Anwesenden vernommen habe. Anschließend zogen er und Kommissar Ernst sich mit Elvira und Max in Frau Adalbergs Arbeitszimmer zurück.


„Dann erzählen Sie mal, was Sie hier machen", begann er mit der Vernehmung. Er selbst und Kommissar Ernst hatten es sich in den Sesseln vor dem Bücherregal bequem gemacht. Elvira Roth saß ihnen gegenüber in Frau Adalbergs Schreibtischstuhl, ihr Sohn auf dem Besucherstuhl. „Ich nehme an, Herr Wirt hat Sie nicht eingeladen, damit Sie vergifteten Kaffee mit ihm trinken." Die Aufforderung war an die alte Dame gerichtet, denn Hauptkommissar Strack hatte nicht vor, ihren Sohn für voll zu nehmen. Was sollte man schon von einem Halbstarken halten, der mit über zwanzig noch unter der Fuchtel seiner Mutter stand und auf den Kosenamen Hase hörte? In der Mordkommission machte man sich lustig über die beiden.

„Sie haben wie immer völlig recht, Herr Kommissar", bestätigte Elvira mit einem süßlichen Lächeln. „Herr Wirt hat uns beauftragt, den Mord an seiner Frau aufzuklären. Er hat den Eindruck, dass die Polizei mit ihren Ermittlungen nicht vorankommt."

„So, hat er das?", sagte der Hauptkommissar säuerlich. „Den Aufwand hätte er sich sparen können. Wir werden den Täter bald gefasst haben. Trotzdem interessiert mich natürlich, was die berühmte Detektivin herausgefunden hat."

„Leider noch nichts, was uns auf die Spur des Mörders geführt hätte. Das Gift in Herrn Wirts Kaffee sollte die Klärung des Falles allerdings erleichtern."

Der Hauptkommissar fühlte sich herausgefordert, auf diese Bemerkung etwas zu erwidern, das ihn als Herrn der Lage auswies. „Das sollte es allerdings. Wenn wir wissen, wer den Kaffee vergiftet hat, dürfte uns das auch zum Mörder von Frau Adalberg führen, und wir können zwei Fliegen mit einer Klappe schlagen. Sie haben wirklich nichts über den Mord herausgefunden, was uns weiterhelfen könnte?"

„Darauf antwortet Ihnen besser mein Sohn. Er hat die Ermittlungen durchgeführt, Herr Kommissar."

„Hauptkommissar."

„Wie bitte?"

„Hauptkommissar! Ich bin Hauptkommissar! Wann werden Sie das endlich lernen?" Hauptkommissar Strack konnte sich nicht verkneifen, Frau Roth wegen der falschen Anrede zurechtzuweisen. Bei jedem ihrer Zusammentreffen nahm sie sich diese Frechheit heraus. Er hatte ihr schon mit einem Bußgeld wegen Beamtenbeleidigung gedroht. Obwohl er sich keineswegs sicher war, ob die beharrliche Anrede mit einem niederen Dienstgrad für ein Bußgeld reichte. Aber er würde das prüfen. Diesmal würde er es tun.

„Oh, bitte entschuldigen Sie", antwortete Elvira mit theatralischer Bestürzung. „Herr Hauptkommissar –selbstverständlich! Wie dumm von mir. Dieser Fehler passiert mir immer wieder. Das liegt daran, dass wir uns schon so lange kennen. Ich sehe immer noch den frisch ernannten Kommissar vor mir."

„Aber ich bin seit neun Jahren Hauptkommissar!"

„Wirklich? Kaum zu glauben!"

Kommissar Ernst nahm den Umstand, dass sein Vorgesetzter seinen Dienstgrad als Beleidigung empfand, mit regloser Miene hin. Die Sticheleien von Frau Roth erfüllten ihn mit heimlicher Genugtuung. Er kannte auch ihren Grund dafür. Vor zehn Jahren hatte ihr inzwischen verstorbener Ehemann das Mordkommissariat geleitet. Er war einer Intrige zum Opfer gefallen, die zu seiner vorzeitigen Entlassung aus dem Polizeidienst führte. Strack und sein Vorgesetzter Zänk waren die Drahtzieher gewesen und dafür befördert worden.

Der Hauptkommissar atmete tief durch und schluckte seinen Ärger über Frau Roths Frechheiten herunter. Barsch forderte er Max auf, ihm zu berichten, zu welchen Erkenntnissen seine Ermittlungen geführt hatten. „Ich muss Sie sicher nicht erst darauf aufmerksam machen, dass Sie sich einer Straftat schuldig machen, wenn Sie Beweismittel unterschlagen oder meine Ermittlungen behindern", fügte er mit drohendem Unterton hinzu.

Auch Max hatte nicht vor, dem Hauptkommissar mehr zu verraten als nötig. Er war froh, dass seine Mutter neben ihm saß, denn Stracks herrische Art trieb ihm den Schweiß auf die Stirn. In seiner Anwesenheit plagte ihn stets die Sorge, dass er ihm etwas anhängen und ihn auf dem Polizeirevier in die Mangel nehmen könnte. „Meine Mutter hat völlig recht", sagte er diplomatisch. „Ich habe den Tatort untersucht und die Familie befragt. Dabei habe ich leider nichts herausgefunden, das auf den Mörder schließen lässt."

Der Hauptkommissar nahm diese Behauptung mit einem Stirnrunzeln zur Kenntnis und forderte die beiden auf, ihm alles zu berichten, was mit dem vergifteten Kaffee zu tun hatte.

Elvira erzählte noch einmal, wie sie von dem Adalberg Cream getrunken und sofort gemerkt hatte, dass er den Saft des gefleckten Schierlings enthielt. „Ich habe gleich gewusst, dass es sich um Koniin handelt. In meinem Roman, Der Sokratesmord, wird ein Mann damit vergiftet, der seiner Frau untreu geworden ist. Er will sich ihrer entledigen, aber sie kommt ihm zuvor. Um authentisch schreiben zu können, habe ich mit dem Gift ein wenig experimentiert. Geruch und Geschmack sind mir daher vertraut."

„Sie meinen also, der Mörder könnte Ihren Roman gelesen haben?", fragte der Hauptkommissar.

„Davon gehe ich aus. Ich will ja nicht unbescheiden sein, aber ich denke, so gut wie jeder in Birkenbrück liest meine Romane." Sie bemerkte Kommissar Ernsts ungläubigen Blick und fügte hinzu: „Außer solchen Menschen natürlich, die seit ihrer Schulzeit kein Buch mehr angerührt haben. Aber rekonstruieren wir den heutigen Tag. Die Familie traf im Laufe des Vormittags ein und hat gemeinsam zu Mittag gegessen. Danach hat mein Sohn nacheinander die Familienangehörigen in diesem Zimmer befragt. Zunächst Alexandra und Jens Westermann, dann Neele Wirt. Frau Kaufmann und ich haben unterdessen in der Küche aufgeräumt und den Kaffee und das Abendessen vorbereitet. Dann hat mein Sohn Frau Kaufmann nach oben geholt. Als sie zurückkam, hat sie mich in den Garten geschickt, um Herrn Westermann und Herrn Schäfer zu fragen, ob sie Kaffee wollten. Herr Westermann lag auf der Terrasse und Herr Schäfer reinigte den Teich. Frau Kaufmann ging unterdessen nach oben auf die Dachterrasse und fragte Neele Wirt. Als sie zurückkam, bereitete sie den Adalberg Cream für Hendrik Wirt zu. Das war wenige Minuten vor vier.

Sie nahm die Tasse aus dem Schrank, goss Kaffee ein und gab einen Schuss Adalberg Cream hinein."

„Hat sie sonst noch etwas hineingetan?"

„Nein, ausgeschlossen. Ich stand neben ihr und legte vier Champagnertrüffel in ein Schälchen. Dann stellte ich ein Wasserglas für Herrn Wirts Magentabletten dazu. Hätte sie das Gift aus dem Essigfläschchen in den Kaffee gegossen, hätte ich es bemerkt."

„Selbstverständlich hätten sie das", sagte der Hauptkommissar gönnerhaft. „Ich wollte nur sichergehen, dass wir nichts übersehen. Das Motiv für den Anschlag dürfte darin bestanden haben, Herrn Wirt zu beerben. Die entscheidende Frage lautet also: Welcher der Familienangehörigen hatte Gelegenheit, das Gift in seinen Kaffee zu tun?"

Elvira sah ihn skeptisch an. Was er sagte, weckte Widerspruch in ihr, aber sie zog es vor, darüber zu schweigen. Sie sagte: „Meines Erachtens gab es zwei Gelegenheiten. Die erste, als ich feststellte, dass kein Mineralwasser mehr in der Speisekammer war. Das geschah, während Frau Kaufmann den Adalberg Cream zubereitete. Wir sind in den Keller gegangen und haben eine neue Kiste heraufgeholt. Auf dem Weg zum Keller begegneten wir Frau Westermann. Sie kam im Bademantel die Treppe herunter. Sie wollte ins Schwimmbad und bat uns, ihr in einer dreiviertel Stunde ihren Kaffee zu bringen."

Strack richtete sich in seinem Sessel auf und zeigte lebhaft mit dem Finger auf Elvira. „Demnach wusste sie, dass niemand in der Küche war!"

„Richtig, Herr Kommissar. Sie hätte nach oben laufen und das Gift holen können. Allerdings hätte sie wissen müssen, dass Herrn Wirts Kaffee auf dem Tablett bereitstand. Und sie hätte damit rechnen müssen, dass Frau Kaufmann und ich sie aus der Küche kommen sehen. Deshalb bezweifle ich, dass es so passiert ist. Es gab für fast alle Anwesenden eine noch günstigere Gelegenheit."

„Und die wäre?"

„Als Frau Kaufmann und ich wieder in der Küche waren, ging die Alarmsirene los. Frau Kaufmann lief zur Zentraleinheit und stellte fest, dass jemand das Gemälde von Frida Kahlo von der Wand genommen hatte. Wir liefen ins Wohnzimmer, wo Patrick Wirt mit dem Gemälde in den Händen vor der Terrassentür stand." Elvira schilderte den Vorfall und Strack sagte hellhörig geworden:

„Das heißt, der Adalberg Cream ist höchstwahrscheinlich vergiftet worden, während Patrick Wirt hier war?"

„Richtig. Der Kaffee stand neben den Trüffeln und dem Glas Wasser auf dem Tablett."

„Konnte der Mörder irrtümlich geglaubt haben, dass der Kaffee für jemand anderen bestimmt war?"

„Das halte ich für ausgeschlossen. Jeder im Haus wusste, dass Herr Wirt seinen Adalberg Cream um vier Uhr einnehmen wollte. Und dass er immer vier Champagnertrüffel und ein Glas Wasser für seine Magentabletten dazu nimmt, dürfte auch jedem bekannt sein."

Hauptkommissar Strack wandte sich an Kommissar Ernst und sagte: „Wir werden uns als Erstes Neele Wirt vornehmen. Wenn die Giftspritze es nicht selbst war und etwas weiß, das die anderen belastet, wird sie es uns sagen. Geh runter und hol sie, Ewald."

Während der Kommissar seiner Anweisung folgte, sagte Strack zu Elvira und Max: „Sie setzen sich da ans Fenster. Sollten Sie bei den Aussagen Ungereimtheiten bemerken, fühlen Sie sich frei nachzuhaken. Und wenn Sie einen Verdacht haben, lassen Sie ihn mich wissen. Ich will keine Überraschungen erleben."

Während Elvira und Max dem Hauptkommissar Bericht erstatteten, war auch der Rest der Familie nach oben gegangen. Der Hausherr wartete, bis sich alle in ihre Zimmer zurückgezogen hatten; dann klopfte er bei Neele und Philipp, trat ein und schloss die Tür hinter sich. Sein Sohn lag angezogen auf dem Bett, seine Schwiegertochter stand am offenen Fenster. Beide sahen ihn neugierig an.

„Hast du den Kaffee vergiftet?", fragte er seine Schwiegertochter ohne Umschweife.

Neele zog überrascht die Augenbrauen hoch. „Ich? Wie kommst du auf mich?"

„Weil es dir ähnlichsähe. Du bist gierig genug."

Ihr Blick nahm einen feindseligen Ausdruck an. Sie stemmte ihre Hände in die Hüften und sagte: „Wenn ich vorhätte, dich zu vergiften, würde ich es bestimmt nicht versuchen, wenn die Schnüffler im Haus sind."

„Na das beruhigt mich. Es wäre auch dumm von dir. Ihr kriegt euer Geld. Ich kann es euch nur nicht sofort geben. Ich hoffe, du siehst das ein und kommst nicht auf dumme Gedanken. Wenn du den Brief abschickst, hängst du mit drin, das verspreche ich dir. Das gilt auch für dich, mein lieber Sohn."

„Wir haben wirklich nichts damit zu tun", versicherte ihm Philipp eilig. Er hatte sich auf die Bettkante gesetzt und sah ängstlich zu seinem Vater auf. „Ich würde dich doch nicht vergiften."

„Vielleicht war es Patrick", sagte Neele. „Er scheint die Kohle ja dringend zu brauchen."

Hendrik zog skeptisch die Augenbrauen hoch. „Wie sollte er das bewerkstelligt haben?"

„Na wie schon. Er ist in die Küche geschlichen, hat das Gedeck für dich gesehen und das Gift in den Kaffee geschüttet. Außerdem: Wer soll es denn sonst gewesen sein? Alexa? Oder ihr Oberlehrer? Die sind viel zu feige."

Hendrik schüttelte den Kopf. „Patrick würde mich sicherlich gerne umbringen. Aber doch nicht so."

„Vielleicht hat die Schnüfflerin den Kaffee ja selbst vergiftet."

„Warum sollte sie so etwas tun?"

„Na, um die Familie gegeneinander auszuspielen. Vielleicht wollte sie auch die Polizei im Haus haben."

„Und zu welchem Zweck?"

„Warum wohl? Um uns alle hier festzuhalten und noch mal in die Mangel nehmen zu können."

„Ja, wer weiß, was so einer Schriftstellerin einfällt", stand Philipp ihr bei.

„Ich weiß nicht", sagte Herr Wirt skeptisch. „Das erscheint mir zu weit hergeholt."

„Na, dann war's wohl doch deine liebe Tochter", sagte Neele. „Du hast ihr ja Grund genug gegeben. Es würde mich allerdings wundern, wenn sie den Mumm dazu hätte."

„Es kann eben nicht jeder so niederträchtig sein wie du", gab Herr Wirt kalt zurück. Er ignorierte Neeles hasserfüllten Blick, ging wieder hinaus in den Flur und klopfte bei Alexandra und Jens. Auf die Aufforderung seines Schwiegersohns trat er ein und schloss die Tür hinter sich. Alexandra lag auf dem Bett und hatte eine Hand auf die Stirn gelegt. Jens saß mit verschränkten Armen auf einem Stuhl und sah fragend zu seinem Schwiegervater auf.

„Wie geht es dir, Alexandra?", fragte Herr Wirt.

„Ich habe entsetzliche Kopfschmerzen. Erst diese Befragung, dann das Gift. Ich bin so froh, dass dir nichts passiert ist."

„Ja, das alles ist sehr unangenehm. Wir können nur hoffen, dass der Mörder bald gefasst wird."

„Ich habe Angst. Was, wenn er es wieder versucht?"

„Jetzt ist ja die Polizei im Haus", beruhigte sie Jens. „Mach dir keine Sorgen. Wir werden kein Risiko eingehen. Sobald der Hauptkommissar uns vernommen hat, fahren wir nach Hause."

Herr Wirt nickte verständnisvoll. „Ich muss gestehen, dass ich ebenfalls beunruhigt bin. Ich glaube allerdings nicht, dass heute noch etwas passieren wird. Die Polizei wird doppelt wachsam sein – und die Detektive auch. Der Mörder müsste verrückt sein, es noch einmal zu versuchen."

„Mag sein. Aber darauf verlasse ich mich nicht", sagte Jens. „Nach unserer Aussage fahren wir nach Hause."

„Das klingt vielleicht so, als wollten wir dich im Stich lassen, Vater", sagte Alexandra unglücklich. „Aber ich habe wirklich Angst, und ich muss mich dringend ausruhen."

Herr Wirt verließ das Zimmer und ging die Treppe hinunter in die Küche, wo Kriminalhauptmeister Schulze Fingerabdrücke von den Möbeln nahm. Er ging ins Wohnzimmer, wo Katarina und Johann saßen, und bat Katarina, mit ihm in den Keller zu kommen, um den Wein für das Abendessen auszusuchen.

Sie wollte einwenden, dass sie auf seinen Wunsch bereits drei Flaschen Bordeaux in den Weinkühlschrank gelegt habe. Doch Herr Wirt kam ihr zuvor und bat sie ungeduldig, ihm zu folgen.

Als sie im Weinkeller waren, sagte er: „Die Sache nimmt mich ziemlich mit. Ich hatte immer Patrick in Verdacht. Aber jetzt."

„Ich bin so froh, dass dir nichts passiert ist", sagte sie und schluchzte auf. „Das ist alles so furchtbar!"

„Ja, schrecklich. Aber ich bin sicher, dass die Polizei den Fall jetzt schnell klären wird. Es gibt ja nicht viele Möglichkeiten. Mach dir keine Sorgen." Er legte ihr seine Arme auf die Schultern und zog sie an sich.

Sie zuckte zurück und machte sich frei. „Nein, bitte nicht."

„Ich will dich nur trösten", sagte Hendrik mit einem liebevollen Lächeln. Er streckte wieder seine Arme nach ihr aus.

Sie wich zurück, bis sie das Weinregal in ihrem Rücken spürte. „Bitte, ich möchte das nicht."

„Aber warum nicht? Früher hat es dir gefallen."

„Ja, früher. Aber das war ein Fehler. Ich hätte mich niemals darauf einlassen sollen. Wir sollten wieder nach oben gehen. Die Polizisten könnten sich fragen, wo wir solange bleiben."

Hendrik seufzte. „Ja, natürlich. Wir sollten keinen falschen Eindruck erwecken. Aber du sollst wissen, dass ich mehr als nur Leidenschaft für dich empfinde. Ich liebe dich." Bevor sie etwas erwidern konnte, wandte er sich um und stieg die Treppe hinauf.

Katarina atmete erleichtert auf. Mit zitterigen Fingern zog sie ein Taschentuch aus ihrer Schürze und schnäuzte sich die Nase.

*Wer hatte wann Gelegenheit, wer verbirgt was warum?*
*Führen die Handschuhe zur Lösung?*

Neele Wirt ließ einen mürrischen Blick über den Hauptkommissar und die zwei Detektive schweifen.

Strack hatte einen weiteren Stuhl holen lassen und wies sie an, sich ihm gegenüber vor das Bücherregal zu setzen. Kommissar Ernst saß neben ihm und sollte wie üblich eine Statistenrolle spielen: Er sollte zuhören und die Verdächtige finster anstarren. Strack baute darauf, dass zwei Kriminalbeamte für die Vernommene eine höhere Staatsgewalt repräsentieren würden als einer. Ansonsten hielt er nichts davon, seinen Untergebenen wichtig erscheinen zu lassen. Dadurch würde er nur aufmüpfig werden, Scherereien machen und womöglich an seinem Ast sägen. Herrmann Roth hatte diesen Fehler begangen. Und wohin hatte ihn das gebracht? Jetzt saß sein einstiger Stellvertreter auf seinem Stuhl.

Kommissar Ernst verfolgte jedoch keine solchen Ambitionen. Er sagte dienstbeflissen: „Schulze hat die Giftflasche auf Fingerabdrücke untersucht. Sie sind verwischt und nicht mehr zu identifizieren. Sollen wir nach Handschuhen suchen?"

Strack nickte. „Schulze soll das machen. Er soll alle Handschuhe im Haus sicherstellen und auf Giftspuren untersuchen lassen." An Neele gewandt: „Das Gift wurde entweder wenige Minuten, bevor der Alarm losging, in den Kaffee getan oder danach, als alle im Wohnzimmer waren. Wo waren Sie zu der Zeit?"

„Bevor der Alarm losging, habe ich auf der Dachterrasse gelegen. Danach bin ich nach unten, um zu sehen, was los war. Ich bin ins Wohnzimmer, und da haben sich Patrick und Jens um das Gemälde gekloppt."

„Gekloppt?"

„Naja, erst haben sie dran rumgezerrt. Dann hat Patrick losgelassen und die Vitrine umgeschmissen. Und dann hat er Jens eine reingehauen." Neele und lachte bei der Erinnerung.

„Sie mögen Herrn Westermann wohl nicht besonders?"

„Haarscharf kombiniert."

Strack bedachte sie mit einem missbilligenden Blick. „Kann jemand bezeugen, dass Sie zwischen zehn vor vier und vier auf der Dachterrasse gelegen haben?"

„Nicht, dass ich wüsste. Ich hab allein auf der Terrasse gelegen. Philipp war zum Verhör bei dem Muttersö... bei Herrn Roth."

Über Stracks Gesicht huschte ein Lächeln. Die Frau hatte Humor, wenn auch einen boshaften. Sofort wurde er wieder ernst. „Auf dem Weg ins Wohnzimmer, sind Sie da durch die Küche gegangen?"

„Schon möglich."

„Sind Sie durch die Küche gegangen oder nicht?"

„Ja, bin ich. Macht mich das jetzt verdächtig?"

„Haben Sie dabei etwas Verdächtiges bemerkt?"

„Nicht das Geringste."

„Sind Sie sicher?"

„Was sollte ich denn Verdächtiges bemerkt haben? Wie meine Schwägerin das Gift in den Kaffee getan hat?"

„Wieso Ihre Schwägerin?", merkte Strack auf.

„Wieso nicht? Zuzutrauen wär's ihr."

„Sie glauben also, Ihre Schwägerin hat den Kaffee vergiftet?"

Neele verdrehte die Augen. „Das hab ich nur so gesagt. Ich hab keine Ahnung, wer den Kaffee vergiftet hat. Ich sag nur, zuzutrauen wär's ihr. Vom Charakter her und weil sie Geld braucht. Vielleicht war's auch Patrick. War vielleicht kein Zufall, dass ausgerechnet, wenn er hier auftaucht, meinem Schwiegervater der Kaffee vergiftet wird. Irgendeiner von denen muss es doch gewesen sein. Die Auswahl ist ja nicht so riesig."

„Vielleicht war es auch kein Zufall, dass Sie durch die Küche gegangen sind." Strack ließ sich nicht gerne wie einen Dummkopf behandeln.

„Aber nur vielleicht. Ich war's nicht, und Sie können's mir auch nicht anhängen."

„Das werden wir ja sehen. Ich werde mir jetzt Ihren Mann vorknöpfen. Aus dem werde ich die Wahrheit schon herausholen."

Philipp Wirt war anzusehen, wie unwohl er sich in Gegenwart der beiden Kommissare fühlte. Sein Gesicht hatte den Glanz und die Blässe eines Fieberkranken angenommen. Er kaute an seinen Fingernägeln, und sein flatternder Blick war starr auf den kleinen Tisch gerichtet, der die Polizisten von ihm trennte. Strack fixierte ihn mit grimmiger Miene und seine Finger trommelten auf ein Buch, das er aus dem Regal genommen hatte. Er beobachtete mit Genugtuung, wie das Nervenbündel immer hektischer an seinen Nägeln kaute. Nach einer endlosen Minute zeigte er Erbarmen. Er hörte auf zu trommeln und fragte Philipp, wo er sich vor dem Alarm und während des Zwischenfalls mit Patrick aufgehalten habe.

Erst schien es, als hätte Philipp die Frage nicht gehört. Doch dann sah er den Hauptkommissar entschlossen an und antwortete mit fester Stimme: „Bis zum Alarm hat Herr Roth mich verhört. Als wir die Sirene hörten, sind wir nach unten gelaufen. Mein Vater war vor uns. Wir sind ihm in die Küche gefolgt und von dort aus ins Wohnzimmer."

Strack sah zu Max und fragte: „War Herr Wirt die ganze Zeit bei Ihnen?"

Max nickte, froh, dass er dem armen Mann helfen konnte. „Ja, das war er. Herr Wirt hat mit Sicherheit keine Gelegenheit gehabt, den Kaffee zu vergiften."

Philipp warf ihm einen dankbaren Blick zu.

Strack, dem das missfiel, beugte sich mit funkelnden Augen über den Tisch und sagte: „Aber Ihre Frau hatte die Gelegenheit. Hat sie Ihrem Vater das Gift in den Kaffee getan?"

Philipp zuckte zusammen. „Aber nein! Sie hat nichts damit zu tun."

„Aber ja! Sie haben beide geplant, Ihren Vater umzubringen, weil sie an sein Erbe wollten. Geben Sie's zu!"

„Nein, so war es nicht!"

„Wie war es dann?"

Philipp sah ihn verzweifelt an. „Ich habe keine Ahnung. Wirklich nicht!" Er wand sich gequält unter Stracks eindringlichem Blick und presste seine Hände an die Schläfen.

Elvira beobachtete ihn mit einer Mischung aus Neugierde und Sorge. Sie zog es vor, das Geschehen schweigend zu verfolgen. Nach ihrer Ansicht könnten viele Menschen mehr erreichen, wenn sie mehr nachdächten und zuhörten, statt ständig selbst zu reden und sich in Eitelkeiten und Schlaumeiereien zu ergehen.

Max wurde erneut von Mitleid ergriffen. Zu seinem Unbehagen verspürte er den Drang zu weinen. Ausgerechnet vor dem Hauptkommissar und seiner Mutter. Das durfte auf keinen Fall passieren. Ein Detektiv kannte keine Tränen. Er durfte keine Tränen kennen. Schon gar nicht, wenn er mit zwei Kommissaren und seiner Mutter in einer Vernehmung saß. Vor seinem geistigen Auge sah er, wie Strack und Ernst ihn auslachten und seine Mutter ihn anfuhr, er solle sich zusammennehmen. Er verspürte den Wunsch, Philipp zu helfen, ihn von den quälenden Fragen zu erlösen. Und doch – vielleicht war er nicht so unschuldig, wie er tat. Max erschien der Zeitpunkt günstig, das herauszufinden. Er räusperte sich und sagte: „Wir konnten unser Gespräch vorhin leider nicht zu Ende führen. Sie werden sich sicher daran erinnern, Herr Wirt, was ich Sie zuletzt gefragt habe: Haben Sie und Ihre Frau Ihren Vater bedroht und erpresst?"

Strack warf Max einen erstaunten Blick zu. Der Junge hatte die Dreistigkeit gehabt, ihm etwas zu verschweigen. Das hätte er ihm gar nicht zugetraut.

Philipp schloss für einige Sekunden die Augen, und dann, als hätte jemand einen Schalter umgelegt, nahm sein Blick wieder den entschlossenen Ausdruck an. Er sah Max offen ins Gesicht und sagte angriffslustig: „Nein, wie ich Ihnen bereits sagte, haben wir das nicht. Meine Frau hat mir erzählt, dass Sie

Ihnen gegenüber etwas in der Art angedeutet habe. Sie sagte, sie habe sich einen Scherz erlaubt."

„Ein ziemlich makabrer Scherz, finden Sie nicht?"

„Meine Frau hat eben ihren eigenen Humor. Ich gebe zu, er ist manchmal etwas rustikal. Aber das ist kein Verbrechen, nicht wahr?"

„Nein, makabre Scherze sind kein Verbrechen. Erpressung schon. So, wie ich Ihre Frau verstanden habe, hat es Unregelmäßigkeiten in der Firma gegeben, mit denen Sie Ihren Vater unter Druck gesetzt haben."

Strack starrte Philipp fragend an. Ebenso Elvira.

Seine Augenlider zuckten hektisch, doch seine Stimme blieb fest, als er sagte: „Ich weiß wirklich nicht, wovon Sie reden. Wie ich Ihnen bereits sagte, ist mir von Unregelmäßigkeiten in der Firma nichts bekannt. Und ich muss es wissen, denn ich habe über alle finanziellen Transaktionen den Überblick."

So leicht wollte Strack ihn nicht davonkommen lassen. Er sah ihn durchdringend an und sagte scharf: „Wenn Sie Kenntnis von einer Straftat haben, müssen Sie uns das sagen. Sie machen sich sonst selbst strafbar. Erst recht, wenn es mit dem Mord zu tun hat. Das kann Ihnen mehrere Jahre Gefängnis einbringen."

Statt zu antworten, schüttelte Philipp nur den Kopf und kaute wieder an seinen Fingernägeln. Sein Blick ließ erkennen, dass seine Gedanken woanders hingewandert waren, und dieses Woanders schien ihm noch größeres Unbehagen zu bereiten als das Verhör.

Alexandra bestätigte, dass sie um kurz vor vier ins Schwimmbad gegangen sei und Frau Roth und Frau Kaufmann auf dem Flur getroffen habe. Sie saß wie zuvor Philipp den beiden Kommissaren gegenüber. Nur hielt sie den Rücken gerade und hatte ihre Beine übereinandergeschlagen. „Ja, ich erinnere mich. Ich bat sie, mir nach dem Schwimmen meinen Kaffee zu bringen."

„Und Sie sind nicht in die Küche gegangen, als Frau Roth und Frau Kaufmann im Keller waren?"

„Nein, warum sollte ich? Ich kann es noch gar nicht fassen. Wenn der Anschlag geglückt wäre – dann wäre mein Vater jetzt tot. Ich habe Angst, Herr Hauptkommissar. Sie müssen uns vor dem Mörder schützen."

„Machen Sie sich deshalb keine Sorgen", sagte Strack mit aufgesetzter Gelassenheit. „Ich versichere Ihnen, wir werden den Schuldigen bald gefasst haben." Er lächelte ihr aufmunternd zu. Am liebsten hätte er ihr die Hand getätschelt. Die Frau war attraktiv, wenn auch die Nase etwas spitz geraten war. Er mochte es, wenn Frauen widerspenstig waren – in Maßen natürlich. „Als Sie in das Schwimmbad gegangen sind, trafen Sie da außer Frau Kaufmann und Frau Roth sonst noch jemanden im Flur?"

„Nein, niemanden."

„Und was haben Sie gemacht, als der Alarm losging?"

„Ich bin aus dem Wasser gestiegen und habe mir den Bademantel übergezogen. Ich dachte, das ist bestimmt ein Fehlalarm. Wer sollte schon am helllichten Tag in ein volles Haus einbrechen."

„Und dann sind Sie ins Wohnzimmer gegangen?"

„Ja."

„Durch die Küche?"

„Nein, ich ging vom Flur durch das Esszimmer."

„Das wissen Sie genau?"

„Ich denke schon ..."

Strack überging ihre Unsicherheit. Sie war nicht seine Hauptverdächtige, und wäre sie dennoch schuldig gewesen, hätte sie es ihm ohnehin nicht auf die Nase gebunden. „Haben

Sie jemanden in die Küche gehen oder aus der Küche kommen sehen?"

„Ich glaube, meine Schwägerin Neele. Ja, jetzt erinnere ich mich. Sie kam aus der Küche, als ich das Esszimmer betrat." Sie sah Strack erschrocken an. „Sie glauben doch nicht ..."

„Keine voreiligen Schlüsse. Das führt schnell zu falschen Verdächtigungen." Seine Mahnung ignorierend, fügte er hinzu: „Allerdings scheint Ihre Schwägerin die Einzige zu sein, die bei dem Vorfall allein in der Küche war."


„Sie haben kein Recht, uns hier festzuhalten", empörte sich Jens Westermann, als Kommissar Ernst ihn ins Arbeitszimmer führte.

„Oh doch, das habe ich", entgegnete Strack und lehnte sich mit demonstrativer Gelassenheit in seinem Sessel zurück. „Niemand verlässt dieses Haus, bevor ich alle Anwesenden vernommen habe. Bitte, setzen Sie sich."

Jens Westermann schüttelte den Kopf. Er streckte die Brust heraus, stemmte die Hände in die Hüften und sagte energisch: „Dazu haben Sie kein Recht! Sie können uns nicht in einem Haus festhalten, in dem ein Mörder versucht, uns zu vergiften!"

„Er wird keinen weiteren Mordversuch wagen mit der Polizei im Haus", behauptete Strack. „Sie werden sich jetzt setzen und meine Fragen beantworten. Was haben Sie gemacht, während Ihr Schwager sich das Gemälde holen wollte?"

Jens überlegte, ob er die Aussage verweigern sollte. Er war kurz davor, seinen Anwalt anzurufen, damit er dem selbstherrlichen Kriminalbeamten seine Grenzen aufzeigte. Er kam jedoch schnell zu dem Schluss, dass er der misslichen Lage am schnellsten entrinnen würde, wenn er die Fragen des Hauptkommissars beantwortete. Also setzte er sich und sagte mit genervter Stimme: „Ich lag auf der Terrasse und war eingeschlafen. Der Alarm hat mich aus dem Schlaf gerissen. Patrick wollte das Gemälde stehlen, und ich habe ihn aufgehalten."

„Sie haben also nicht bemerkt, wie er ins Haus gekommen ist?"

„Nein. Er muss sich an mir vorbei geschlichen haben."

„Waren Sie allein auf der Terrasse?"

„Ja. Meine Frau war schwimmen. Das war so gegen vier."

Strack nickte befriedigt. „Im Moment habe ich keine weiteren Fragen. Aber bleiben Sie im Haus!"

Als nächste nahm Katarina Kaufmann vor den Kommissaren Platz. Ihre fahrigen Bewegungen ließen erkennen, dass sie innerlich aufgewühlt war.

Strack sah wohlwollend in ihr besorgtes Gesicht und dachte, dass er gern einmal mit ihr ausgehen würde. Einfühlsam sagte er: „Sie haben nichts zu befürchten. Ich möchte Ihnen nur ein paar Fragen stellen. Frau Roth ist eine gute Beobachterin, und sie hat uns versichert, dass Sie das Gift nicht in den Kaffee getan haben. Möglicherweise haben Sie aber etwas gesehen, dass uns hilft, den Täter zu überführen. Wir gehen davon aus, dass er – oder sie – das Gift in den Kaffee getan hat, als Patrick Wirt sich das Gemälde holen wollte. Ist Ihnen während des Vorfalls etwas Verdächtiges aufgefallen?"

„Nein, ich habe in der Küche niemanden gesehen, wenn Sie das meinen. Als der Alarm losging, sind Frau Roth und ich sofort ins Wohnzimmer gelaufen. Dort stand Patrick mit dem Gemälde. Herr Westermann versperrte ihm die Terrassentür."

„Haben Sie Frau Wirt und Frau Westermann ebenfalls kommen sehen?"

„Nein. Ich habe nur darauf geachtet, wie sich Herr Westermann und Herr Wirt mit Patrick um das Gemälde gestritten haben."

Strack bedankte sich und wollte sie schon entlassen, da sagte Max:

„Eine Frage hätte ich noch, Frau Kaufmann. Ich hatte Sie vorhin auf das Liebesgedicht angesprochen. Ich möchte noch einmal fragen, für wen Sie es aufgeschrieben haben."

Katarina errötete und senkte den Blick.

Max wusste vor Verlegenheit nicht, wo er hinsehen sollte. Seine Wangen glühten, weil er sich wie ein Verräter fühlte.

„Was für ein Gedicht?", fragte Strack hellhörig.

Max gab sich einen Ruck, reichte ihm den Gefrierbeutel mit dem Briefbogen und erklärte, wo er ihn gefunden hatte. Er kam sich niederträchtig vor, als er sagte: „Frau Kaufmann und Herr Wirt haben abgestritten, es vorher schon einmal gesehen zu haben. Es sind jedoch beider Fingerabdrücke auf dem Papier. Außerdem haben Frau Adalberg, Herr Schäfer und ein Unbekannter es in den Händen gehabt."

Strack wies Max verärgert zurecht, weil er ihm das Gedicht nicht früher gezeigt hatte, und forderte Katarina auf, die Frage zu beantworten.

Die Haushälterin sah den Hauptkommissar schuldbewusst an. „Ich hatte gehofft, dass die Angelegenheit nicht noch einmal erwähnt würde. Sie hat ganz bestimmt nichts mit dem Mord zu tun. Das habe ich Herrn Roth bereits gesagt."

„Warum sagen Sie uns dann nicht, für wen Sie das Gedicht aufgeschrieben haben?", bohrte Max nach.

„Ich kann es nicht. Bitte glauben Sie mir."

„Und warum nicht?", fragte Strack.

„Ich ... ich kann es einfach nicht."

„Stammen die Abdrücke des Unbekannten vielleicht von einem verheirateten Mann?" So etwas erlebte er immer wieder. Frauen, die irgendwelche Ehemänner schützten, die sich auf eine Affäre mit ihnen eingelassen hatten. Nicht selten stadtbekannte Persönlichkeiten. Sogenannte Ehrenmänner.

Katarina senkte den Blick, ohne etwas zu antworten.

„Nun rücken Sie schon raus mit der Sprache! Ich verspreche Ihnen, dass niemand etwas erfahren wird."

„Ich möchte den Betreffenden nicht in Schwierigkeiten bringen. Bitte verstehen Sie", sagte sie mit flehender Stimme.

„Aber warum? Hat Ihr Liebhaber vielleicht doch etwas mit dem Mord zu tun? Ist das der Grund?"

Katarina schluchzte und schüttelte den Kopf.

Max hätte sie am liebsten in den Arm genommen. Aber vor Strack und seiner Mutter war das unmöglich.

„Oder war der Brief für Herrn Wirt oder Herrn Schäfer bestimmt?", fragte der Hauptkommissar.

Statt zu antworten, bedeckte sie ihr Gesicht mit den Händen und weinte leise.

„Na schön", knurrte er. „Wenn Sie nicht freiwillig reden, nehme ich Sie mit aufs Präsidium. Früher oder später werden Sie mir Ihr Geheimnis schon verraten." Er glaubte nicht, dass die Haushälterin den Mörder schützte. Sie schien ein nettes, zartfühlendes Persönchen zu sein. Dennoch hätte er gerne gewusst, wer der Liebhaber war, dessen Identität sie so hartnäckig schützte. Noch lieber hätte er allerdings erfahren, woher Roth wusste, von wem die Fingerabdrücke stammten. Er hatte schon länger den Verdacht, dass jemand aus dem Kommissariat Elvira Roth und ihrem Sprössling polizeiinterne Informationen zukommen ließ. Und er hatte auch einen Verdacht, wer dieser Jemand war. Leider waren seine diesbezüglichen Nachforschungen bisher ins Leere gelaufen. Aber er würde schon noch Beweise finden. Und dann würde er die Ratte persönlich aus dem Polizeidienst jagen.

Max fühlte sich kläglich, weil er Katarina in diese Lage gebracht hatte. Nur mit Mühe konnte er seine Tränen unterdrücken. Er wollte zärtlich zu ihr sein. Stattdessen musste er sie wie eine Straftäterin behandeln und ihr das Schlechteste unterstellen. Aber das, sagte er sich, war die Bürde seines Berufs. Als Detektiv durfte er nicht gutgläubig sein. Denn trotz ihres engelhaften Wesens war es möglich, dass sie mit dem Mörder gemeinsame Sache machte.

Die Vernehmung von Johann Schäfer brachte keine neuen Erkenntnisse. Er sagte aus, dass er am Teich gearbeitet und nicht gesehen hatte, wie Patrick in den Garten gekommen war.

Als Letzten ließ der Hauptkommissar den Hausherrn zur Vernehmung holen.

„Wie Sie wissen, war ich bisher überzeugt, dass Patrick meine Frau ermordet hat", antwortete Herr Wirt auf die Frage, ob er etwas Verdächtiges bemerkt habe. „Allerdings wüsste ich nicht, wie es ihm gelungen sein sollte, meinen Kaffee zu vergiften. Dazu hätte er unbemerkt in die Küche gelangen müssen."

Der Hauptkommissar hatte darüber auch schon nachgedacht, und er fand die Antwort naheliegend: „Aber das war ohne weiteres möglich. Frau Roth und Frau Kaufmann sind nicht die ganze Zeit in der Küche gewesen. Der Kaffee hat während ihrer Abwesenheit zusammen mit den Champagnertrüffeln und dem Wasserglas auf dem Tablett gestanden. Patrick hätte vom Küchenfenster aus alles beobachten und auf die passende Gelegenheit warten können. Dann könnte er sich über die Terrasse in die Küche geschlichen haben."

„Ja durchaus, so könnte es gewesen sein", sagte Hendrik anerkennend. Dann lebhaft: „Auch Patrick musste wissen, dass dieses Gedeck für mich bestimmt war." Er sah den Hauptkommissar dankbar an. Der Gedanke gefiel ihm, auch weil er bedeutete, dass im Haus womöglich niemand mehr eine Gefahr für ihn darstellte.

„Aber er konnte nicht wissen, dass Frau Kaufmann und ich in den Keller gehen würden", wandte Elvira ein. „Hätte er wirklich vorgehabt, Sie zu vergiften, hätte er sich kaum auf einen solchen Zufall verlassen. Außerdem wäre es viel zu riskant für ihn gewesen, Herrn Wirt ausgerechnet an einem Tag zu vergiften, an dem die Familie zu Besuch ist."

„Aber gerade das könnte ihn dazu veranlasst haben", widersprach Strack. „Es erhöht zwar die Gefahr erwischt zu werden, aber auch die Zahl der Verdächtigen. Und wenn ihn jemand auf frischer Tat ertappt hätte, dann hätte er den Kaffee eben weggeschüttet."

Widerwillig musste Elvira dem Hauptkommissar Recht geben. Sie behielt dies jedoch für sich und sagte: „Glauben Sie, was sie wollen. Ich halte es für unwahrscheinlich."

„Das wissen wir ja jetzt. Haben Sie sonst noch etwas Verdächtiges bemerkt, Herr Wirt?"

Der Hausherr überlegte. „Nein, mir fällt nichts ein."

„Mich beschäftigt da etwas, das mir keine Ruhe lässt", ergriff Max beherzt das Wort. „Erinnern Sie sich an das Liebesgedicht, dass ich Ihnen gezeigt habe?"

„Ja", antwortete Herr Wirt irritiert.

„Sie sagten mir, Sie hätten es nie zuvor gesehen."

„Das habe ich auch nicht."

„Wie erklären Sie sich dann, dass sich Ihre Fingerabdrücke auf dem Papier befinden?"

Herr Wirt sah ihn verdutzt an. Seine Antwort kam zögerlich. „Meine Fingerabdrücke? Nun, ich nehme an, ich habe das Gedicht angefasst, als Sie es mir gezeigt haben."

„Das ist schlecht möglich, denn ich hatte es in einen Gefrierbeutel getan."

Für den Bruchteil einer Sekunde zogen sich Herr Wirts Augenbrauen zusammen. Dann setzte er eine ratlose Miene auf und sagte achselzuckend: „Dann muss ich es wohl vorher angefasst haben. Gelesen hatte ich es jedenfalls nicht. Nach dem Tod meiner Frau habe ich ihre Papiere durchgesehen. Dabei muss es mir in die Finger gekommen sein. Aber ich kann mich beim besten Willen nicht erinnern."

„Das macht ja nichts. Die Erklärung reicht mir vollkommen", erwiderte Max freundlich." Doch er glaubte seinem Auftraggeber kein Wort.

Herr Wirt runzelte besorgt die Stirn und wandte sich an den Hauptkommissar. „Wie wollen Sie weiter vorgehen?"

„Zunächst einmal essen wir mit Ihnen gemeinsam zu Abend", sagte Strack. „Ich habe einen Mordshunger." Es war ihm zwar nicht geheuer, sich in einem Haushalt bewirten zu lassen, in dem das Essen womöglich vergiftet war. Aber er war sich sicher, dass in einer derart betuchten Familie Leckerbissen vom Feinsten aufgetischt würden, und diese Gelegenheit wollte er sich auf keinen Fall entgehen lassen.

Der Hausherr sah ihn überrascht über die Selbsteinladung an und sagte: „Wie Sie wollen. Ich werde Frau Kaufmann sagen, dass sie den Tisch für Sie mit decken soll."

Nachdem Herr Wirt den Raum verlassen hatte, sagte Strack zu Elvira: „Nun, was meinen Sie?"

Sie spitzte nachdenklich die Lippen und sagte dann entschieden: „Außer Philipp könnte jeder den Kaffee vergiftet haben. Auch Patrick. Allerdings halte ich es weiterhin für unwahrscheinlich, dass er sich auf den Zufall verlassen haben soll. Und dass er die Angewohnheit hat, ständig Gift bei sich zu tragen, kommt mir ebenfalls unwahrscheinlich vor. Obwohl es solche Menschen gibt. Ich kannte mal eine Apothekerin, die ständig ein Fläschchen mit Kurare bei sich trug. Es verlieh ihr ein Gefühl der Macht."

„Er könnte einen Komplizen im Haus haben", gab Kommissar Ernst zu bedenken.

„Ja, der Gedanke kam mir auch schon", stimmte ihm Elvira zu. „Ich halte diese Möglichkeit für die Wahrscheinlichste, sofern Patrick wirklich etwas damit zu tun haben sollte."

„Und wer sollte dieser Komplize sein?", fragte Strack ungeduldig. Er hatte das dumme Gefühl, dass die alte Schachtel sich mit ihrer Kurare-Apothekerin über ihn lustig machen wollte.

„Oh, ich sage nicht, dass es einen Komplizen geben muss. Ich habe eine Ahnung, wer den Kaffee vergiftet hat. Aber die könnte sich als Irrtum erweisen."

Der Hauptkommissar hätte Frau Roth und ihren Sohn am liebsten von den Ermittlungen ausgeschlossen. Aber er konnte ihnen schlecht Hausverbot erteilen. „Dann behalten Sie Ihre Ahnung für sich", sagte er barsch. „Ich bin sicher, wir werden den Fall bald gelöst haben. Meine Leute verfolgen eine Spur, die mit Sicherheit kein Hirngespinst ist."

Max hätte zu gern gewusst, was hinter den Andeutungen seiner Mutter steckte. Er hatte ebenfalls einen Verdacht, wer den Kaffee vergiftet hatte. Jemand, der allein in der Küche war und die ganze Familie hasste. Und er wäre jede Wette eingegangen, dass er die richtige Person verdächtigte.

In diesem Moment ging die Tür auf, und Kriminalhauptmeister Schulze trat ein. „Ich denke, wir haben die Handschuhe gefunden", sagte er und legte zwei gelbe Gummihandschuhe auf den Tisch, die sich in einer durchsichtigen Plastiktüte befanden.

Stracks Miene hellte sich auf. „Das ging ja schnell. Wo haben Sie sie entdeckt?"

„Im Koffer von Herrn Westermann."

„Ich habe keine Ahnung, wie die Handschuhe in meinen Koffer gelangt sind. Das müssen Sie mir glauben!" Jens Westermann stand vor einem geöffneten kleinen Koffer und starrte ratlos auf die Handschuhe in den Händen von Hauptkommissar Strack. „Außerdem frage ich mich, was Sie damit beweisen wollen."

Die ganze Gesellschaft hatte sich bis vor die Tür um sie herum versammelt.

„Es ist davon auszugehen, dass die Person, die das Gift in den Kaffee getan hat, dabei Handschuhe trug", belehrte ihn Strack. „Die Tatsache, dass ein paar Gummihandschuhe in Ihrem Koffer versteckt waren, unterstützt diese Theorie. Und sollten sich Spuren von Gift an den Handschuhen befinden, wäre sie bewiesen." Er wandte sich an Schulze und fragte: „Wie haben Sie die Handschuhe gefunden?"

„Wir hatten Herrn und Frau Westermann gebeten, uns in ihr Zimmer zu begleiten und ihre Koffer zu öffnen. Ich fand sie unter Herrn Westermanns Sachen."

„Irgendjemand muss sie mir untergeschoben haben!", rief Jens Westermann.

„Die Handschuhe sehen gebraucht aus", sagte Elvira. „Frau Kaufmann, haben Sie diese Handschuhe schon einmal gesehen?"

Die Haushälterin trat ins Zimmer und betrachtete sie aufmerksam. Ihr Gesicht nahm einen erschrockenen Ausdruck an. „Ich glaube, das sind die Handschuhe, mit denen ich abwasche. Ich bewahre sie unter der Spüle auf."

„Aha", sagte Strack. „Dann wollen wir mal nachsehen."

Alle folgten ihm hinunter in die Küche. Katarina öffnete den Schrank unter der Spüle und sagte: „Die Handschuhe sind weg!"

„Wie man sich irren kann", murmelte Elvira.

„Damit wäre die Herkunft also geklärt", sagte Strack.

„Aber ich habe diese Handschuhe nicht in meinem Koffer versteckt", beharrte Jens Westermann. „Der Mörder muss sie dort hineingetan haben."

„Sie müssen meinem Mann glauben", kam Alexandra ihm zu Hilfe. „Er hat nicht versucht, Vater zu vergiften."

Strack überlegte, wie er in dieser heiklen Angelegenheit vorgehen sollte. Am liebsten hätte er Westermann sofort festgenommen. Aber damit konnte er sich einigen Ärger einhandeln. Der Mann gehörte der gleichen Partei an wie Zänk und saß mit ihm zusammen im Stadtrat. Außerdem konnte die Presse von seiner Verhaftung Wind bekommen. Wenn er ihn dann wieder freilassen musste, wäre das mehr als unangenehm. Zänk hatte ihn gewarnt: „Keine Skandale, nicht, wenn es um diese Familie geht." Strack nahm die Warnung ernst. Er wollte nicht zum Kommissar degradiert werden, schon gar nicht mit seinem derzeitigen Untergebenen als zukünftigem Vorgesetztem. „Wann hätte denn Gelegenheit bestanden, die Handschuhe unter Ihren Kleidern zu verstecken, Herr Westermann?", fragte er förmlich.

„Meine Frau und ich saßen unten auf der Terrasse, bevor Sie uns verhört haben. Da muss sich der Täter in unser Zimmer geschlichen haben. Mein Gott, das heißt, es muss tatsächlich einer von uns sein!"

Strack nickte mit ernster Miene. „Hat jemand gesehen, wer außer Herrn und Frau Westermann in Ihrem Zimmer war?", fragte er in die Runde.

Eine Weile herrschte betroffenes Schweigen, dann sagte Kommissar Ernst: „Alle waren zur Vernehmung oben. Jemand könnte die Gelegenheit ergriffen haben. Ich lasse die Handschuhe im Labor untersuchen. Dann wissen wir vielleicht mehr."

*Die Todesmutigen gehen zu Tisch*

Der Himmel hatte sich verfinstert, und schwere Regentropfen trommelten gegen das Fenster, als die Familie mit den Kommissaren, Elvira und Max am Esstisch Platz nahm. Die Luft, die durch das gekippte Fenster strömte, hatte sich merklich abgekühlt. Alexandra trug nur ein leichtes Sommerkleid und bat Katarina, das Fenster zu schließen und ihr eine Strickjacke aus ihrem Zimmer zu holen. Die Haushälterin hatte das Abendessen aufgetragen und schenkte den Wein ein. Max ließ sich ein Glas Magermilch geben.

Strack sah seine Hoffnung auf einen denkwürdigen Gaumenschmaus erfüllt. Es gab eine duftende Heidjer Hochzeitssuppe mit Eierstich, Klößen und Spargel, dazu Vollkornbrot, Baguette und Rosinenbrot, gratinierte Sylter Austern, eine Platte mit Heidschnuckensalami und luftgetrocknetem Wildschweinschinken, eine Käseplatte mit Weintrauben und mehreren Chutneys, geräucherten Aal, geräucherte Forelle vom Hünzinger Forellenhof, Meerrettichsahne und selbst gemachten Salat aus Büsumer Krabben, die der Birkenbrücker Feinkosthändler vom Fischmarkt in Hamburg geliefert bekam. Mit leuchtenden Augen hatte der Hauptkommissar durch Befragung der charmanten Haushälterin die Details in Erfahrung gebracht.

„Nun, welcher Todesmutige wagt den ersten Schluck Wein?", fragte Jens Westermann mit aufgesetzter Heiterkeit, als alles auf dem Tisch stand.

Drei betretene Sekunden lang starrte jeder auf sein Glas. Niemand schien an Stracks Versicherung zu glauben, dass der Mörder keinen weiteren Versuch wagen würde. Selbst der Hauptkommissar wirkte verunsichert.

Schließlich ergriff der Hausherr beherzt sein Glas und sagte: „Zum Wohl!"

„Ave, Caesar, Morituri te salutant", unkte Jens Westermann und tat es ihm nach.

Nach kurzem Zögern erhoben auch die anderen ihre Gläser, und tranken mit mehr oder weniger großem Unbehagen.

Jens sah prüfend in die Runde und sagte: „Alle noch wohlauf? Dann ist der Wein wohl nicht vergiftet. Hoffen wir, dass auch das Essen in Ordnung ist. Es wäre doch schade, wenn diese Köstlichkeiten unsere Henkersmahlzeit wären."

„Das solltest du doch am besten wissen", sagte Neele spöttisch.

Jens sah sie verächtlich an. „Wenn du damit andeuten willst, ich hätte etwas mit dem Gift zu tun, befindest du dich im Irrtum, liebste Schwägerin. Aber vielleicht kannst du dem Hauptkommissar erklären, wie die Handschuhe in meinen Koffer gekommen sind?"

„Was soll es da groß zu erklären geben? Du hast sie dort versteckt."

„Das hat er nicht!", fuhr Alexandra sie an. „Wir haben damit nichts zu tun. Das müssen Sie uns glauben, Herr Hauptkommissar."

Strack hätte am liebsten die ganze Familie festgenommen. Aber das war natürlich unmöglich. Außerdem musste er erst dafür sorgen, dass von den verschwenderisch aufgetragenen Köstlichkeiten nichts in die dritte Welt verschickt wurde. Er lachte im Stillen über seinen Witz und schlürfte genüsslich einen Löffel Hochzeitssuppe. Eine Suppe dieses Namens erschien ihm zwar dem Anlass unangemessen, aber Hauptsache sie schmeckte. Diplomatisch sagte er: „Wir werden den Fall nicht hier am Tisch klären können. So wie die Dinge liegen, könnte jeder die Handschuhe in den Koffer getan haben. Aber wir finden schon heraus, wer es war, keine Sorge."

„Das will ich doch hoffen", sagte Jens. „Der Kreis der Verdächtigen ist ja überschaubar. Wenn Sie mich fragen, sollten

Sie auch Patrick auf den Zahn fühlen. Ein gewalttätiger Krimineller, der in Geldschwierigkeiten steckt. Ich wette, dass er hinter der Sache steckt."

„Jens bitte", ermahnte ihn Alexandra. „Patrick braust manchmal auf, aber das heißt nicht, dass er ein Mörder ist."

„Lassen Sie das nur meine Angelegenheit sein", sagte Strack großzügig. „Ich weiß schon, wie ich meine Arbeit zu machen habe." Er hatte seine Hochzeitssuppe ausgelöffelt und spießte voller Vorfreude eine gratinierte Auster auf eine kleine Gabel, die, wie er vermutete, für diesen Zweck bereitgelegt wurde. Oder sollte es noch Kuchen zum Nachtisch geben? Das hätte er nun wirklich als Völlerei empfunden. Er beobachtete unauffällig, was die anderen taten, doch die löffelten noch ihre Suppen. Zu seiner Genugtuung bemerkte er, wie der Sohn von Elvira Roth verstohlen auf die Bestecke blickte. Offenbar ging es im Hause Roth auch nicht so vornehm zu. Obwohl die Alte mit ihren Krimis sicher ein Vermögen gescheffelt hatte. Dabei steckten sie voller Fehler über die Polizeiarbeit. Wäre es nach ihm gegangen, dann hätte man den Unsinn längst verboten, den diese Krimischreiberlinge sich immer ausdachten.

„Ich zweifele ja nicht an Ihrer Kompetenz", sagte Jens Westermann zwischen zwei Löffeln Hochzeitssuppe. „Ich bin nur etwas in Sorge, wie Sie vielleicht verstehen. Irgendwer versucht, mir den Mord an meiner Schwiegermutter in die Schuhe zu schieben und mich als Giftmörder hinzustellen. Dabei wäre ich gar nicht fähig, einen Menschen umzubringen. Ich denke, für einen kaltblütigen Mord kommt nur jemand infrage, der ein menschenverachtendes Naturell aufweist. Meinen Sie nicht auch, Frau Roth?"

Elvira ließ ihren Löffel in den Teller sinken, trank bedächtig von ihrem Wein und antwortete: „Zu einem kaltblütigen Mord gehört ohne Zweifel ein kaltblütiges Naturell. Aber man sollte sich nicht vom äußeren Schein täuschen lassen. Ein kaltblütiger Mörder wird stets versuchen, sich zu verstellen. Und er ist in der Regel meisterhaft darin. Schließlich hat er einen hohen Anreiz, sich nicht erwischen zu lassen."

„Ich lese gerade ihren Sokratesmord. Überaus spannend wie jeder ihrer Romane. Ich könnte mir gut vorstellen, dass der Mörder durch Ihren Roman inspiriert worden ist. Wie der intrigante Haustyrann an dem Gift elend zugrunde geht, kann einen wirklich das Gruseln lehren. Erklären Sie mir, was bewirkt der Schierling? Die Symptome haben Sie sehr eindrucksvoll geschildert. Aber wie wirkt das Gift im Körper?"

„Das im Schierling enthaltene Koniin wirkt auf das Nervensystem", erklärte Elvira voll kriminalistischem Eifer. „Die Folge ist eine von den Füßen aufsteigende Muskellähmung, die sich über die Beine bis in den Rumpf und die Arme fortsetzt. Der Tod tritt durch Atemstillstand ein. Der Vergiftete erstickt bei vollem Bewusstsein. Vorher befallen ihn ein Brennen und Kratzen in Mund und Hals, Krämpfe, Erbrechen, Sehstörungen. Wirklich ein schrecklicher Tod. In reiner Form kann bereits ein halbes Gramm tödlich sein. Aber im Saft der Pflanze kommt das Gift nur verdünnt vor. Deshalb muss man eine größere Menge verabreichen. Zum Glück! Sonst würde man es in einer Tasse Kaffee vermutlich weder riechen noch schmecken, und ich wäre jetzt tot." Elvira bemerkte, dass die Anwesenden sie entgeistert anstarrten. „Oh, ich bitte um Entschuldigung. Das war wenig feinfühlig von mir. Lassen Sie sich nicht den Appetit verderben. Wenn man rechtzeitig ins Krankenhaus gebracht wird, hat man noch gute Chancen, gerettet zu werden."

Eine Weile waren nur das leise Klappern der Bestecke und Kaugeräusche zu hören.

Max knabberte an einem Stück Schwarzbrot und schob mit gemischten Gefühlen eine Gabel Krabbensalat hinterher. Er glaubte, jedem aus der Familie anzusehen, dass ihm seine Mahlzeit ebenso verdächtig war wie ihm. Ein wenig grämte es ihn, dass seine Mutter nun im Mittelpunkt stand, obwohl er den Großteil der Ermittlungen durchgeführt hatte. Doch er musste sich eingestehen, dass er nie auf die Idee gekommen wäre, nach den Handschuhen suchen zu lassen. Sie war einfach schlauer als er. Dass Schulze sie ausgerechnet in Westermanns Koffer fand, war die größte Überraschung für Max. Bis dahin hatte er den Lehrer für unschuldig gehalten. Alexandra und er wirkten so durch und durch bieder. Aber sie wären natürlich nicht das erste Verbrecherpaar, das die Ermittler täuschte. Er sah verstohlen zu Neele, die sich genüsslich ein Brot mit Wildschweinschinken in den Mund schob. Es hatte tatsächlich den Anschein, als könnte sie wie eine Schlange ihren Kiefer ausrenken. Sie war zwar nicht gerade genial, aber …

„Haben Ihre Ermittlungen Ihnen neue Erkenntnisse gebracht, Frau Roth?", fragte der Hausherr in das Schweigen.

„Ich möchte Kommissar Strack nicht vorgreifen. Aber ich denke, dass die Art des Giftes der Schlüssel zum Täter ist. Der Schierlingsbecher wird traditionell zur Hinrichtung von Verrätern verabreicht."

„Ich denke, da geht Ihre Phantasie mit Ihnen durch", fühlte Hauptkommissar Strack sich einzuwenden genötigt. „Dies ist kein Kriminalroman, liebe Frau Roth. Das Motiv ist zweifellos Geldgier. Erbschaften wecken die niedersten Instinkte, das kann ich Ihnen versichern."

„Oh, ich denke auch, dass Geld in diesem Fall die Hauptrolle spielt. Ich bin mir sogar sicher. Aber auch bei einem Mord aus Geldgier ist immer Verrat mit im Spiel, wenn das Opfer ein dem Täter vertrauter Mensch ist. Denken Sie nicht auch, Herr Kommissar?"

„Hauptkommissar", wies Strack sie leise aber bestimmt zurecht. Er hatte nicht vor, auf diese Frage zu antworten. Wenn jemand andere belehrte, dann war er das. Wo käme man sonst hin. Außerdem hatte diese unverschämte Person es schon wieder getan.

„Das mit dem Verräter ist eine interessante Theorie", sagte Jens, während er mit einem aufgespießten Stück Aal auf Elvira zeigte. „Spinnen wir den Gedanken doch weiter. Der Giftanschlag hat meinem Schwiegervater gegolten. Nach Ihrer Theorie müsste er also der Verräter sein. Zudem hat er ein scheinbar wasserdichtes Alibi. Das macht ihn zum idealen Mörder, nicht wahr?"

„Jens!", fuhr Alexandra ihn an.

Hendrik sah seinen Schwiegersohn böse an und widmete sich mit versteinerter Miene den Austern auf seinem Teller.

Max dachte an den Pilotenschein.

Elvira schüttelte missbilligend den Kopf. Ihre Meinung über Jens Westermann wurde einmal mehr bestätigt. Een Klookschieter, de Kattenschiet in Düstern rüken kann, wie man in ihrem Heimatdorf Lütten Swienegel gesagt hätte. Wenn man wie sie ein Ausbund an Bescheidenheit war, stieß das auf besonderes Unverständnis. „Aber nein", widersprach sie. „Diese Schlussfolgerung wäre zu vorschnell. Wenn meine Hypothese zuträfe, bedeutete dies zunächst nur, dass jemand in diesem Raum Ihren Schwiegervater für einen Verräter hält. Aber vielleicht interpretiere ich auch zu viel in das Gift hinein. Wie Sie schon sagten, könnte der Täter schlicht durch meinen Roman inspiriert worden sein. Der gefleckte Schierling ist ein gewöhnliches Feld- und Wiesenkraut. Daher ist sein Saft leicht zu beschaffen, auch wenn er nur noch selten vorkommt. Der Täter könnte zudem versucht haben, uns mit der Wahl des Giftes in die Irre zu führen."

„Mit anderen Worten, Sie tappen noch im Dunkeln."

„Oh nein, keineswegs! Ich habe keinen Zweifel, wer den Mord begangen hat. Nur ..."

Ein Klirren ließ Elvira in ihren Ausführungen innehalten. Neele Wirt hatte ihr Weinglas fallen lassen. Im nächsten Moment fasste sie sich an die Kehle. Aus ihrem Mund drang Röcheln und Röhren, und ihre Augen waren vor Schreck geweitet.

„Mein Gott!", rief Alexandra und schlug sich die Hände vor das Gesicht.

Philipp rief „Neele!" und sprang auf.

Der Hausherr und der Hauptkommissar, die Neele gegenübersaßen, sprangen ebenfalls auf und sahen voll Entsetzen zu, wie sie sich mit Todesangst in den Augen auf ihrem Stuhl wand und nach Luft rang. Die Laute aus ihrer Kehle verloren an Kraft. Schließlich erstarben sie, und ihr Oberkörper sank auf den Tisch.

Alexandra rief erschrocken „Das Gift!", und Philipp starrte mit aufgerissenen Augen auf den leblosen Körper seiner Frau. Sein Mund verzerrte sich zu einem stummen Schrei.

Elvira fasste sich als Erstes. Sie trat hinter Neele, nahm ihren rechten Arm und umfasste ihr Handgelenk. Ihre Miene zeigte keine Regung. Plötzlich hellte sie sich auf, und sie sagte: „Ihr Puls schlägt noch. Wir müssen sofort einen Notarzt rufen. Sie muss so schnell wie möglich in ein Krankenhaus."

„Ich sage in der Zentrale Bescheid!", sagte Schulze und griff nach seinem Mobiltelefon.

Während er anrief, schien Neele das Bewusstsein wiederzuerlangen. Ihr Oberkörper, der mit dem Gesicht nach unten auf dem Tisch lag, bewegte sich erst kaum merklich. Dann wurden die Bewegungen schneller und schließlich zuckte er rhythmisch hin und her. Dabei entfuhren ihr Laute, die alle Anwesenden für Schluchzen hielten – bis sie ihren Oberkörper vom Tisch hob und laut herauslachte.

Alle anderen starrten sie fassungslos an. Neele lachte so heftig, dass ihr Tränen über die Wangen liefen. Sie lachte laut und vulgär und klopfte vergnügt auf den Tisch dabei. Schließlich verstummte ihr Lachen, und sie nahm ihre Serviette und wischte sich die Tränen ab. Erst jetzt bemerkte sie die fassungslosen Blicke, die auf sie gerichtet waren. Sie grinste und sagte herausfordernd: „Was habt ihr denn? Was glotzt ihr mich so an? Ich hab doch nur Spaß gemacht!"

„Also das ist wirklich das Geschmackloseste, was ich je erlebt habe", entfuhr es Alexandra. „Hast du überhaupt kein Schamgefühl?"

„Das ist doch wohl offensichtlich", sagte Jens. „Die Frau schreckt vor nichts zurück."

„Ich weiß gar nicht, worüber ihr euch aufregt", sagte Neele glucksend. „Ich habe nur einen Witz gemacht. Versteht ihr keinen Spaß?"

„Also das geht wirklich zu weit!" Alexandras Stimme hatte einen schrillen Klang angenommen. „Mein Vater ist heute fast vergiftet worden, und vor drei Monaten wurde meine Mutter ermordet. Sind wir dir so zuwider, dass du dich darüber lustig machst?"

Neeles Augen verengten sich und ihr Kopf schoss nach vorn. „Wenn du schon so fragst, Schwägerin – allerdings! Ich hasse euch. Ich hasse euch, und ich verachte euch. Genauso, wie ihr mich verachtet. Wenn es nach mir ginge, könntet ihr alle verrecken. Das wär mir schnurzpiepegal."

Einen Moment lang herrschte ungläubiges Schweigen.

Dann sagte Jens: „Wenn wir dir so zuwider sind, verstehe ich nicht, warum du in diese Familie eingeheiratet hast. Wünschst du deinem Mann auch, dass er verreckt?"

Philipp zuckte zusammen bei seiner Erwähnung. Aus seinem verschreckten Gesicht war jedes Blut gewichen.

„Von Philipp rede ich nicht. Euch meine ich. Euch feine Bagage. Ihr seid ja alle so etepetete. Bildet euch ein, ihr seid was Besseres mit euren Austern und eurem Stinkerkäse."

„Oh, das tun wir keineswegs – liebe Schwägerin", schnappte Alexandra zurück. „Was Niedertracht anbetrifft, bist du uns haushoch überlegen. Daran kann kein Zweifel bestehen."

„Schluss jetzt! Ihr seid nicht allein am Tisch!", rief der Hausherr wütend. „Neele, du verlässt sofort mein Haus. Ein solches Verhalten dulde ich nicht."

„Aber mit Vergnügen, Hendrik. Ich hab sowieso die Schnauze voll von deiner feinen Familie. Wenn ihr euch gegenseitig um die Ecke bringen wollt, nur zu. Komm Philipp, wir gehen." Neele erhob sich, und ihr Mann kam ihrer Aufforderung mit verstörtem Blick nach.

„Einen Moment!", gebot Hauptkommissar Strack. „Ich werde die Ermittlungen für heute einstellen. Es steht Ihnen frei zu gehen. Aber ich bestehe darauf, dass Sie sich alle morgen Nachmittag um zwei Uhr wieder hier einfinden."

„Und wenn nicht?", fragte Neele.

„Dann werde ich Sie aufs Präsidium vorladen. Und wenn Sie sich durch unkooperatives Verhalten verdächtig machen, werde ich Sie dort festhalten."

Der Hausherr sah ihn unwillig an. „Unter diesen Umständen werde ich selbstverständlich morgen Nachmittag hier sein. Obwohl es mich schon befremdet, dass Sie sich die Freiheit herausnehmen, über mein Haus und meinen Sonntagnachmittag zu verfügen. Ich hoffe, es gelingt Ihnen diesmal, den Mörder zu überführen."

Strack wollte etwas erwidern, als das wütende Bellen eines Hundes ertönte. Dem Klang nach zu urteilen, musste es sich um ein großes Tier handeln. Alle Anwesenden sahen irritiert auf den Hauptkommissar, aus dessen Richtung das Bellen kam. Er unterdrückte ein Grinsen und sagte: „Bitte entschuldigen Sie. Das ist für mich." Dann zog er ein Handy aus der Tasche seines Jacketts und knurrte: „Was gibt's?" Während er sich berichten ließ, entspannte sich sein Gesicht, und als er das Gespräch beendet hatte, sagte er in bester Laune: „Ihre Hoffnung hat sich erfüllt. Das war einer meiner Mitarbeiter. Gerade haben meine Männer Ihren Sohn Patrick festgenommen. Sie haben den Schmuck Ihrer Frau hinter seinem Wohnzimmerschrank gefunden."

Herr Wirt sah ihn erstaunt an. „Aber Sie hatten sein Haus doch durchsuchen lassen."

„Ja, unsere Leute hatten beim ersten Mal nichts finden können. Doch jetzt sind wir ihm auf die Schliche gekommen. Sein Kompagnon hat versucht, Diebesgut aus den Einbrüchen auf dem Schwarzmarkt zu verkaufen. Nachdem wir seinen Komplizen gefasst hatten, haben wir Patricks Wohnung noch einmal durchsucht."

„Das ist doch nicht möglich!", entfuhr es Elvira.

„Oh doch, werte Frau Roth. Es ist nicht nur möglich, es ist eine Tatsache. Diesmal hatte ich den besseren Riecher. Tragen Sie's mit Fassung. Man kann nicht jedes Mal Glück haben."

„Das glaube ich einfach nicht."

„Nanana, nun seien Sie nicht eine so schlechte Verliererin. Immerhin haben Sie es noch vor der Presse von mir erfahren." Strack war erleichtert, dass der Fall sich auf diese Weise in Wohlgefallen auflöste. Westermann vor Gericht zu bringen, wäre ein heißes Eisen gewesen. Aber Patrick Wirt war ein Krimineller, der keinerlei Protektion genoss. Zänk würde überaus zufrieden mit ihm sein. Er wandte sich an den Hausherrn und sagte: „Damit hat sich unsere Zusammenkunft morgen natürlich erledigt."

„Hat Patrick denn den Mord gestanden?", fragte Elvira.

„Er hatte noch keine Gelegenheit dazu. Meine Männer haben ihn gerade erst festgenommen. Aber das ist nur noch eine Formsache."

„Das glaube ich nicht. Nein, das glaube ich einfach nicht. Wie hätte er denn die Handschuhe in Herrn Westermanns Koffer tun sollen?"

„Das werden wir schon aus ihm herausholen. Ich werde gleich zum Revier fahren und ihn mir vorknöpfen."

„Aber Patrick hat das Gift nicht in den Kaffee getan. Selbst wenn er der Mörder sein sollte."

„Eine interessante Theorie. Ich nehme an, Sie haben dafür Beweise?"

„Noch nicht, aber ..."

„Das hätte mich auch gewundert. Herr Wirt, Sie hören von mir. Ich wünsche noch einen guten Abend allerseits."

Der Hauptkommissar erhob sich und ging zur Tür, ohne Frau Roth und ihren pubertären Sohn weiter zu beachten. Kommissar Ernst und Kriminalhauptmeister Schulze folgten ihm.

„Einen Moment!", sagte Elvira. „Herr Wirt, ich möchte Sie nicht beunruhigen, aber ich bin mir sicher, dass Ihr Sohn Ihren Kaffee nicht vergiftet hat. Sie befinden sich immer noch in Lebensgefahr. Ich gedenke, morgen den Beweis dafür zu erbringen. Wir sollten die Zusammenkunft deshalb unbedingt stattfinden lassen."

„Ist das wirklich nötig?", fragte Herr Wirt widerwillig.

„Sonst würde ich Sie nicht darum bitten. Ich möchte alle Anwesenden ersuchen, morgen noch einmal herzukommen. Es sollte auch jemand vom Mordkommissariat dabei sein, Herr Hauptkommissar."

Strack schüttelte den Kopf. „Ich fürchte, sowohl ich als auch Kommissar Ernst werden morgen Wichtigeres zu tun haben. Wir werden uns mit Frau Adalbergs Mörder auseinandersetzen. Dafür werden sie sicher Verständnis haben, liebe Frau Roth." Er hatte sehr wohl bemerkt, dass sie ihn jetzt, wo sie etwas von ihm wollte, mit dem richtigen Dienstgrad anredete.

Aber das nützte ihr gar nichts. Gegen Schleimerei war er immun.

„Oh, ein einfacher Kriminalhauptmeister würde es auch tun."

„Ein Kriminalhauptmeister?" Stracks Körper straffte sich, und sein Blick nahm einen wachsamen Ausdruck an. „Dachten Sie an jemand Bestimmtes? Kriminalhauptmeister Schulze vielleicht?", fragte er mit listiger Beiläufigkeit.

Elvira schüttelte energisch den Kopf. „Oh nein, Herr Hauptkommissar. An Kriminalhauptmeister Schulze dachte ich keineswegs. Aber wo Sie ihn erwähnen, möchte ich anmerken, dass der Kriminalhauptmeister nicht gerade die Bezeichnung Freund und Helfer verdient. Nicht einmal die kleinste Auskunft bekommt man von ihm. Man könnte fast meinen, Sie hätten ihn instruiert, unsere Ermittlungen zu behindern."

Max konnte gerade noch sehen, wie ein Schmunzeln über Schulzes Gesicht huschte, bevor der Kriminalhauptmeister mit schuldbewusster Miene den Blick senkte.

Strack sah ihn überrascht an. „So, tut er das? Das ist ja schlimm." Sollte er den Fettwanst falsch eingeschätzt haben? Er hatte ihn bisher für eine Trantüte gehalten, eine Altlast, die er übernehmen musste. Herrmann Roth hatte ihn in das Kommissariat geholt, und Schulze hatte die Frechheit gehabt, Strack nach dessen Rauswurf ins Gesicht zu sagen, dass er menschlich unterste Schublade sei. Deshalb verdächtigte er ihn, die Ratte zu sein. Aber er konnte sich natürlich irren. Vielleicht war er doch ein brauchbarer Polizist. Oder versuchte die alte Schachtel, ihn für dumm zu verkaufen? Er hatte keine Zeit, darüber nachzudenken. Es konnte zumindest nicht schaden, wenn einer von seinen Leuten anwesend war, wenn die Möchtegern-Miss-Marple ihre Theorien präsentierte. Möglicherweise hatte sie die eine oder andere Kleinigkeit entdeckt, die er in seinem Abschlussbericht seinen Ermittlungserfolgen hinzufügen konnte. „Nun, versprechen kann ich Ihnen nichts", sagte er vage. „Ich werde sehen, was sich machen lässt."

„Sehr liebenswürdig von Ihnen, Herr Hauptkommissar", entgegnete sie und wandte sich an Neele, die im Begriff war, mit Philipp im Schlepptau im Flur zu verschwinden. „Sie, Frau Wirt, sollten morgen auch dabei sein. Ebenso wie Sie, Herr Wirt."

Neele fuhr herum und schüttelte energisch den Kopf. „Kommt nicht infrage. Ich werde dieses Haus sicher nicht noch mal betreten. Und Philipp auch nicht."

„Es steht Ihnen natürlich frei. Aber ich kann Ihnen versichern, dass das, was ich morgen zu enthüllen gedenke, auch für Sie beide höchst interessant sein wird."

Neele machte Anstalten, etwas zu erwidern, unterließ es jedoch und marschierte mit ihrer unglücklichen Hälfte im Schlepptau in den Flur hinaus.

Elvira dachte mit Schaudern an ihr grausiges Schauspiel zurück. Ihr Todeskampf hatte so realistisch gewirkt. So als hätte sie schon einmal einen Menschen an einer Vergiftung sterben sehen.

Als Elvira eine Viertelstunde später mit Max an der Haustür war, flüsterte sie: „Verwickle Herrn Wirt in ein Gespräch." Dann sagte sie laut: „Ach, so etwas Dummes. Ich habe meine Handtasche oben vergessen."

„Ihre Handtasche?"

„Ja, ich hole sie eben."

„Aber das kann doch Frau Kaufmann machen."

„Nein, nein, ich gehe schon", sagte sie und eilte, ihre wehen Knie ignorierend, an Herrn Wirt vorbei in den Flur und die Treppe hinauf.

Unterdessen unternahm Max den verzweifelten Versuch, die Laune ihres Auftraggebers zu verbessern. Er drückte seine

Freude darüber aus, dass der Fall nun bald aufgeklärt sei, schwärmte vom tollen Abendessen und beglückwünschte ihn zu seiner Haushälterin. Herr Wirt quittierte seine Bemühungen mit kaltem Schweigen. Zu Max' Erleichterung erschien seine Mutter keine fünf Minuten später wieder an der Tür.

„Also sowas, ich habe meine Handtasche nicht finden können. Dann habe ich sie wohl zuhause liegen lassen. Man wird so vergesslich im Alter. Nun wollen wir Sie aber nicht länger aufhalten. Wir sehen uns morgen Nachmittag."

Der Hausherr sah ihr verwundert nach, während sie forschen Schrittes durch den Garten davon marschierte.

Max zuckte mit den Schultern und eilte ihr hinterher.

Bevor sie in den Hotzi stieg, zog sie etwas unter ihrer Bluse hervor, das in ihrem Hosenbund steckte.

„Was hast du da?"

„Etwas, von dem ich vermutet habe, dass ich es oben finde."

„Nun sag schon, was ist es?"

„Ich denke, es wird unserem Auftraggeber gar nicht recht sein, dass ich es gefunden habe. Es handelt sich um einen an die Polizei gerichteten anonymen Brief und einige Unterlagen, die beweisen, dass er am Finanzamt vorbei Firmengeld veruntreut hat. Außerdem fand ich noch etwas, dass leider eine andere Person in Schwierigkeiten bringen wird – ein Paar Gummihandschuhe."

Max öffnete den Mund vor Überraschung. „Wo hast du das hergezaubert?"

„Na von dort, wo es zu erwarten war – aus Herrn Wirts Tresor."

*Elvira strickt an der Lösung, Max ist verzweifelt und
eine finstere Gestalt lauert im Garten – wenn das nur gut geht!*

Elvira goss sich ein Likörglas voll Haidmärker ein und machte
es sich in ihrem Ohrensessel in der guten Stube bequem. Mit
einem Seufzer legte sie ihre Beine auf den Fußschemel und rieb
sich ihre schmerzenden Knie. Sie war auf dem Bauernhof ihrer
Eltern in Lütten Swienegel aufgewachsen und hatte dort bis zu
ihrem dreißigsten Lebensjahr körperlich schwer gearbeitet.
Von Kindesbeinen an hatte sie den Stall ausgemistet, Milch-
und Wassereimer geschleppt, Holz gehackt, Felder von Spargel gestochen, Kartoffeln ausgekriegt und Erdbeeren ge-
pflückt. Als Folge waren ihre Knie und ihr Rücken abgenutzt.
Besonders bei Kälte und Regen schmerzten ihre Gelenke. Ihr
Orthopäde hatte ihr zu künstlichen Knien geraten. Doch vor
der Operation hatte sie bisher zurückgeschreckt. Sie traute diesem Eingriff nicht. Zu viel konnte schiefgehen, so wie bei Hain
Büttner. Der hatte sich vor einem Jahr die Knie operieren lassen, und sie schmerzten schlimmer als zuvor. Das war nun einmal der Lauf der Dinge, dachte sie. Mit jedem Jahr wurde alles
ein bisschen weniger, und niemand konnte das aufhalten.
Aber oben in ihrem Dachstübchen, da funktionierte alles noch
tadellos. Und darauf kam es an.

Sie trank ein Schlückchen Haidmärker und schloss die Augen, um sich zu entspannen. Der Schmerz ließ allmählich nach,
und sie begann Ordnung in das Wirrwarr aus Fragen, Antworten, Indizien und Hinweisen zu bringen, die in ihrem Kopf darauf warteten, zu einem schlüssigen Bild zusammengesetzt zu
werden. Sie war sich sicher, wer Gabriele Adalberg ermordet
und das Gift in den Kaffee getan hatte. Der Schmuck in Patricks Wohnung und die Handschuhe im Safe bestärkten sie darin. Aber noch hegte sie Zweifel, dass sie alle Parteien richtig
einschätzte und alle Indizien zutreffend interpretierte. Vor

allem eines konnte sie sich nicht zusammenreimen. Wie war das Gift in den Kaffee gekommen? Wie manches andere konnte sie dies noch nicht erklären. Aber das musste sie. Vor allem brauchte sie Beweise oder ein Geständnis, denn letztlich zählten nur beweisbare Fakten. Alles andere war für die Richter Spökenkiekerei. Durch die Decke hörte sie undeutlich die Stimme ihres Sohnes. Neben ihrem Sessel stand ihr Telefon. Sie beugte sich über die Armlehne und nahm es aus der Ladestation.

Max hatte sich dazu durchgerungen Susi anzurufen, obwohl er im Moment weder die Zeit noch die Kraft dazu hatte. Der Anruf würde wie das Füßeküssen beim Papst in Canossa werden. Sie wollten an diesem Abend eine Paella zusammen kochen. Susi hatte schon alles eingekauft, und die Garnelen und den Fisch konnte sie nicht ewig aufbewahren. Nun musste er sie versetzen – und das bei ihrem Temperament!

Sie meldete sich in freudiger Erwartung und fragte, wann er kommen würde. Alles sei schon vorbereitet.

Sein schlechtes Gewissen lag ihm wie ein Stein im Magen. Mit schwacher Stimme sagte er: „Susi, es tut mir leid, aber ich kann heute Abend nicht." Er erwartete einen wütenden Aufschrei, stattdessen herrschte Schweigen am anderen Ende der Leitung. War das ein gutes Zeichen? Er schöpfte Hoffnung. Vorsichtig trug er die Begründung vor: „Mutter will, dass wir morgen im Kreis der Familie den Mörder präsentieren. Ich muss mich vorbereiten. Das verstehst du doch? Ich darf das auf keinen Fall vermasseln."

„Aber wir waren doch verabredet", sagte sie entgeistert.

„Lass uns das Essen verschieben. Bitte, es geht leider nicht anders."

„Aber ich habe schon angefangen zu kochen." Ihre Stimme hatte einen weinerlichen Klang angenommen. „Und der Fisch hat ein Vermögen gekostet. Hättest du nicht wenigstens vorher anrufen können?"

Aus dem Stehgreif fiel ihm nichts Besseres ein, als ihr eine Alternative vorzuschlagen. „Oje, das tut mir wirklich leid. Mir kommt das auch ungelegen, das kannst du mir glauben. Morgen Abend werde ich wohl auch nicht können. Wer weiß, was passiert." Er konnte sie unmöglich ein zweites Mal versetzen. „Wie wäre es, wenn ich dich Dienstagabend zum Essen einlade? So richtig nett."

Er hörte ein Stöhnen, dann schweres Atmen. Schließlich sagte Susi mit schriller Stimme: „Weißt du was? Du kannst mich mal! Ständig kommst du zu spät, und jetzt versetzt du mich auch noch. Wir haben das seit einer Woche geplant. Du solltest dir mal überlegen, was dir wichtiger ist: ich oder deine Fälle."

„Du natürlich", sagte er reflexartig.

„Den Eindruck habe ich aber nicht."

„Doch ganz bestimmt." Max spürte den Druck eines schlechten Gewissens auf sich lasten. Hatte sie recht mit ihren Vorwürfen? Zugegeben, er kam öfter zu spät. Aber er gab sich wirklich Mühe. Es kam nur immer wieder etwas dazwischen. Mal wollte er ein Buchkapitel noch zu Ende lesen, mal einen Gedanken zu Ende führen, mal musste er im Chaos seines Zimmers etwas suchen, mal hatte Watson eine Magenverstimmung, mal vergaß er auf die Uhr zu sehen, mal hatte er etwas vergessen und musste umkehren, mal hinderte ihn sein innerer Schweinehund daran, sich aufzuraffen … Es war wie verhext. Seine Vorsätze waren die Besten, aber sein Wille war fehlbar und das Leben kompliziert.

„Dann beweis es mir", forderte sie.

Max überlegte angestrengt. „Nun ja, ich könnte … Wie wäre es …, wenn ich dich ins Marco Polo einlade? So richtig romantisch. Mit Wein und Kerzen und allem."

„Du willst mich zum Pizzaessen einladen?"

Max zuckte zusammen. Ihre Worte knallten wie Peitschenhiebe durch den Hörer.

„Und du denkst, damit ist alles wieder gut?"

Nein, die Illusion hatte er sich gerade abgeschminkt. Dazu klang ihre Stimme zu bedrohlich.

„Findest du das nicht armselig?"

Voll Panik wurde ihm bewusst, dass sein Vorschlag sie nur noch wütender gemacht hatte. Dann überschlugen sich die Geräusche. Erst hörte er einen Wutschrei, dann scheppterte es gewaltig. Max schloss aus dem Lärm, dass sie Geschirr zertrümmerte. Womöglich war es auch eine Abrissbirne, mit der sie ihre Küche zerlegte.

„Hörst du das?", schrie sie keuchend. „Du brauchst dich hier nicht wieder blicken zu lassen!"

Er hörte ein Klicken, dann war es still. Ein schöner Salat! Als wenn er nicht schon genug Probleme hatte. Seine Mutter hatte großspurig verkündet, sie würden am nächsten Tag einen Mörder überführen, der nicht der Hauptverdächtige war, und sie hatten nicht den geringsten Beweis dafür. Und jetzt hatte Susi ihn auch noch zum Teufel gejagt. Über die Unzulänglichkeit seiner Entschuldigungen war sie schon oft wütend geworden. Aber noch nie hatte sie Geschirr zertrümmert. Er war sich sicher, dass sie es diesmal ernst meinte. Diesmal war es aus.

Elvira legte den Hörer zurück in die Ladestation und sank ebenso zufrieden wie bedrückt in ihren Ohrensessel zurück. Sie hatte Mitleid mit ihrem Sohn. Er würde sich diesen Wutausbruch zu Herzen nehmen, und dass, wo er morgen seinen großen Auftritt hatte. Das Ungestüm der Jugend, dachte sie. Ein derart heißblütiges Temperament hätte sie Susi gar nicht zugetraut. Sie war sonst so ein liebes Mädchen. So konnte man sich täuschen. Ihr selbst kam der Streit nicht ungelegen. Schließlich musste sie auch an sich denken. Sie wollte, dass

Max bei ihr wohnen blieb. Für sie alleine machte es keinen Sinn, das Haus zu behalten. Und dass Susi bei ihnen einziehen würde, hielt sie für keine gute Idee. Erst recht nicht nach diesem Wutausbruch. Eine temperamentvolle Schwiegertochter und eine eigenwillige Schwiegermutter in einem Haushalt, das würde nicht lange gutgehen. Trotz ihrer eigennützigen Motive hoffte Elvira, die beiden würden sich schnell wieder vertragen. Nach ihrer Erfahrung machten die jungen Leute immer den gleichen Fehler: Sie glaubten, ihren Partner an ihre Bedürfnisse anpassen zu können. Doch das klappte nie. Jedenfalls nicht mit Schimpfen und Genörgel. Menschen legten Gewohnheiten nur schwer ab, und auch nur dann, wenn sie es wollten. Zwang reizte nur zu Widerstand. Sie kannte einige Frauen, dich sich ihrer Männer allzu sicher gewesen waren und sich gewaltig verschätzt hatten. Sie schimpfte deshalb nur selten mit Max. Natürlich, manchmal brauchten Männer eine energische Ansage, wenn sie sich ungehörig benahmen. Aber wie jede Arznei musste man auch diese maßvoll dosieren, damit sie nicht zu Gift wurde. Männer mochten es nicht, wenn Frauen sie zurechtwiesen. Trieb man es zu weit, untergrub das Respekt und Vertrauen. Außerdem reagierten sie allergisch, wenn man sie kontrollierte. Wie gut, dachte sie, dass sie diese praktische Telefonanlage angeschafft hatte. An der Tür zu lauschen war viel anstrengender, und man bekam weniger mit. Und hatte sie nicht das Recht dazu? Schließlich war das ihr Haus, und eine Mutter musste doch wissen, woran sie bei ihrem Kind war. Außerdem war sie schrecklich neugierig. Als Detektivin musste sie das sein.

Max lag in seinem Zimmer auf dem Bett und dachte verzweifelt darüber nach, wie er Susi besänftigen könnte. Watson lag eingerollt neben ihm, und er kraulte ihm das Fell. Obwohl Susi über den Vorschlag in Wut ausgebrochen war, hielt er eine Einladung zu ihrem Lieblingsitaliener weiterhin für eine gute Idee. Allein damit würde es jedoch nicht getan sein. Vielleicht sollte er tatsächlich vor ihr niederknien und ihr die Füße küssen. Wenn das einen Papst dazu brachte, Gnade walten zu lassen, warum dann nicht auch sie? Eine humorvolle Geste der Entschuldigung konnte zumindest nicht schaden. Max seufzte trübsinnig. Er war wirklich ein Großmeister im problemgenerierenden Denken und Handeln. Als wenn er nicht schon genug Aufregung hatte. Er hatte mit seiner Mutter den Mörder zu überführen – und damit Basta! Das war die Herausforderung, der er sich jetzt mit Vorrang widmen musste. Zum Glück war er nicht auf sich allein gestellt. Seine Mutter hatte behauptet, sie kenne die Lösung. Er hätte zu gerne gewusst, wen sie statt Patrick für den Mörder hielt und wie sie das beweisen wollte. Natürlich hätte er sie fragen können. Aber es gehörte zu ihrem Ritual, dass jeder den Fall zunächst für sich durchdachte. Er schaltete seinen Computer und seine Lautsprecher ein und füllte den Raum mit dem Ritt der Walküren. Die Musik stimmte ihn kämpferisch und befreite seinen Geist von störenden Gedanken. Nachdem der musikalische Galopp in die Schlacht verklungen war, atmete er mehrere Minuten lang rhythmisch ein und aus, dann fokussierte er sein Denken auf den Mordfall. Er stellte sich vor, wie er mit seiner Mutter am nächsten Tag vor der versammelten Familie die Lösung des Falles präsentierte. Was für ein Auftritt! Sie brachten den Mörder dazu zu gestehen, und er fühlte sich als Held. Motiviert und innerlich gestärkt, stieg er mit Watson hinunter in die Küche. Er schenkte sich ein Glas Magermilch ein, setzte sich auf die Terrasse hinter dem Haus und breitete zu seinen Füßen eine Wolldecke aus, auf der Watson sich ausstreckte und den Geräuschen und Gerüchen des Gartens hingab. Max kraulte ihn zärtlich hinter den Ohren und rief in seinem Smartphone die Indizienliste auf, die er im Laufe der

Ermittlungen erstellt hatte. Er ergänzte sie um mehrere Einträge, bis sie ihm vollständig erschien.

Indizien im Mordfall Gabriele Adalberg

1. Patrick vorbestraft, womöglich drogensüchtig. Verschuldet. Von Kredithaien unter Druck gesetzt. Wenn nicht er, wer sonst?

2. Alibis: Wirt in Zürich, jedoch Pilotenschein. Alexandra, Jens, Johann, Katarina angeblich geschlafen. Patrick bei Freundin (gegenüber Polizei bestätigt). Neele um halb eins Haus in Hannover verlassen, jedoch um zwei Streit mit Philipp, Nachbarn Zeugen.

3. Kein Alarm ausgelöst. Warum?

4. Bewegungsmelder und Scheinwerfer überall auf dem Grundstück. Hat Fr. Adalberg ihren Mörder kommen sehen? War er ihr vertraut?

5. Nur die Arbeitszimmer durchsucht. Ging der Mörder im Haus ein und aus?

6. Fr. Adalberg geschlagen, bevor erwürgt. Äußerst brutales Vorgehen.

7. Safeschlüssel in Geheimfach. Kannte der Mörder das Versteck, oder hat er es aus Fr. Adalberg herausgeprügelt?

8. Talkum auf Wirts Schreibtisch.

9. Liebesgedicht: Fingerabdrücke von Katarina, Wirt, Fr. Adalberg, Johann und einem Unbekannten. Katarina weigert sich, Geliebten preiszugeben.

10. Wirt und Katarina? Aber schreibt man so einem Mann ein Liebesgedicht? Dann schon eher einem Rosenliebhaber.

11. Johann bei Diebstahl erwischt, verkehrt mit Freddi Kleinschmidt.

12. Wirt wollte, dass er seine Frau bespitzelt. Warum verdächtigte er sie?

13. Laut Patrick betrog er sie mit Prostituierten. Laut Alexandra und Jens hatte er eine Geliebte. Sie wusste davon.

14. Fr. Adalberg wollte sich scheiden lassen und Wirt zwingen, seinen Firmenanteil aufzugeben. Die ganze Familie wusste davon.

15. Fr. Adalberg fühlte Seelenverwandtschaft zu Frida Kahlo. Muss unglücklich gewesen sein. Ehe jedoch nach seiner und Katarinas Aussage glücklich.

16. Fr. Papendiek hat in Mordnacht Folgendes bemerkt: kurz nach zwei Licht im Vorgarten der Wirts, wenig später in Küche. Kurz vor halb drei schussartiges Geräusch. Wieder Licht im Vorgarten. 2:36 fährt großes Auto weg.

17. Durch Speiseaufzug von Mutter belauschtes Gespräch zwischen Neele und Philipp und Neeles Andeutung, dass sie Wirt bedroht und erpresst.

18. Hat Wirt Geld unterschlagen? Philipp gibt vor, von nichts zu wissen.

19. Hätte er Mutter und mich engagiert, wenn er Dreck am Stecken hat? Oder steckt eine Intrige dahinter? Nichts ausschließen!

20. Alexandra und Jens Hypothekarkredit über 600.000 €. Alexandra machte sich Hoffnung auf die Geschäftsleitung.

21. Neele wegen Körperverletzung aus Friederikenstift entlassen. Hasst Familie.

22. Mutters Funde: DNA-Analyse, Zahlung von 3.000 Euro an Detektei Spürfuchs (wofür?), anonymer Brief mit Beweisen für Unterschlagung und Handschuhe im Safe.

23. Schmuck in Patricks Wohnung. Warum hat er ihn in seiner Wohnung versteckt, wenn er nicht der Mörder ist?

Indizien beim Giftanschlag auf Hr. Wirt

1.  Kurz vor vier löst Patrick Alarm aus. Mutter und Katarina vorher im Keller. Danach alle im Wohnzimmer.
2.  Auf dem Weg zum Keller treffen Mutter und Katarina Alexandra.
3.  Alexandra und Neele kommen zuletzt ins Wohnzimmer. Neele ging durch die Küche.
4.  Handschuhe in Westermanns Koffer und im Safe. Warum zwei Paar, und wer hat sie dort versteckt? Patrick sicher nicht. Wer könnte mit ihm unter einer Decke stecken?

Max ging die Liste Indiz für Indiz durch. Was konnte er sich daraus zusammenreimen außer dem Offenbaren? Wenn Mutter das Offenbare anzweifelte, musste sie einen guten Grund dafür haben. Er hatte nur eine Erklärung dafür: Sie war überzeugt davon, dass Patrick einen Komplizen hatte und dass dieser der Mörder war – oder die Mörderin. Aber welche Indizien legten das nahe? Er konnte sie nicht erkennen. Vielleicht hatte sie sich in eine fixe Idee verrannt in ihrem Bestreben, Strack erneut eins auszuwischen. Sie war schon immer starrköpfig gewesen. Dabei machte der Hauptkommissar nur seinen Job, und Max hätte es lieber gesehen, sie würden das Kriegsbeil begraben. Rache führte niemals zu etwas Gutem, besonders wenn man sich mit höheren Mächten anlegte. Sie hätten sicher erfolgreicher sein können, wenn sie an einem Strang gezogen hätten. Dann hätte Schulze ihn über die Ermittlungen informieren können, ohne seinen Job zu riskieren. Aber hätte, hätte, Fahrradkette. Seine Mutter und der Hauptkommissar waren wie Hund und Katze, und er konnte sie nicht dazu bringen, friedlich miteinander umzugehen.

Er überlegte, was er durch Fakten beweisen konnte: Patrick konnte die Handschuhe nicht in den Koffer und den Safe gelegt haben, aber er hatte den Schmuck hinter seinem Wohnzimmerschrank versteckt. Das bedeutete, er hatte zumindest einen Komplizen. Für Max stand außer Frage, wer dieser Komplize sein musste. Eine Person, die die ganze Familie hasste, und die keinen Hehl daraus machte. Sie hatte Hendrik Wirt gedroht, ihn mit dem anonymen Brief bei der Polizei anzuzeigen. Als er trotzdem nicht zahlte, versuchte sie, ihn umzubringen, um das Erbe ihres Mannes aufzubessern. Sie versteckte ein Paar Handschuhe in Westermanns Koffer, um den Verdacht auf ihn zu lenken. Mit dem zweiten Paar im Safe wollte sie Herrn Wirt einen Schreck einjagen, wenn er sie dort entdeckte. Je mehr er darüber nachdachte, umso mehr wuchs die Überzeugung in ihm, dass sich so alles zusammenfügte. Und noch etwas ließ sich folgern: Die Person hatte ein nachweisbares Alibi und Patrick keines. Also musste er der Mörder sein. Je mehr er darüber nachdachte, umso logischer erschien ihm diese Lösung. Jeder vernünftige Richter würde das erkennen. Nur ein Gedanke nährte noch Zweifel in ihm: Warum behauptete seine Mutter, etwas anderes beweisen zu können? Hatte er etwas übersehen? Oder wurde sie allmählich tüddelig? Er wollte das nicht ausschließen; schließlich war sie nicht mehr die Jüngste. Und ständig dieser olle Schnaps.

Elvira blickte nachdenklich auf den Strumpf, an dem sie gerade strickte, und ließ die Ereignisse des Nachmittags an ihrem geistigen Auge vorüberziehen. Stricken war eine Beschäftigung, bei der ihr Verstand außergewöhnlich gut funktionierte. Es erforderte nur einen Bruchteil ihrer Konzentration, schulte jedoch durch die Wahl der Farben und Muster ihre Kreativität und zwang sie, geduldig und mit großer Sorgfalt eine Ordnung einzuhalten, die sich auf ihre Gedanken übertrug. Ja, Stricken war eine der typisch weiblichen Tätigkeiten, die Männer am meisten unterschätzten. Zwei rechts, zwei links, eine fallen lassen. Zwei rechts, zwei links, eine fallen lassen. Ach, was für ein schönes Blumenmuster. Der Schmuck in Patricks

Wohnung wies zweifelsfrei den Weg zur Lösung. Doch wie war das Gift in den Kaffee gekommen? Wann gab es die passende Gelegenheit? Sie kam nicht darauf, und das beunruhigte sie. Sie musste die Schuldigen nicht nur benennen; sie musste sie auch überführen. Sonst landete womöglich ein Unschuldiger im Gefängnis.

Während sie mit geschickten Fingern weiterstrickte, ging sie die Ereignisse des Nachmittags wieder und wieder durch. Es war bereits nach Mitternacht und einen Strumpf später, als sie endlich darauf kam. Mit einem leisen Aufschrei ließ sie ihr Strickzeug sinken und ärgerte sich, dass ihr die Lösung nicht schon früher eingefallen war. So etwas Dummes aber auch, erst neulich diese Schreibblockade … „Du musst unbedingt etwas für deine grauen Zellen tun", sagte sie mit verschmitztem Lächeln und trank noch ein Gläschen Haidmärker.

Der Fall erinnerte sie an Heidi Kuhmann, die auf einen Heiratsschwindler hereingefallen war. Man musste so aufpassen, dass man nicht an den Falschen geriet. Die mysteriöse Aufteilung des Erbes, der Schmuck in Patricks Wohnung, die Handschuhe in Westermanns Koffer, der Liebesbrief an den mysteriösen Liebhaber – alles, was sie zuvor verwirrt hatte, fügte sich nun zu einem schlüssigen Ganzen zusammen. Mit einem zufriedenen Gähnen reckte sie ihre müden Glieder und erhob sich aus ihrem Ohrensessel. Sie sah durch die halb verglaste Tür zum rückwärtigen Kaminzimmer, dass auf der Terrasse alles dunkel war. Max musste bereits zu Bett gegangen sein. Wie sie ihren Sohn kannte, hatte er sich mit der Erklärung zufriedengegeben, dass Patrick der Mörder war und mit Neele unter einer Decke steckte. Er war ein tüchtiger Detektiv, aber er musste noch Erfahrung sammeln und die Denkweise von Verbrechern besser kennenlernen. Letztlich handelten alle Mörder nach einem mehr oder weniger durchdachten Plan. Diesen galt es durch logische Kombination heraus zu finden, ganz so, als gälte es bei einer Schachaufgabe, das Matt in sechs Zügen auszuknobeln. Max würde wie immer furchtbar aufgeregt sein. Auch der Streit mit Susi würde ihm keine Ruhe lassen. Er nahm sich die Launen seiner Mitmenschen zu sehr zu Herzen. Wahrscheinlich würde er die ganze Nacht kein Auge zutun, dachte sie mitfühlend. Aber daran konnte sie nichts ändern. Sie selbst sah einem gesegneten Schlaf entgegen. In dieser Nacht würde sicher nichts mehr passieren, sagte sie sich, und ging mit der befriedigenden Gewissheit, noch am gleichen Tag einen besonders abscheulichen Mordfall abzuschließen, zu Bett.

Es war finstere Nacht, als ein gewaltiger Donner sie weckte. Ein neues Gewitter war heraufgezogen und schwere Regentropfen trommelten gegen die Scheibe. „Wat 'n Schietwedder", fluchte sie und stieg mit steifen Gliedern aus dem Bett, um das gekippte Fenster zu schließen. Als sie den Vorhang beiseiteschob, erhellte ein Blitz die Finsternis. Vor Überraschung entfuhr ihr ein Schrei. Unmittelbar vor ihr stand eine Gestalt und sah ihr ins Gesicht. Dann verschwand die Gestalt in der Schwärze der Nacht. Sie hatte eine dunkle Öljacke mit einer Kapuze auf dem Kopf getragen; ihr Gesicht hatte Elvira nicht erkennen können. Sie fasste sich an die Brust und atmete tief durch.

Wer trieb sich bloß bei diesem Wetter mitten in der Nacht in ihrem Garten herum? Offenbar jemand, der wusste, wo ihr Schlafzimmer lag. Dass es Kapitän Jensen war, konnte sie sich kaum vorstellen. Ihr war zwar aufgefallen, dass der Kapitän sich in ihrer Gegenwart manchmal recht töricht benahm. Aber in seinem Alter würde er nicht so leichtsinnig sein, die Nacht unter ihrem Schlafzimmerfenster zu verbringen, um sie wie ein Backfisch anzuhimmeln. Er würde sich den Tod holen in dem Regen. Nein, Peter konnte es nicht sein. Wenn sie es recht bedachte, hatte sie nicht einmal erkennen können, ob es ein Mann oder eine Frau war. Sie fragte sich, was die Person im Schilde führte. Sie würde erst wieder einschlafen können, wenn sie es herausgefunden hatte. Beherzt ging sie zum Fenster und öffnete es einen Spalt.

„Ist da wer?", fragte sie in die Dunkelheit.

Nur das Rauschen des Regens kam als Antwort.

„Hallo, ist da wer?", fragte sie lauter.

Wieder war nur das Rauschen des Regens zu hören.

Sie hatte nicht die geringste Lust, bei dem Wetter nach draußen zu gehen, zumal ihr der nächtliche Besucher nicht geheuer war. Aber die Detektivin in ihr ließ ihr keine Ruhe. Sie musste sich Gewissheit verschaffen, wer dort mitten in der Nacht durch ihren Garten schlich. Sie zog sich eine Regenjacke über, spannte einen Schirm auf und schritt beherzt in die Nacht. Auf der Garagenzufahrt ging sie nach hinten zu ihrem Schlafzimmerfenster. Als der Bewegungsmelder sie registrierte, schaltete sich die Außenbeleuchtung ein. Im Garten herrschte Dunkelheit. Die Strahler an der Hauswand erhellten nur die Zufahrt und einen Streifen von wenigen Metern hinter dem Haus. Sie wagte einen Schritt ins Dunkle und sagte so laut, dass es das Rauschen des Regens gerade übertönte: „Hallo, ist da wer?"

Niemand antwortete.

„Hallo, ist da wer?"

Wieder war nur der Regen zu hören.

Sie wagte entschlossen einen weiteren Schritt und versuchte, den nächtlichen Besucher im Garten auszumachen. Vage konnte sie die schwarzen Silhouetten der Bäume und Büsche erkennen. Plötzlich erinnerte sie sich an das, was sie gesagt hatte, bevor Neele ihr makabres Schauspiel aufführte: „Ich habe keinen Zweifel, wer den Mord begangen hat." Es war ihr herausgerutscht, weil sie sich in der Gesellschaft hervortun wollte. Schaudernd wurde ihr klar, wie leichtsinnig sie gewesen war. Sie dachte an die Nacht, in der Gabriele Adalberg ermordet worden war. Auch damals tobte ein Gewitter.

Ein weiterer Blitz zuckte über den Himmel, und Elvira sah die Gestalt nur einen Meter vor sich stehen. Sie stieß einen Schrei aus und machte einen Satz zurück. Das Rollen des Donners ließ sie vor Schreck zusammenfahren. Sie fasste sich an die Brust und spürte ihr Herz wild klopfen. Wenn die Gestalt sie ermorden wollte, dann war es um sie geschehen. An Flucht war nicht zu denken, und wenn sie um Hilfe schrie, würde Max sie bei dem Gewitter nicht einmal hören. Durch ihre vom Regen durchtränkte Schlafanzughose kroch kalte Nässe ihre Beine hoch. Sie sah im Geiste Gabriele Adalberg, wie sie verzweifelt um ihr Leben rang. Mit einem Mal bereute sie, dass sie dieses Wagnis eingegangen war. Wie konnte sie so leichtsinnig sein? Sie hätte Max wecken oder wenigstens die Pistole mitnehmen sollen, die sie in einer Kaffeedose im Küchenschrank aufbewahrten. Doch dazu war es zu spät. Sie war dem nächtlichen Besucher schutzlos ausgeliefert. Diese Gedanken flammten für wenige Sekunden in ihrem Bewusstsein auf.

Dann sagte eine Stimme dicht vor ihr: „Ich habe Sie durch das Fenster beobachtet."

Die Stimme sprach so leise, dass sie die Worte durch den Regen kaum verstehen konnte.

„Ich habe mich nicht getraut zu klingeln. Ich ... ich bin, gekommen", stammelte die Gestalt, deren Umrisse Elvira nun in der Dunkelheit vage erkennen konnte, „weil ich Ihnen etwas sagen muss ..."

Noch bevor sie es aussprach, wusste Elvira, wer die Gestalt war und was sie ihr sagen wollte. Sie wusste, dass ihr Verstand sie nicht im Stich gelassen hatte, und sie war nicht im Geringsten überrascht, als sie die Worte hörte:

„Ich kann Ihnen sagen, wer Gabriele Adalberg ermordet hat."

## Berechtigte Sorgen

Obwohl sie den Rest der Nacht kaum geschlafen hatte, war Elvira um halb sieben wieder auf den Beinen. Wie jeden Morgen ließ sie sich von Kapitän Jensen mit seinem Auto zum Schwimmen abholen. Das kühle Wasser machte sie munter und die Bewegung tat ihren schmerzenden Gelenken gut. Auf dem Rückweg sagte sie: „Heute Nachmittag werden wir in der Villa Adalberg den Mörder entlarven. Ich habe keinen Zweifel mehr, wer Frau Adalberg umgebracht hat. Deine Geschichte von dem Mord an dem Smutje hat mir die Augen geöffnet. Du hast wie immer den richtigen Riecher gehabt."

„Mast- und Schotbruch", dachte Kapitän Jensen. Warum zum Klabautermann stieg ihm bei dieser Bemerkung das Blut in den Kopf? Da hatte er dreißig Jahre lang auf Ozeanriesen die Weltmeere befahren, die verwegensten Seeleute befehligt, die schwersten Stürme überstanden, Meuterern, Piraten und Verbrechern das Handwerk gelegt – und dann geriet er wie ein kleiner Junge in Verlegenheit, wenn diese Frau ihm ein Kompliment machte. „Naja ...", stammelte er. „Man hilft ja gern. Aber ich denke, die Lorbeeren habt allein du und Max verdient. Wer ist denn der Schurke?"

„Das möchte ich lieber nicht verraten. Noch ist der Fall nicht abgeschlossen, und ich fürchte, es bringt Unglück, wenn ich dir den Namen vorher verrate."

„Aber er könnte dir etwas antun. Soll ich nicht lieber mitkommen?"

„Ich fürchte, das würde der Familie nicht recht sein. Verständlicherweise legt sie Wert auf Diskretion. Aber sei unbesorgt. Eckart wird uns Geleitschutz geben."

225

Sie brauchte nicht lange zu warten, bis Max sich zu ihr an den Frühstückstisch setzte. Für einen Sonntagmorgen war er ungewöhnlich früh auf den Beinen. Sie hatte durch die Decke ihres Ankleidezimmers gehört, wie er seinen Vortrag einübte. Fürsorglich schenkte sie ihm einen Kaffee ein und erzählte ihm von dem nächtlichen Besuch.

Max wurde schlagartig klar, dass der Mörder ihn getäuscht hatte. Mit wachsendem Unbehagen hörte er sich an, wie seine Mutter den Tathergang rekonstruierte. „Aber ja! So muss es gewesen sein!", rief er aus, als sie geendet hatte, und ärgerte sich, was für ein Rindvieh er doch war. War er zu dumm, um Detektiv zu sein? Er hatte sich in die Irre führen lassen, obwohl er das gleiche wusste wie sie. Der Gedanke schlug ihm auf die Stimmung. Sie besprachen, wie sie ihren Auftritt am Nachmittag gestalten wollten, und er überließ ihr wie üblich den Vortritt, obwohl es an seinem Selbstbewusstsein nagte: Sie würde als geniale Detektivin die Lösung präsentieren, während er den Assistenten mimte, dem es leider an Durchblick fehlte. Bei ihm lief wirklich alles schief: erst der Krach mit Susi, nun sein Unvermögen, den Fall aufzuklären. Ohne Appetit aß er sein Müsli, schlich auf sein Zimmer und legte sich auf sein Bett.

Er konzentrierte sich auf seinen Atem, um seine Gedanken zu beruhigen. Diesmal fiel ihm das Meditieren besonders schwer. Die halbe Nacht hatte er sich mit Alpträumen geplagt. In einem hatte Neele ihren Kiefer ausrenkt, ihn mit stählernen Armen an ihren gigantischen Busen gedrückt und mit dem Kopf voran verschlungen. In einem anderen hatte Jens Westermann ihn mit den Gummihandschuhen aus seinem Koffer erwürgt. Und in einem Dritten hatten Hendrik und Patrick Wirt ihn in Apothekerkitteln mit Kurare vergiftet und im frisch gegossenen Fundament eines Hochhauses versenkt. Susi hatte die Pfanne mit der Paella hinterher geschleudert und applaudiert. Diesen Unsinn musste er aus seinem Kopf verdrängen und ihn stattdessen mit einer geordneten Präsentation aller Aussagen, Indizien und Beweise füllen. Nur mit einem überzeugenden Schlussplädoyer konnte es gelingen, den Fall mit einem Geständnis abzuschließen. Und das, pflegte seine Mutter zu sagen, war die Königsdisziplin der Detektivarbeit.

Elvira hätte es Genugtuung bereitet, hätte sie gewusst, dass sie ihrem Sohn ein Vorbild war. Sie hätte ihn gerne darüber aufgeklärt, dass ihr Erfolg weniger auf Talent beruhte als auf jahrelanger Übung und gewissenhafter Vorbereitung. Oder wie Thomas Edison zu sagen pflegte: Genie ist zu einem Prozent Inspiration und zu neunundneunzig Prozent Transpiration. Nun ja, vielleicht lag der Anteil der Inspiration in ihrem Fall höher, aber ohne Fleiß kein Erfolg. Sie stellte das Geschirr in die Spülmaschine und zog sich in ihr Arbeitszimmer zurück, wo sie sich auf ihren Auftritt vorbereitete. Wie die Staatsanwältin in einem Mordprozess übte sie ihren Vortrag ein. Dabei stellte sie sich die Reaktionen der Anwesenden vor. Sie war froh, dass Schulze zu ihrem Schutz mitkam. Kapitän Jensens Warnung war ernst zu nehmen, das wusste sie nur zu gut. Mehr als einmal hatte sie erlebt, wie Mörder sich zu blutiger Gewalt hinreißen ließen, nachdem sie nichts mehr zu verlieren hatten.

La grande Finale!
Elvira und Max klagen an,
und das bittere Ende kommt zum Sch(l)uss!

Wie sie prophezeit hatte, war die Familie mit Ausnahme von Patrick vollzählig erschienen. Auf ihre Bitte versammelte sie sich am Esstisch. Elvira setzte sich an die schmale Seite mit dem Rücken zu der Tür, die in die Eingangshalle führte. Von dort aus hatte sie alle Anwesenden im Blick. Der Hausherr nahm in der Mitte der langen Seite zu ihrer Rechten seinen Stammplatz ein. Alexandra und Jens setzten sich neben ihn. Zu ihrer Linken setzten sich Max, Kriminalhauptmeister Schulze, Neele, Philipp und Katarina Kaufmann. Elvira ließ einen Blick in die Runde schweifen. In den Gesichtern las sie gespannte Erwartung, Trotz und Unbehagen. Sie räusperte sich und wartete, bis alle Augen auf sie gerichtet waren, dann ergriff sie das Wort.

„Ich muss gestehen, dass ich mir bis gestern Abend noch nicht sicher war, ob ich Ihnen heute die Lösung würde präsentieren können. Zu meiner Erleichterung ist es meinem Sohn und mir in der kurzen Zeit gelungen, alle Indizien zu einem schlüssigen Bild zusammenzufügen. Eine Beichte ist uns dabei zu Hilfe gekommen. Ich bin der Person, die sich ein Herz gefasst hat, außerordentlich dankbar. Wenngleich ich bei aller Bescheidenheit sagen muss, dass mein Sohn und ich schon vorher auf die Lösung gekommen waren."

Max glaubte seinen Ohren nicht zu trauen. Hatte seine Mutter gerade erklärt, dass sie den Fall gemeinsam aufgeklärt hatten?

„Offen gesagt verstehe ich nicht, worauf Sie hinauswollen", unterbrach sie Hendrik Wirt. „Mit dem Fund des Schmucks in Patricks Wohnung ist der Mord an meiner Frau doch aufgeklärt."

„Ich weiß, dass Sie diese Version gerne von mir hören würden, Herr Wirt. Doch ich muss Sie enttäuschen. Wir können beweisen, dass Patrick unschuldig ist."

„Sie meinen, sein Komplize hat meine Frau umgebracht?"

„Nein, das meine ich keineswegs. Patrick ist in jeder Hinsicht unschuldig. Zumindest, was diesen Fall anbelangt. Hauptkommissar Strack hält ihn lediglich für den Mörder, weil es nahe liegt und scheinbar mit den Fakten in Einklang steht." Sie warf einen Seitenblick auf Max und sagte: „Auch klugen Köpfen kann ein solcher Irrtum unterlaufen. Es ist deshalb immer ratsam, gerade das Augenscheinliche zu hinterfragen und sich seines gesunden Menschenverstandes zu bedienen. Und der schließt Patrick als Täter aus. Kein professioneller Einbrecher, der klar bei Verstand ist, würde so dumm sein, gestohlenen Schmuck, der ihn lebenslang ins Gefängnis bringen kann, zu Hause aufzubewahren."

„Aber wie ist der Schmuck dann in seine Wohnung gekommen?", fragte Alexandra.

„Um Ihnen diese Frage zu beantworten, habe ich Sie zusammenkommen lassen. Als Erstes wird mein Sohn darlegen, welche Erkenntnisse er aus seinen Ermittlungen gewonnen hat. Max, bitte kläre die Herrschaften auf."

Der Aufgerufene stand bereitwillig auf. Er hatte damit gerechnet, dass seine Mutter ihn wie ihren Lehrling behandeln und die Lösung des Falls allein für sich beanspruchen würde. In dieser Erwartung hatte er sich über die Ungerechtigkeit der Welt gegrämt. Doch stattdessen hatte sie seine Verdienste hervorgehoben und ihm einen klugen Kopf bescheinigt. In seiner Brust breitete sich ein Hochgefühl aus. Mit erhobener Stimme sagte er: „Wie ich gestern bereits festgestellt habe, muss der Mord von jemandem verübt worden sein, der sich in der Villa und auf dem Grundstück auskennt. Der Mörder wusste, wie er in das Haus kommen konnte, ohne den Alarm auszulösen, und er wusste, wo er den Safe und das Geheimfach mit dem Schlüssel finden würde.

Ihre Nachbarin, Frau Papendiek, hat um kurz nach zwei Licht im Vorgarten der Villa gesehen. Wenig später wurde in der Küche das Licht eingeschaltet. Um kurz vor halb drei hat sie angeblich einen Schuss gehört. Wie können also davon ausgehen, dass der Mord zwischen wenigen Minuten nach zwei und wenigen Minuten vor halb drei begangen wurde. Da die Polizei keine Schussspuren gefunden hat, können wir außerdem annehmen, dass es das Krachen des Fensters war, das Frau Papendiek hörte. Dies wiederum lässt darauf schließen, dass der Mörder im Haus war, bevor er das Fenster aufbrach. Da keine weiteren Spuren eines Einbruchs zu finden waren, muss er einen Schlüssel gehabt haben."

„Es könnte ihn auch ein Komplize mit einem Schlüssel hereingelassen haben", wandte Jens Westermann ein.

„Richtig, das wäre eine Möglichkeit", räumte Max ein. „Gehen wir die infrage kommenden Verdächtigen durch. Zunächst ist da Herr Schäfer. Er hatte wegen Diebstahls seine Stellung verloren, bevor Herr Wirt und seine Frau ihn über die Firma Kohrs engagierten. Da liegt der Verdacht nahe, dass er auch hier eingebrochen sein könnte. Er ging in der Villa ein und aus, und es wäre sicher nicht schwer für ihn gewesen, sich einen Haustürschlüssel zu beschaffen. Das Versteck des Safeschlüssels hätte er aus Frau Adalberg herausprügeln können. Dazu passt der Befund des Rechtsmediziners, dass die Tote im Gesicht Hämatome aufwies. An einen solchen Tathergang hätte man glauben können, bis das Gift ins Spiel kam. Herr Schäfer hatte weder ein Motiv noch die Gelegenheit, Herrn Wirts Kaffee zu vergiften. Damit kommen wir zu den Verdächtigen hier am Tisch. Wenn weder Patrick noch Herr Schäfer den Mord begangen haben – muss einer von Ihnen der Mörder sein."

Die Verdächtigten reagierten mit betroffenem Schweigen und sorgenvollen Gesichtern auf diese Feststellung.

„Sie, Frau Westermann", sagte er freundlich zu Alexandra, „scheiden als Mörderin aus. Sie hätten es nicht fertiggebracht, Ihre Mutter erst zusammenzuschlagen und dann zu erwürgen. Sie dagegen, Herr Westermann, verfügen nicht nur über ein starkes Motiv, sondern auch über die nötige Kraft. Außerdem wurde ein Paar Gummihandschuhe in Ihrem Koffer gefunden. Gerade das spricht jedoch gegen Sie als Täter. Denn die Handschuhe in Ihrem Koffer waren nicht die, mit denen die Giftflasche angefasst wurde. Sie wurden einzig und allein zum Geschirrspülen benutzt und in Ihrem Koffer versteckt, um den Verdacht auf Sie zu lenken. Die forensische Analyse hätte natürlich Ihre Unschuld bewiesen. Aber die Person, die das vermeintliche Corpus Delicti unter Ihrer Wäsche versteckte, wollte Verwirrung stiften und Ihnen einen Schreck einjagen."

Während Jens erleichtert nickte, wandte sich Elvira an Philipp und sagte: „Kommen wir zu Ihnen, Herr Wirt. Sie sind zwar nicht in Geldschwierigkeiten, doch mit einer Frau verheiratet, die nahezu uneingeschränkte Macht über Sie hat. Und diese Macht setzt sie ein, damit Sie ihr den sozialen Status und den Wohlstand verschaffen, um den sie Ihre Familie beneidet. Auch Sie haben damit ein starkes Motiv."

Philipp verschränkte nervös die Finger ineinander. Er hielt seine Augen auf den Tisch gerichtet und wagte nicht, Elviras eindringlichen Blick zu erwidern. Seine Frau dagegen starrte sie mit zusammengekniffenen Augen an. Sie nahm schützend seine linke Hand und ließ sie in ihrer rechten verschwinden.

„Aber die Psychologie spricht auch gegen Sie als Täter. Sie hätten niemals einen derart kaltblütigen und brutalen Mord an Ihrer Mutter planen können. Außerdem haben Ihre Nachbarn mit angehört, dass Sie um zwei Uhr nachts in Ihrer Wohnung einen Streit mit Ihrer Frau hatten." Elvira sah nun Neele an und sagte: „Sie, Frau Wirt, können den Mord somit ebenfalls nicht begangen haben, wenn Ihre Nachbarn die Wahrheit sagen. Welch ein Glück für Sie, nicht wahr? Denn Ihr Charakter ließe Sie als Täterin durchaus infrage kommen. Sie sind gierig und skrupellos genug, um einen gewalttätigen Mord zu begehen – und Sie haben Ihre Schwiegermutter gehasst."

Neeles Kopf schnellte vor, und sie fauchte: „Pass auf, was du sagst, Schnüfflerin! Pass bloß auf!"

„Sparen Sie sich Ihre Drohungen! Damit können Sie vielleicht Ihren Mann einschüchtern, aber nicht Elvira und Max Roth."

Max glaubte seinen Ohren wieder nicht zu trauen. Was war denn in seine Mutter gefahren? Hatte sie zuhause noch einen gezwitschert?

„Sie haben den Mord an Ihrer Schwiegermutter nicht begangen. Dennoch haben Sie sich schuldig gemacht. Den Beweis dafür haben Sie durch Ihre Unvorsichtigkeit selbst erbracht. Durch den Speiseaufzug konnte ich folgende Worte hören:

Philipp sagte: Wenn Vater nur nicht diese Detektive engagiert hätte. Meinst Du, sie könnten uns gefährlich werden?

Darauf Sie: Warum sollten sie? Die tappen genauso im Dunkeln wie die Bullen. Dein Vater soll lieber zusehen, dass er endlich mit der Kohle rüberkommt. Sonst wird er nicht mehr lange Spaß daran haben.

Darauf Philipp: Ach, der wird schon zahlen. Du hast ihm ja klar gemacht, was passiert, wenn nicht.

Darauf Sie: Allerdings. Als ich ihm den Brief gezeigt habe, ist er blass wie ne' Leiche geworden. Der soll bloß nicht ...

Leider wurde ich in diesem Moment von Ihrer Schwägerin gestört."

„Unsinn!", rief Neele. „Das haben Sie sich ausgedacht!"

„Oh nein, genau diese Worte habe ich gehört, und ich versichere Ihnen, mein Gedächtnis funktioniert ausgezeichnet. Als ich ihm den Brief gezeigt hab, ist er blass wie ne' Leiche geworden. Das waren Ihre Worte. Ich habe mir gleich gedacht, dass Sie etwas gegen Ihren Schiegervater in der Hand haben. In diesem Verdacht bestärkte mich der Ausrutscher, den Sie sich meinem Sohn gegenüber geleistet haben. Sie waren so unvorsichtig, ihm gegenüber anzudeuten, dass Sie Ihren Schwiegervater bedrohten und erpressten. Sie werden sich sicher schon genug über Ihre dumme Überheblichkeit geärgert haben. Sie haben Ihren Schwiegervater unter Druck gesetzt, und zwar mit Beweisen über die Unterschlagungen, wegen derer Frau Adalberg sich scheiden lassen wollte. Denn Ihre Frau wollte nicht die Scheidung, Herr Wirt, weil Sie in aller Öffentlichkeit fremdgegangen sind. Deshalb hätte sie die Existenz der Firma nicht aufs Spiel gesetzt. Der wahre Grund waren die Geldbeträge, die Sie ohne ihr Wissen am Finanzamt vorbei aus der Firma entnommen haben. Beträge in Millionenhöhe, deren Fehlen dazu beitrug, dass Adalberg in wirtschaftliche Schwierigkeiten geriet. Ihre Frau ist Ihnen auf die Schliche gekommen, obwohl Ihr Sohn sich alle Mühe gegeben hat, die Bücher so zu manipulieren, dass das Verschwinden des Geldes nicht auffiel."

Hendrik Wirt nahm diese Anschuldigungen mit demonstrativer Gelassenheit hin. „Ich fürchte, Frau Roth, Ihre Phantasie ist mit Ihnen durchgegangen. Ich muss meiner Schwiegertochter ausnahmsweise recht geben. Was Sie hier vortragen, ist Unsinn. Die Firma bedeutet mir viel zu viel, als dass ich sie für ein paar Millionen aufs Spiel setzen würde. Das wäre nicht nur leichtfertig, sondern äußerst dumm von mir, denn ich würde damit den Ast absägen, auf dem ich sitze."

„Oh, ich sage nicht, dass Sie fahrlässig den Ruin Ihrer Firma riskiert haben. Ich sage nur, dass Sie Geld entnommen haben – und zwar ohne das Wissen Ihrer Frau und auf illegale Weise. Dass die Firma derart in Schwierigkeiten geraten würde, haben Sie nicht vorhergesehen. Es hat keinen Zweck zu leugnen, denn ich habe hier die Beweise." Elvira hielt den Briefumschlag hoch, der vor ihr auf dem Tisch gelegen hatte, und sagte: „Dieser Umschlag enthält einen an die Polizei gerichteten anonymen Brief. Ihr Sohn hat ihn auf Geheiß Ihrer

Schwiegertochter aufgesetzt. Beigefügt sind die Unterlagen, die Ihre Veruntreuungen beweisen."

Herr Wirt sah sie entgeistert an. „Woher ..."

„Aus Ihrem Tresor."

„Das ist doch Blödsinn!", rief Neele erbost. „Wenn wir Hendrik anzeigen wollten, hätten wir keinen anonymen Brief geschrieben. Dann wären wir einfach zur Polizei gegangen."

„Sie hätten das sicher getan. Aber nicht Philipp. Er hätte davor zurückgeschreckt, seinen eigenen Vater anzuzeigen. Er hätte sich auch nicht an der Erpressung beteiligt, wenn Sie ihn nicht dazu gezwungen hätten. Der Brief ermöglichte ihm, im Hintergrund zu bleiben. Aber das ist jetzt nebensächlich. Ich habe diese Zusammenkunft nicht einberufen, um eine Erpressung aufzuklären. Die entscheidende Frage ist, wer hat Gabriele Adalberg ermordet? Ich sagte, ich traue Ihnen, Frau Wirt, den Mord ohne weiteres zu. Sie sind kräftig genug. Jedoch spricht noch etwas anderes als Ihr Alibi gegen Sie als Täterin. Sie sind zu impulsiv für ein derart planvolles Vorgehen, und es fehlt Ihnen am nötigen Verstand. Einen anderen Menschen aus Wut oder Hass zu erschlagen, das entspräche Ihrem Naturell. Nicht jedoch mit der gebotenen Sorgfalt und unter Berücksichtigung aller Eventualitäten einen raffinierten Mordplan auszuarbeiten. Sie sind weit weniger schlau, als Sie sich einbilden. Sie wären schlicht nicht in der Lage dazu."

Kriminalhauptmeister Schulze war aufgestanden und hielt Neele mit einem Arm auf ihrer Schulter auf dem Stuhl zurück. Sie umklammerte mit beiden Händen die Tischkante und presste ihren Oberkörper gegen die Stuhllehne. Mit hasserfüllten Augen starrte sie Elvira an. Ihr Kopf war knallrot angelaufen, und ihre Nasenflügel bebten, während sie zornig schnaubte.

Elvira wandte sich von ihr ab und sagte mit der gleichen anklagenden Stimme: „Damit kommen wir wieder zu Ihnen

Herr Wirt. Sie hatten das stärkste Motiv von allen, Ihre Frau zu ermorden. Sie hatte Ihren Steuerbetrug entdeckt und wollte alles auffliegen lassen, wodurch Sie womöglich im Gefängnis gelandet wären. Außerdem hatte sie vor, sich scheiden zu lassen und Sie aus dem Unternehmen zu drängen. Damit hätte sie nicht nur Ihre wirtschaftliche Existenz, sondern Ihr Lebenswerk zerstört. Und schließlich gewannen Sie mit Ihrem Tod die Freiheit, nach einer angemessenen Trauerzeit eine andere Frau zu heiraten. Womöglich Ihre neue Geschäftsführerin, Gudrun Schlüter, mit der Sie heimlich ein Verhältnis haben, oder vielleicht auch jemand anderes. Sie sind ja flexibel, was Frauen anbelangt."

„Allmählich reichen mir Ihre Unterstellungen! Das sind nichts als Behauptungen!"

„Oh nein! Mit dem Tod Ihrer Frau haben Sie weit mehr als ein großes Erbe gewonnen. Und Sie verfügen über die geistigen Fähigkeiten und die nötige Umsicht, einen raffinierten Mordplan auszuarbeiten. Einen Plan, der Sie als Täter ausschließt und den Verdacht auf jemand anderes lenkt. Ich habe mich von Anfang an gefragt, warum Sie so auffallend darum bemüht waren, Ihrem Sohn Patrick den Mord in die Schuhe zu schieben. Die Erklärung hat mein Sohn in Ihrem Arbeitszimmer gefunden. In Ihrer Abwesenheit hat er sich dort umgesehen und dabei etwas äußerst Aufschlussreiches entdeckt – eine DNA-Analyse, die Ihnen einen lang gehegten Verdacht bestätigte. Sie sind nicht Patricks Vater!"

Max sah seine Mutter überrascht an. Was redete sie da? Sie hatte doch die DNA-Analyse entdeckt.

„Was?", entfuhr es Alexandra.

Philipp hob zum ersten Mal den Kopf und sah seinen Vater überrascht an.

Der Hausherr verzog verärgert sein Gesicht. „Ich habe Sie nicht dafür engagiert, in meinen Unterlagen zu schnüffeln."

„Ist das wahr?", fragte Alexandra. „Patrick ist nicht dein Sohn?"

Herr Wirt zuckte trotzig mit den Schultern. „Ausnahmsweise sagt Frau Roth die Wahrheit."

„Und du hast das gewusst?", fragte sie ungläubig.

„Ich habe es erst letztes Jahr erfahren. Ich hatte schon bei seiner Geburt den Verdacht. Aber ich habe erst letztes Jahr einen Test machen lassen. Ich wollte Gewissheit haben, bevor ich ihn enterbe."

„Du hast ihn enterbt?", fragte Alexandra den Tränen nahe.

„Was hätte ich denn sonst tun sollen? Zulassen, dass ein Krimineller unsere Firma ruiniert, der nicht einmal mein Sohn ist?"

„Aber warum hast du nie etwas gesagt?"

„Ach, warum? Warum? Ich wollte nicht, dass es sich herumspricht. Ich wollte keinen Skandal deswegen. Was hätte es auch geändert?"

Alexandra schüttelte ungläubig den Kopf. „Du hättest es uns sagen sollen."

Jens Westermann legte einen Arm um seine Frau und sagte tröstende Worte.

Da Herr Wirt auf den Vorwurf seiner Tochter nicht weiter reagierte, fuhr Elvira fort. „Die Entdeckung, dass Patrick nicht Ihr Sohn ist, hat mir die Erklärung für das Testament Ihrer Frau geliefert. Ihre Frau muss gewusst oder geahnt haben, dass Sie die Wahrheit herausgefunden hatten. Sie wollte sichergehen, dass Patrick einen gerechten Anteil von ihrem Vermögen erbt. Ihre Entdeckung, dass Patrick nicht Ihr Sohn ist, erklärt auch Ihren Hass auf ihn. Sie erklärt Ihre beharrlichen Anschuldigungen. Sie erklärt, warum Sie ohne weiteres bereit waren, ihn zu opfern, um Ihre Firma vor dem Bankrott zu bewahren."

„Aber wer ist denn dann Patricks Vater?", fragte Alexandra.

„Ich bin sicher, Frau Roth wird dir auch diese Frage beantworten."

„Wenn Sie es nicht tun, gerne. Ich denke, Ihre Tochter hat das Recht, es zu erfahren. Sein Vater ist Stefan Meyer, Ihr früherer Gärtner, mit dem Ihre Mutter vor 20 Jahren ein Verhältnis hatte. Er ist der Kompagnon, mit dem Patrick die Diskothek betreibt. Die Polizei hat das Diebesgut aus den Einbrüchen bei ihm gefunden. Das hat sie dazu veranlasst, Patricks Wohnung ein zweites Mal zu durchsuchen. Meinem Sohn war gleich die Ähnlichkeit aufgefallen, als er die beiden zusammen sah."

Alexandra starrte Elvira mit großen Augen an. Es fiel ihr sichtlich schwer zu begreifen, dass weder ihre Mutter noch ihr Vater ihr dieses Geheimnis anvertraut hatten.

„Ich fürchte, dies wird nicht die einzige unangenehme Überraschung für Sie bleiben. Denn wie mein Sohn bereits darlegte, ist Patrick nicht der Mörder Ihrer Mutter. Sie werden sich vielleicht erinnern, dass ich gestern sagte, das Gift sei der Schlüssel zum Mörder. Schierling ist kein beliebiges Gift. Bereits in der Antike diente der Schierlingsbecher der Hinrichtung von Verbrechern und Verrätern. Sokrates wurde Verrat an der Republik und Verderbnis der Jugend vorgeworfen. Zu seiner Zeit galt das als Hochverrat und wurde mit dem Tode bestraft. Und die Bestrafung eines Verbrechers und Verräters war auch das Motiv für den Giftanschlag auf Herrn Wirt. Das Gift wurde nicht aus Gier in den Kaffee getan, sondern aus dem Wunsch nach Vergeltung, und zwar von einer Person, die Frau Adalberg liebte."

„Aber das Gift war für meinem Vater bestimmt!", rief Alexandra.

„Richtig. Die Person, die den Kaffee vergiftet hat, ging davon aus, dass Ihr Vater Ihre Mutter ermordet hat."

„Dann hat sich diese Person geirrt", sagte Hendrik Wirt. „Und ich wäre Ihnen sehr dankbar, wenn Sie mir endlich verraten, wer mir nach dem Leben trachtet."

„Nur Geduld. Ich komme gleich dazu. Verschiedene Umstände haben meinen Sohn und mich auf die richtige Spur geführt. Der erste war Frau Adalbergs Vorliebe für Frida Kahlo. Frau Kaufmann sagte meinem Sohn, dass Frau Adalberg die Künstlerin bewunderte, weil sie trotz ihres schweren Schicksals ihren Lebensmut nicht verlor. Das Bildnis dieser starken Frau habe ihr über schwere Stunden hinweggeholfen. Und davon hatte Frau Adalberg wahrlich genug, denn wie ich bereits darlegte, verlief ihre Ehe keineswegs so harmonisch, wie Sie, Herr Wirt, uns glauben machen wollten. Sie war deshalb oft unglücklich und sehnte sich nach Liebe und Verständnis. Auch das hatte sie mit der Künstlerin gemeinsam: Frida Kahlo hatte ein bewegtes Liebesleben – mit Männern und mit Frauen."

„Das ist doch absurd! Sie wissen gar nichts über meine Ehe!"

„Den zweiten Hinweis gab mir das Liebesgedicht."

„Was für einen Liebesgedicht?", fragte Jens Westermann.

„Mein Sohn hat ein Liebesgedicht auf parfümiertem Briefpapier in Frau Adalbergs Schreibtisch gefunden, von dem angeblich niemand wusste. Doch ein Regal voller Bücher hat mir verraten, wer es aufgeschrieben hat und für wen es bestimmt war. Außer meinen eigenen Werken enthielt das Regal Kriminalromane von Val McDermid, Anne Holt, Ruth Gogoll und Jean Marcy. Alles Krimis, in denen lesbische Ermittlerinnen die Hauptrolle spielen. Den entscheidenden Hinweis gaben mir jedoch die gesammelten Werke von Christian Morgenstern. Denn Morgenstern ist der Autor des Liebesgedichts, das mein Sohn im Schreibtisch von Frau Adalberg gefunden hat. Sie, Herr Wirt, behaupteten, das Gedicht nie zuvor gesehen zu haben. Das war eine Lüge. Sie hatten es entdeckt und Ihre Frau verdächtigt, Sie mit einem Liebhaber zu hintergehen. Deshalb beauftragten Sie die Detektei Spürfuchs herauszufinden, wer dieser Liebhaber sei. Die Fingerabdrücke des Unbekannten auf dem Liebesgedicht stammen von einem Mitarbeiter der Detektei. Doch der Detektiv konnte keinen Liebhaber finden, weil er genauso wenig mit der Wahrheit rechnete wie Sie: Frau Adalberg hatte keinen Geliebten – sondern eine Geliebte!"

Alexandra und Jens Westermann reagierten mit erstaunten Ausrufen. Hendrik Wirt war die Überraschung anzusehen, doch er kommentierte die Enthüllung nicht.

„Ich muss gestehen, dass ich nicht gleich darauf gekommen bin, wie und wann der Kaffee vergiftet wurde. Erst gestern Nacht hatte ich die richtige Eingebung. Die Antwort ist derart naheliegend, dass ich kaum zugeben mag, dass mein Sohn und ich so lange darüber nachgedacht haben. Das Gift wurde nicht in den Kaffee getan, als Patrick das Gemälde holen wollte und alle im Wohnzimmer waren. Nein, es wurde überhaupt nicht in den Kaffee getan. Es war bereits in der Tasse, bevor Frau Kaufmann den Adalberg Cream vor meinen Augen zubereitete. Und es wurde hineingetan, als ich im Garten war, um Herrn Westermann und Herrn Schäfer zu fragen, ob sie Kaffee wollten. Frau Kaufmann ging gleichzeitig nach oben, um Frau Wirt zu fragen. Doch als ich die Küche verlassen hatte, kehrte sie um und schüttete das Gift in die Tasse. Dann stellte sie die Tasse in den Schrank zurück und ging nach oben. Dort ließ sie sich so lange Zeit, bis sie davon ausgehen konnte, dass ich wieder in der Küche sein würde."

Erstaunte und fassungslose Blicke richteten sich auf Katarina. Die Haushälterin hatte sich über den Tisch gebeugt und weinte in ihre Hände. Max streichelte ihren Rücken und versuchte sie mit einfühlsamen Worten zu beruhigen. Er war immer noch verwundert, dass seine Mutter seinen Beitrag zur

Klärung des Falles derart hervorhob. Bescheidenheit zählte sonst nicht zu ihren Tugenden.

„Ich hätte Frau Kaufmann diese Situation gerne erspart", sagte Elvira. „Aber sie selbst wollte dabei sein, wenn ich die Wahrheit enthülle."

„Dann hat Frau Kaufmann die Handschuhe in meinen Koffer getan?", fragte Jens Westermann ungläubig.

„Nein", antwortete Elvira. „Frau Kaufmann hätte niemals versucht, den Verdacht auf jemand anderes zu lenken. Die Handschuhe hat Ihre Schwägerin in Ihren Koffer getan, und es hätte ihr eine diebische Freude bereitet, wenn man Sie als mutmaßlichen Mörder festgenommen hätte, nicht wahr Frau Wirt?"

Neele schnaubte verächtlich und sah Elvira feindselig an.

„Also das ist doch ...!" Alexandra fehlten vor Empörung die Worte.

„Die Handschuhe hatte sie in der Küche unter der Spüle gefunden. Doch es waren nicht die gesuchten. Die Handschuhe, mit denen Frau Kaufmann das Giftfläschchen angefasst hatte, befanden sich an einem Ort, von dem sie annehmen konnte, dass die Polizei sie dort nicht finden würde. Sie musste damit rechnen, dass die Polizei das ganze Haus und möglicherweise auch den Garten absuchen würde. Es gab nur einen Ort im Haus, bei dem sie sich sicher sein konnte, dass die Polizei dort nicht suchen würde – Herrn Wirts Safe. Ich fand die Handschuhe dort zusammen mit dem Umschlag, als ich vorgab, nach meiner Handtasche zu suchen. Der Safeschlüssel befand sich in einer Buchattrappe mit dem Titel Die Jünger des Hippokrates. Zufällig besitze ich die gleiche Attrappe, so dass sie mir im Regal gleich auffiel.

„Aber Frau Kaufmann musste doch damit rechnen, dass mein Schwiegervater die Handschuhe dort finden würde", sagte Jens ungläubig.

„Sehr richtig. Deshalb wollte sie sie auch gestern Abend noch aus dem Safe nehmen. Als sie die Handschuhe dort nicht mehr fand, bekam sie einen Schreck. Sie dachte, Herr Wirt hätte sie entdeckt und würde sie der Polizei übergeben. In ihrer Verzweiflung fasste sie sich gestern Nacht ein Herz und beichtete mir alles. Frau Kaufmann war von Anfang an überzeugt, dass Sie, Herr Wirt, Ihre Frau ermordet haben. Denn Frau Adalberg erzählte ihr wenige Monate vor ihrem Tod, Sie hätten gedroht, sie umzubringen, wenn sie sich scheiden ließe. Und zwei Wochen nach dem Mord hat Frau Kaufmann ebenso wie ich durch den Essensaufzug ein Gespräch zwischen Ihrem Sohn und Ihrer Schwiegertochter mit angehört. Ein Gespräch, aufgrund dessen sie glauben musste, dass Sie ihre Frau ermordet haben. Frau Kaufmann wusste, dass Sie einen Pilotenschein haben, und war überzeugt, Sie seien in der Mordnacht von einem kleinen Flugplatz in der Nähe von Zürich nach Honerdingen geflogen."

„Aber so ist es nicht gewesen!", rief Herr Wirt. „Ja, ich habe einen Pilotenschein. Aber ich bin in dieser Nacht nicht geflogen. Sie mögen eine brillante Kriminalautorin sein, aber die Wirklichkeit schlägt keine derartigen Kapriolen. Der Schmuck meiner Frau ist in Patricks Wohnung gefunden worden. Und Sie können sicher sein, dass ich mit meinem Stiefsohn niemals gemeinsame Sache machen würde."

„Das behauptet auch niemand", sagte Max durch die Anerkennung seiner Mutter ermutigt. „Im Gegenteil. Sie erinnern sich sicher, dass ich Talkumspuren auf Ihrem Schreibtisch fand, als ich vorletzten Samstag in Ihrem Büro war. Ich vermutete von Anfang an, dass ein Schlüssel nachgemacht wurde. Nur nahm ich irrtümlich an, dass es der Schlüssel zu diesem Haus gewesen sei. Das hatte meinen Verdacht auf Patrick und Herrn Schäfer gelenkt. Sie, Herr Wirt, stritten ab zu wissen, wie das Talkum auf Ihren Schreibtisch gekommen war. In

Wahrheit wussten Sie es sehr gut! Sie haben sich ein Schlüssel-kopierset besorgt und die Schlüssel zu Patricks Haustür und seiner Wohnung nachgegossen. Die nötigen Abdrücke haben Sie gemacht, als Sie Ihre Kinder hierher zitiert hatten, um Ihnen mitzuteilen, dass Sie Ihnen ihr Erbe nicht auszahlen würden. Ich vermute, Sie haben die Schlüssel kopiert, als Patrick in der Sauna oder im Schwimmbad war. Kurz darauf sind Sie in Patricks Wohnung eingebrochen und haben den Schmuck hinter dem Wohnzimmerschrank versteckt."

„Aber das ist doch absurd!", rief Herr Wirt und fuhr von seinem Stuhl hoch. „Die Polizei hatte Patricks Wohnung doch durchsucht!"

„Oh ja!", sagte Elvira und erhob sich ebenfalls, um ihm auf Augenhöhe zu begegnen. „Aber das war, bevor Sie den Schmuck dort versteckt hatten. Nach Ihrem ursprünglichen Plan sollte die Polizei glauben, die Einbrecher hätten Ihre Frau ermordet. Erst als Sie von Patricks Erbe erfuhren, beschlossen Sie, Ihm den Mord in die Schuhe zu schieben. Sie versteckten den Schmuck in seiner Wohnung und versuchten, Kommissar Strack von seiner Schuld zu überzeugen. Als der nichts unter-nahm, trieben Sie Ihren durchtriebenen Plan auf die Spitze. Sie engagierten meinen Sohn und mich, damit wir den Verdacht gegen Patrick erhärten. Sie wollten erreichen, dass wir Beweise gegen ihn sammeln und dass man seine Wohnung ein zweites Mal durchsucht. Vermutlich hofften Sie sogar, dass mein Sohn dies tun würde. Doch damit begingen Sie einen verhängnis-vollen Fehler. Sie haben meinen Sohn und mich unterschätzt! Ein Fehler, der schon raffinierteren Verbrechern zum Verhäng-nis wurde. Sie waren der Überzeugung, dass wir Ihnen ge-nauso wenig auf die Schliche kommen würden wie die Polizei. Was sollte Ihnen schon passieren? Schließlich haben Sie ein Alibi. Aber ich werde dafür sorgen, dass Sie damit nicht durch-kommen. So wahr ich Elvira Roth heiße!"

„Jetzt reicht es mir aber!", schrie der Hausherr mit zornrotem Kopf. „Ich werde mir Ihre Unterstellungen nicht länger bieten lassen!"

„Sie werden sich noch ganz andere Dinge bieten lassen müssen, auch wenn Sie Ihre Frau nicht erwürgt haben. Oh ja, wir wissen über Ihr perfides Komplott Bescheid. Sie sind in der Mordnacht nicht geflogen. Das wäre viel zu riskant gewesen. Hätten Sie ein Flugzeug gechartert, hätte die Polizei das herausgefunden. Sie wussten, dass man Sie am ehesten verdächtigen würde, deshalb brauchten Sie ein unwiderlegbares Alibi. Der Zimmerkellner im Eden au Lac, der Sie persönlich kennt, hat Ihnen um kurz nach acht eine Flasche Wein auf Ihr Zimmer gebracht. Er konnte sich noch gut an die zwanzig Franken Trinkgeld erinnern, die Sie ihm gegeben haben. Sie waren zur Tatzeit in Zürich. Und ein Mensch kann schlecht an zwei Orten gleichzeitig sein, nicht wahr? Deshalb konnten Sie Ihre Frau nicht umbringen."

Elvira machte eine Pause, in der man eine Stecknadel hätte fallen hören, und fügte im anklagenden Ton einer Staatsanwältin hinzu: „Und doch haben Sie sie umgebracht! Nicht mit Ihren eigenen Händen, sondern mit Ihrem Verstand. Sie haben den Plan ausgearbeitet, nach dem Ihre Frau ermordet wurde. Und das war es, was Frau Kaufmann durch den Speiseaufzug mit anhörte. Ihr Sohn und Ihre Schwiegertochter führten ein Gespräch, aus dem hervor ging, dass Sie den Mord geplant hatten. Aus dem Gespräch ging jedoch nicht hervor, dass Sie sich eines Werkzeugs bedienten, um den Mordplan auszuführen. Eines Werkzeugs, das Ihre Frau hasste und von Gier und Neid zerfressen ist: Ihre Schwiegertochter Neele!"

„Lüge!", schrie Neele. „Das ist eine verdammte Lüge!" Sie sprang von ihrem Stuhl auf und erhob ihre Fäuste gegen Elvira.

Schulze reagierte mit überraschender Behändigkeit. Er sprang hinter ihr her, riss sie an ihrer Bluse zurück und drehte ihr einen Arm auf den Rücken. Die Furie schrie vor Wut und Schmerzen auf und versuchte sich aus seinem Griff zu befreien. Doch Schulze hielt sie eisern fest. Er wartete, bis sie aufhörte, sich zu wehren, dann zwang er sie auf ihren Stuhl zurück und blieb mit beiden Händen auf ihren Schultern hinter ihr stehen.

„Oh nein, das ist die Wahrheit!", sagte Elvira und zeigte anklagend mit dem Finger auf sie. „Sie sind in der Mordnacht aus dem Haus gegangen, um nach Birkenbrück zu fahren und Ihre Schwiegermutter zu ermorden. Alles war bis ins Detail geplant, und Sie hatten sich den Plan Ihres Schwiegervaters genauestens eingeprägt. Denn Sie wussten, wenn die Polizei Ihnen auf die Schliche kommt, würden Sie den Rest Ihres Lebens hinter Gittern verbringen."

„Verdammte Lügnerin!"

„Dummerweise begegnete Ihr Nachbar Ihnen im Treppenhaus. Nun gab es einen Zeugen, der Sie in der Mordnacht aus dem Haus gehen sah. Sie bekamen die sprichwörtlichen kalten Füße und wollten den Plan schon aufgeben – doch dann kam Ihnen die Idee."

Alle Anwesenden hingen an Elviras Lippen, als sie mit gebieterischer Stimme fortfuhr:

„Es gab noch eine Möglichkeit, den Plan umzusetzen, ohne dass ein Verdacht auf Sie fallen würde. Sie gingen zurück in Ihre Wohnung – und brachten Ihren Mann dazu, den Mord zu begehen. Philipp ist Ihnen hörig. Sie haben nahezu uneingeschränkte Macht über ihn. Und mit dieser Macht haben Sie ihn dazu gebracht, noch in der gleichen Nacht nach Birkenbrück zu fahren, um seine Mutter zu erwürgen." Elvira richtete ihren anklagenden Blick auf Philipp und sagte: „Natürlich haben Sie sich gesträubt, Herr Wirt, aber Ihre Frau hat Sie eingeschüchtert und Ihnen gedroht. Ich kann mir lebhaft vorstellen, wie sie Sie angegiftet hat. Wie sie Sie einen Schlappschwanz nannte. Und wie sie Ihnen gedroht hat, Sie zu verlassen. Denn so sehr Sie auch unter dem tyrannischen Wesen Ihrer Frau leiden: Das wäre die schlimmste Strafe für Sie. Sie werden heimgesucht von Depressionen und brauchen jemandem, der Ihnen Halt gibt. Ein Leben ganz auf sich gestellt, das ist eine Schreckensvision für Sie. Und mit der Androhung dieser Strafe hat Ihre Frau Sie dazu getrieben, den Mord an Ihrer eigenen Mutter zu begehen. Sie instruierte Sie, was Sie nach dem Plan Ihres Vaters zu tun hatten. Alles sollte nach einem Einbruch aussehen. Die Polizei sollte zu dem Schluss kommen, dass die Einbrecher das Versteck des Schlüssels aus Ihrer Mutter herausgeprügelt hatten, bevor Sie sie erwürgten. Und das brutale Vorgehen war eine Erleichterung für Sie. Denn Ihre Mutter hat sich gewehrt. Sie wehrte sich mit der Kraft einer Verzweifelten, die voller Angst um ihr Leben kämpft. Doch nachdem Sie sie halb bewusstlos geschlagen hatten, war sie nicht mehr in der Lage, Ihnen Widerstand zu leisten."

„Aber die Nachbarn haben doch bestätigt, dass Philipp zur Tatzeit zuhause war", sprang Jens seinem Schwager bei. „Das haben Sie doch selbst gesagt."

„Oh ja, das habe ich. Aber das glaubten die Nachbarn nur, denn sie wurden getäuscht! In Wahrheit hatte Ihre Schwägerin den Streit fingiert, um sich und ihrem Mann ein Alibi zu verschaffen. Philipp war nicht in der Wohnung. Frau Wirt hat ihn imitiert. Sie ahmte die Tiefe seiner Stimme und den typischen Tonfall nach, in dem er sich verteidigte, wenn sie ihm Vorwürfe machte. Gedämpft durch die Wände, dachten die Nachbarn, sie hörten ihn."

„Lüge! Alles Lüge!" Neele stemmte sich von ihrem Stuhl hoch und versuchte mit aller Kraft, sich aus Schulzes Griff zu befreien. „Verdammte Lügnerin! Ich dreh dir den Hals um!"

245

„Ach halt doch deine Klappe!"

Philipp war schlagartig aus seiner Lethargie erwacht und starrte seine Frau hasserfüllt an. „Halt doch endlich dein verlogenes Maul! Ich kann dein Gekeife nicht mehr hören! Ja, es ist wahr! Es ist alles wahr!"

„Philipp! Du stürzt dich ins Unglück!", rief sein Vater.

Doch Philipp hörte nicht auf ihn. Er starrte ihn mit aufgerissenen Augen an und schrie: „Unglück? Was weißt denn du von Unglück? Ich kann nicht länger schweigen! Ich kann mich nicht länger verstellen! Ich halte das nicht mehr aus! Jede Nacht diese Alpträume! Jede Nacht ihr von Todesqualen verzerrtes Gesicht! Das Gesicht meiner eigenen Mutter! Ihr wisst ja nicht, was das bedeutet! Ihr wisst ja nicht, in was für einer Hölle ich lebe! Ich kann nicht mehr! Ich halte das nicht länger aus!" Er schlug sich die Hände vors Gesicht und schluchzte seine Verzweiflung laut heraus.

Zwischen Neele und Schulze entbrannte ein Handgemenge. Sie hatte sich aus seinem Griff befreit und versuchte, ihm die Pistole zu entwinden, die er in einem Schulterhalfter unter seiner Lederjacke trug. Die Überraschung war auf ihrer Seite. Sie riss ihn zu Boden, zog die Pistole aus dem Halfter und richtete die Mündung auf ihn. Er versuchte, ihr die Waffe zu entwinden. Dabei löste sich ein Schuss, und er fasste sich mit einem Schmerzensschrei in die Seite.

Neele sprang auf und richtete die Pistole auf Elvira. „Hexe! Gottverdammte Hexe! Dafür bringe ich dich um!"

Bevor sie abdrücken konnte, war Philipp ihr in den Arm gefallen. Ein Schuss löste sich, und ein Teller zersprang. Während die beiden kämpften, richtete sich die Mündung auf seine Brust. Ein dritter Schuss ertönte, und Philipp sank, ohne einen Laut von sich zu geben, neben Schulze zu Boden. Aus einer Wunde in Höhe seines Herzens strömte Blut.

Neele fiel mit einem Aufschrei neben ihrem reglosen Mann auf die Knie. „Philipp! Oh Gott, Philipp! Sag doch was!", flehte sie und stammelte immer wieder seinen Namen.

Doch Philipp Wirt rührte sich nicht mehr.

Elvira stürzte zu ihr und entwand ihr die Pistole. Neele leistete keinen Widerstand.

„Schnell! Einen Krankenwagen!", rief Elvira.

Max griff nach seinem Handy und alarmierte den Notruf.

Hendrik Wirt nahm keinen Anteil mehr an dem Geschehen. Er stützte sich auf die Lehne seines Stuhls und starrte mit schreckensbleichem Gesicht auf den leblosen Körper seines Sohnes.


*Drum morde die Verwandtschaft nicht*

Elvira und Max saßen vor dem heimischen Kamin, in dem ein kleines Feuer brannte. Watson lag in seinem Schoß und döste vor sich hin. Neben ihnen saßen Kapitän Jensen und Susi Krüger.

„Ich kann es immer noch nicht fassen, dass ich mich so in die Irre führen lassen habe", sagte Max. „Wie konntest du sicher sein, dass Philipps Alibi vorgetäuscht war?"

„Ach, auf so etwas kommt man, wenn man sich sein Leben lang mit Kriminalromanen beschäftigt", sagte Elvira bescheiden. „Dorothy Sayers schrieb einmal, die größte Kunst eines Krimiautors bestehe darin, den Leser dazu zu bringen, sich selbst zu täuschen. Wenn zum Beispiel A einen Raum betrete und etwas sage, das an B gerichtet sei, dann müsse das nicht heißen, dass B tatsächlich im Raum ist. Der Trick, eine Stimme zu imitieren, ist keineswegs neu. Er ist nur in Vergessenheit geraten, weil Rätselkrimis leider aus der Mode gekommen sind. Heute geht es fast nur noch um Serienmörder, die arme

Frauen in Kellerverliesen gefangen halten, um sie grausam zu Tode zu foltern. Eine schreckliche Unsitte."

„Aber wie konntest du sicher sein, dass es so war."

„Oh, das war ich keineswegs. Aber ich fand, dass sich Neele und Philipp so schrecklich verdächtig benahmen. Und da Herr Wirt ein unumstößliches Alibi hatte, kamen nur die beiden als Mörder infrage. Ich hielt es für ausgeschlossen, dass Philipp die Stimme seiner Frau imitieren konnte. Deshalb fiel meine Wahl auf Neele. Hätte er die Tat abgestritten, hätte ich ihm sein Alibi nicht widerlegen können. Aber ich rechnete damit, dass er unter dem Druck zusammenbrechen würde. Sein schlechtes Gewissen war ihm allzu deutlich anzumerken."

„Und die Handschuhe? Woher wusstest Du, dass du die Handschuhe im Safe finden würdest? Frau Kaufmann hätte sie sonst wo verstecken können."

„Natürlich hätte sie das. Ich war mir auch keineswegs sicher, dass ich ein zweites Paar Handschuhe dort finden würde. Ich hielt es nur für naheliegend. Aber das brauchte ich unserem Publikum ja nicht auf die Nase zu binden. Es ist für eine Detektivin immer nützlich, sich den Anschein der Unfehlbarkeit zu geben."

Max konnte nur den Kopf schütteln über die Bauernschläue seiner Mutter. Sie war einfach raffinierter als er.

„Aber wir sollten nicht nur von mir reden", sagte sie. „Du hast sehr gute Arbeit geleistet. Ohne die Entdeckung des Talkums und dein Nachbohren bei dem Liebesbrief hätten wir den Fall niemals aufgeklärt."

„Aber Du hast die richtigen Schlussfolgerungen gezogen", widersprach Max.

Elvira zuckte mit den Schultern. „Du bist viel zu bescheiden. Du hättest die Schlussfolgerungen genauso ziehen können. Du musst nur lernen, dich mit dem Offensichtlichen nicht zufrieden zu geben. In einem Mordfall muss man alles hinterfragen. Und man muss den Mut haben, Regeln zu übertreten. Du hättest Herrn Wirts Arbeitszimmer durchsuchen sollen. Der Zweck heiligt die Mittel."

„Das sage ich ja. Ich mache zu viele Fehler."

„Papperlapapp! Du bist nicht auf den Kopf gefallen. Schließlich bist du mein Sohn. Du musst nur noch manches lernen. Zum Meisterdetektiv wird man durch Erfahrung und Fleiß und einen gehörigen Schuss Schlitzohrigkeit. Mörder sind nun einmal keine Waisenkinder."

„Deine Mutter hat völlig recht", stimmte Susi ihr zu. „Ihr habt den Mord zusammen aufgeklärt. Das ist ein Grund zum Feiern."

„Das will ich meinen!", sagte Kapitän Jensen und hob sein Sektglas. „Auf unsere großen Detektive!"

Susi und Elvira erhoben ebenfalls ihre Gläser und tranken auf den gelösten Fall.

Max nahm bedächtig einen Schluck Magermilch und kam zu dem Schluss, dass er wirklich Grund hatte, zufrieden mit sich zu sein. Seine Mutter und er hatten den Mordfall gemeinsam gelöst, und mit Susi hatte er sich ausgesöhnt. Das Füßeküssen im Marco Polo hatte die erhoffte Wirkung gezeigt. Sie hatte gelacht und ihm wie der Papst Absolution erteilt. „Hast du geglaubt, ich würde kein Verständnis aufbringen?", hatte sie gesagt. „Manchmal muss ich mich einfach abreagieren. Ich fände es allerdings gut, wenn du das nächste Mal rechtzeitig anrufst, wenn du mich schon versetzen musst."

Seine Gedanken kehrten in die Gegenwart zurück, und er sagte: „Ich habe Schulze heute im Krankenhaus besucht. Sein Arzt meinte, er habe Glück gehabt. Der Schuss hat nur eine Niere gestreift."

„Die gute Seele. Ein wenig gebe ich mir die Schuld an seinem Unglück. Ich hätte Neele nicht provozieren dürfen", sagte Elvira.

„Niemand konnte vorhersehen, was passieren würde. Und Schulze wusste, worauf er sich einließ. Er ist lange genug Polizist."

Elvira dachte über die Worte nach, und ihr Gesicht nahm den gewohnten energischen Ausdruck an. „Recht hast du, Hase. Hendrik und Neele Wirt musste das Handwerk gelegt werden. Ich hoffe, sie bekommen die Strafe, die sie verdienen. Nur um Philipp tut es mir leid. Sie haben aus Gier und Hass sein Leben zerstört. Er ist genauso ein Opfer wie seine Mutter."

„Es ist sicher besser so. Der Tod muss eine Erlösung für ihn gewesen sein", sagte Kapitän Jensen und schmökte an seiner Pfeife.

Elvira nickte ernst. „Ich komme mir vor, als wäre in einer Shakespeareschen Tragödie der Vorhang gefallen. Nur dass dies die Wirklichkeit ist und wir mitten im Geschehen waren. Ich hoffe, das Gericht wird die Höchststrafe verhängen für ein derart abscheuliches Verbrechen."

„Wie immer das Urteil auch ausfällt, ich denke, Hendrik und Neele Wirt haben auch ihr eigenes Leben zerstört", sagte Max. „Sie werden für den Rest ihres Lebens mit zwei Toten auf dem Gewissen leben müssen. Und Philipps Tod scheint sie wirklich erschüttert zu haben, auch wenn man ihnen eine Empfindung wie Liebe kaum zutraut. Im Gefängnis werden sie viel Zeit haben, darüber nachzudenken."

„Ja, das ist wirklich eine höhere Art Gerechtigkeit. Und man wird sie für lange Zeit ins Gefängnis sperren. Neele wird gegen ihren Schwiegervater aussagen. Zusammen mit den Indizien wird das ausreichen, um beide zu verurteilen."

„Ich hoffe nur, das Gericht wird über Frau Kaufmann ein mildes Urteil fällen." Max dachte mit Wehmut an ihre unglückliche Rolle in dem Fall.

„Oh, ich habe ihr Siemsglüss als Verteidiger besorgt. Der Fuchs ist der Beste für diesen Fall. Herr Wirt wollte ihn ebenfalls engagieren. Er hat ihm eine horrende Summe geboten, damit er ihn und nicht Frau Kaufmann vertritt. Siemsglüss hat natürlich abgelehnt. Wie gut, dass es Menschen gibt, deren Moral man für Geld nicht kaufen kann. Ich habe ihm geraten, seine Verteidigung darauf aufzubauen, dass die Dosis in dem Kaffee nicht tödlich gewesen wäre. Er will das Gericht davon überzeugen, dass Frau Kaufmann Herrn Wirt nur einen Schreck einjagen wollte."

Max lächelte dankbar. „Wird sie dabei mitspielen?"

„Ich denke schon. Denn es entspricht der Wahrheit. Beinahe jedenfalls. Selbst wenn die Dosis tödlich gewesen wäre, hätte sie Herrn Wirt nicht daran zugrunde gehen lassen. Sie hatte vor, ihn rechtzeitig ins Krankenhaus bringen zu lassen. Das hat sie mir in der Nacht gesagt, in der sie mir alles gebeichtet hat. Sie wollte ihn nicht umbringen. Sie wollte nur, dass er Todesqualen erleidet. So wie ihre Geliebte Todesqualen erleiden musste, bevor sie ihr grausiges Ende fand."

Max nahm die Dienstagsausgabe der Birkenbrücker Zeitung vom Tisch. Adalberg Erben wegen Mordes verhaftet lautete die oberste Schlagzeile. Der Artikel legte dar, wie Ehemann und Schwiegertochter den Mord gemeinschaftlich geplant und der Sohn ihn ausgeführt hatte. Außerdem wurde beschrieben, wie Elvira und Max den Fall gelöst hatten. Neben dem Artikel waren zwei Fotos abgedruckt. Das eine zeigte Hauptkommissar Strack auf der Pressekonferenz zu dem Fall.

„Der gute Strack", sagte Max. „Jetzt ist er auf der Titelseite abgebildet und sieht gar nicht erfreut darüber aus."

„Ja, es hat den Anschein, als würde er sich ärgern. Dabei hat Rieke nur die Wahrheit geschrieben. Erst hat er monatelang im Dunkeln getappt und dann den Falschen festnehmen lassen."

Das zweite Foto war ein älteres, das Gabriele Adalberg zusammen mit Hendrik Wirt vor dem Firmengebäude zeigte.

Plötzlich richtete sich Watson in Max' Schoß auf und bellte wütend.

Max lachte und sagte: „Watson bellt Herrn Wirt aus."

„Er ist wirklich ein kluger Hund", sagte Susi.

Der Kapitän kraulte ihn hinter den Ohren und sagte ebenfalls lachend: „Vielleicht löst er ja euren nächsten Fall."

„Ja, vielleicht", sagte Elvira. „Man soll Hunde nicht unterschätzen. Und damit zum vergnüglichen Teil des Abends. Ich habe ein Gedicht verfasst. Es ist für meine Kriminalkolumne in der Birkenbrücker Zeitung. Ihr müsst mir unbedingt sagen, was ihr davon haltet."

Der reiche Onkel Willi

Onkel Willi wird heut neunzig Jahr,
man feiert groß den Jubilar.
Nichten, Neffen, Vettern, Basen,
die lieben Kinder mit dem Hasen
strahlend vor ihm aufmarschieren,
jeder will ihm gratulieren.

Bald hundert Jahr, hoch soll er leben,
blieb er doch ewig, was würd' man geben.
Doch jeder denkt, ach wie famos,
der Onkel, der blieb kinderlos.
Sparsam hortet er Millionen,
ihn zu beerben, wird sich lohnen.

Die klamme Trude fragt sich nun,
was ist hier jetzt wohl zu tun?
Still und heimlich, damit es niemand sieht,
sie Strychnin aus ihrer Tasche zieht.

Ein paar Gramm in Onkels Sekt,
auf dass der Geizkragen verreckt.

Als die Familie zum Trunk anstößt,
wähnt Trude ihre Geldsorgen gelöst.
Doch nein, so 'n Pech! Zu Trudes Missbehagen
kann Onkel keinen Sekt vertragen.
Stattdessen will er Tee, na fein,
tut sie das Gift eben da hinein.

In der Küche kocht sie 'ne Kanne Tee,
dabei kommt ihr 'ne bessere Idee.
Mit dem ganzen Gift kann sie es schaffen,
den Rest der Familie gleich mit hinzuraffen.
Wie schön, denkt sie, ich will mich eilen,
wenn sonst niemand erbt, brauch ich nicht zu
teilen.

Gedacht, getan, sie bringt dreizehn Tassen,
um die Verwandtschaft anstoßen zu lassen.
Liebe Familie, sagt sie durchtrieben,
auf Onkel Willi, den wir so lieben.
Die Trude kann ihr Glück kaum fassen,
sie leeren alle ihre Tassen.

Das Gift wirkt schnell, es ist geschafft,
die bucklige Bagage ist dahingerafft.
Trude frohlockt, bald schwimmt sie in Rubeln,
bald kann sie des Onkels Millionen verjubeln!
Vor Freude trinkt sie das letzte Glas Sekt,
wie dumm, jetzt ist sie selbst verreckt.

Die Moral von der Geschicht?
Vergifte deinen Onkel nicht.

Denn was erwächst aus dieser Tat?
Des Onkels Geld, das erbt der Staat.